Jenna Mills

Fille de bibliothécaire, Jenna vit entourée de livres depuis son plus jeune âge et pour son plus grand plaisir. A l'âge de neuf ans, elle avait déjà écrit un conte et une véritable histoire à suspense. Elle s'est tournée vers l'écriture romanesque après avoir obtenu un diplôme de journalisme. Son premier roman est publié en avril 2002. Elle aime raconter des histoires au suspense psychologique dans lesquelles les personnages, à la personnalité complexe, sont déchirés entre le devoir et la passion, entre les compromis et l'intégrité ; entre les choix conscients et le destin.

D0994711

Une dangereuse liaison

JENNA MILLS

Une dangereuse liaison

INTRIGUE

———

éditions Harlequin

*Cet ouvrage a été publié en langue anglaise
sous le titre :*
SMOKE AND MIRRORS

Traduction française de
CATHERINE BERTHET

HARLEQUIN®

est une marque déposée du Groupe Harlequin
et Intrigue® est une marque déposée d'Harlequin S.A.

Photos de couverture
Couple :© DIGITAL VISION / GETTY IMAGES
Rue animée : © PHOTODISC / GETTY IMAGES

Prologue

Les vagues déferlaient sur les rives du lac Michigan, frappant violemment les rochers dentelés, et projetant leur écume glacée vers le ciel pâle, presque blanc. Quelques gouttes vinrent piquer le visage de Derek Mansfield, comme un millier de petites aiguilles, et éclaboussèrent son imperméable.

Il ne parut pas s'en apercevoir.

Son regard était fixé sur l'unique voilier qui fendait les eaux grises en luttant contre le vent. Une simple tache colorée à l'horizon.

— Tu m'écoutes ? cria son ami, Lucas Treese. Je suis sûr que tu n'as pas entendu un mot de ce que je disais.

Derek se crispa. Il savait ce qui l'attendait. C'était inéluctable. Tout ce qu'il avait voulu construire risquait à présent de tomber en poussière.

— Tu ne comprends pas ? reprit Luc. Tes objectifs, ton agenda, tout cela importe peu. Le moment est vraiment mal choisi. Et, si tu ne fais pas très attention, tu pourrais te retrouver au fond de ce maudit lac. Avec, en prime, une belle paire de chaussures en béton.

Derek soupira et se tourna vers Luc. La seule personne au monde en qui il avait une totale confiance.

— Oui, tu parles…

— Je sais ce que je dis ! rétorqua Luc. L'hôtel grouille de Fédéraux. Tu te moques peut-être de ce qui va t'arriver, mais moi, je n'ai pas envie de signer ton certificat de décès.

Derek glissa les mains dans les poches de son imper.

— C'est à moi de décider des risques que je peux prendre.

— Bon sang de…

Une jeune femme qui passait avec un bébé l'entendit jurer. Elle lui lança un regard apeuré et s'éloigna précipitamment le long du rivage.

— Prends ton temps, conseilla Luc pour la centième fois. Laisse la situation s'éclaircir, le brouillard se dissiper. Alors, si tu tiens encore à mener à terme ce plan ridicule, je ne t'en empêcherai pas.

— Comme si tu pouvais m'empêcher de faire ce que je veux.

— Compte sur moi ! Je le ferai.

— Vilas n'appréciera pas que je lui impose un nouveau délai.

— C'est avec *toi* qu'il veut négocier, lui rappela Luc. Il sait ce que tu peux faire pour lui. Donc, il attendra. Et je te conseille d'en faire autant.

Derek brûlait de voir les choses avancer. Mais, sans l'aide de Luc, il n'irait pas très loin. Il risquait tout bêtement de se retrouver derrière les barreaux. Ou au fond du lac.

Son ami avait raison, Vilas attendrait. Ce salaud n'était pas du genre à laisser passer l'occasion d'amasser une fortune. Derek, lui, n'était pas homme à perdre l'occasion de parvenir à ses fins.

Son regard se fixa sur l'horizon et il déclara :

— D'accord, j'attendrai six mois. Pas davantage.

— Un an, protesta Luc.

Derek réfléchit. Dans un an, les voiliers recommenceraient à sillonner le lac Michigan sous un ciel d'azur. Illusions. Images fantasmatiques d'un monde parfait qui n'existait pas.

— Six mois, répéta-t-il, implacable.

Octobre. Tout serait gris et froid, alors. Comme mort. Ce serait parfait.

— Et alors, personne ne pourra m'arrêter. Celui qui essaiera... je ne donne pas cher de sa peau.

1.

L'inspecteur Cassidy Blake sortit de l'ascenseur et s'engagea d'un pas vif dans le long corridor. Un raffut infernal lui parvint depuis l'une des chambres, au bout du couloir. Il fallait qu'elle y mette fin ; que l'ordre revienne ici, avant que ces punks déchaînés ne volent la vedette au véritable événement de la soirée.

Le retour de Derek Mansfield.

Après toutes les recherches qui avaient été faites, les études des profilers et le dossier qu'elle avait constitué, elle pensait le connaître parfaitement. Aussi parfaitement qu'une femme peut connaître un homme sans avoir couché avec lui. A présent, elle était impatiente de voir son principal suspect en chair et en os.

Elle voulait avoir sa peau.

L'homme avait disparu de la circulation depuis six mois. Certains pensaient que l'héritier de l'empire hôtelier de Stirling Manor gisait au fond du lac Michigan. Mais Cass le savait trop malin pour finir pitoyablement en nourriture pour poissons. Intelligent, audacieux, impitoyable… tels étaient les qualificatifs d'ordinaire attribués à Mansfield.

Elle avait assez étudié le sujet pour être certaine qu'ils étaient mérités.

A la seule pensée de son fameux sourire insolent, elle se sentait bouillir d'impatience. Combien il lui tardait de pénétrer les méandres tortueux de l'esprit de cet escroc !… Et de le mettre sous les verrous pour très, très longtemps.

Le bruit assourdissant de la musique rock qui s'échappait de la chambre ajouta à son excitation. Elle glissa une main dans la poche de sa veste noire, et ses doigts caressèrent le métal froid de son arme. En mission d'infiltration, elle avait endossé une fausse identité. Tout comme son partenaire : Gray était chasseur, et elle était censée être la directrice adjointe de l'hôtel : par conséquent, elle n'userait de son Smith & Wesson qu'en dernier ressort. Mais elle savait où elle mettait les pieds : il était hors de question de prendre le risque de pénétrer sans arme dans un repaire de délinquants. Le service de sécurité de l'hôtel avait promis de la retrouver dans la chambre.

Le corridor, recouvert d'un long tapis persan, semblait interminable. Le grand-père de Mansfield avait consacré un soin scrupuleux à la décoration de ce majestueux hôtel. Ce simple couloir évoquait à lui seul l'atmosphère d'un manoir ancien. Les murs étaient recouverts de lambris de chêne, les plafonds richement ornés de moulures. Surtout, de grandes toiles s'alignaient, imposantes, et achevaient de planter le décor : des centaines de portraits agrémentaient tous les couloirs de l'établissement, sur dix-huit étages. Dieu seul savait qui étaient tous ces gens aux visages sévères. Sir Maximillian lui-même l'ignorait probablement. Son personnel avait dévalisé les salles des ventes de toute l'Europe et dépensé des millions de dollars pour acquérir cette impressionnante collection, qui rassemblait désormais les illustres membres de dynasties issues de diverses époques et de tous pays. Etrange mélange, songea Cass. Ces familles avaient vu leur arbre généalogique pillé, désacralisé. Mal à l'aise, elle sentit soudain les yeux de tous ces inconnus la suivre, dans le hall.

La musique devenait de plus en plus forte, à mesure qu'elle approchait de la porte. Cass inspira longuement, se préparant à l'affrontement, et revit le groupe de jeunes gens qui était monté dans la chambre le soir même. Des étudiants sortis de prestigieuses universités. L'argent, l'oisiveté, l'insolence. Ils s'étaient fait remarquer dès la réception, et le dénommé Chet avait exigé d'être escorté jusqu'à la chambre qu'ils avaient réservée.

Cass tenta d'ignorer le flux d'adrénaline qui fit battre ses veines lorsqu'elle frappa à la porte. Elle attendit. Le bruit ne faiblit pas et la porte demeura fermée. Bon sang, elle n'avait pas besoin de ça, se dit-elle. Pas ce soir. Elle frappa de nouveau, plus fort cette fois, et cria :

— Ouvrez ! C'est la direction de l'hôtel.

Alors qu'elle ne s'y attendait plus, la porte s'ouvrit à toute volée, et un bras apparut. Avec effroi, elle se sentit agrippée par le poignet et attirée à l'intérieur. Une écœurante odeur de bière mêlée à la fumée âcre des cigares la saisit à la gorge. Son sang-froid, garder son sang-froid. Elle se dégagea prestement, mais quelques jeunes garçons à l'évidence complètement ivres firent cercle autour d'elle, la repoussant contre le mur.

Chet, celui qui semblait mener le groupe, s'approcha d'elle.

— Nous avons appelé le service des chambres pour qu'on nous envoie des filles, mais je croyais pas qu'ils nous prendraient au mot, railla-t-il d'une voix que l'alcool rendait pâteuse. Mais puisque t'es là…

— Puisque je suis là, vous allez faire moins de bruit. Sinon, nous vous demanderons de vider les lieux. Les autres clients…

— D'accord, on va faire moins de bruit, déclara un des jeunes gens en enlevant son T-shirt d'un geste lascif. Maintenant, c'est toi qui vas en faire, ma chérie.

Il fit quelques pas vers Cass. L'exaspération montait en elle, prenant le pas sur l'appréhension. Elle avait bien envie de leur apprendre les bonnes manières, mais elle ne pouvait risquer de se trahir. Elle se demanda ce que dirait une femme terrifiée dans ce genre de circonstances.

— Vous êtes dégoûtants !

— Ouis, mais pas toi, ma poupée, rétorqua celui qui était torse nu.

Les autres l'applaudirent, et, encouragé par la ferveur du groupe, il se jeta sur elle. D'un geste vif, Cass se déroba et franchit le cercle formé par les autres. Alors qu'elle essayait d'atteindre la porte de la chambre, un autre jeune homme sortit de la salle de bains en chancelant.

— Ça alors ! s'exclama-t-il. Qu'est-ce que je vois ?

Cass s'immobilisa. Chet en profita pour la prendre par l'épaule et l'attirer contre lui. Elle se raidit : personne n'avait le droit de la toucher ! *Personne*. Ulcérée, elle lui assena un violent coup de coude dans le ventre et l'entendit pousser un grognement de douleur. Mais les quatre autres lui bloquèrent le passage.

— Tu t'en vas déjà ? demanda l'un d'eux, narquois.

Son instinct de flic reprenant le dessus, elle tendit la main vers son arme. Mais, avant que ses doigts aient pu se refermer sur la crosse du revolver, Chet surgit derrière elle, lui attrapa les bras et la serra contre lui.

— Enlève immédiatement tes sales pattes, ordonna-t-elle d'un ton glacial.

Mais il l'ignora. Celui qui venait de sortir de la salle de bains examina le badge accroché à sa veste.

— Le Blanc ? C'est ton nom ? Bon sang, Chet, je me suis toujours demandé si ce qu'on disait des Françaises était vrai.

— Eh bien, mon vieux Sauvage, tu vas le savoir.

Tout en maintenant Cass impuissante, les poings dans le dos, Chet défit la barrette qui retenait sa tresse et passa les doigts dans ses longs cheveux bruns.

— Tu veux savoir pourquoi on l'appelle Le Sauvage ? siffla-t-il d'une voix doucereuse.

13

— Parce qu'il a un tout petit cerveau ? suggéra-t-elle sans hésiter.

Des rires fusèrent. Le Sauvage s'avança vers elle, les yeux luisant de fureur.

— Je vais te montrer comme il est petit ! Si petit que tu n'en auras jamais assez !

Ecœurée, elle retint une réplique acerbe. Il fallait qu'ils continuent de la prendre pour une femme sans défense.

— Vous n'allez pas faire ça, dit-elle, l'air suppliant.

— Je vais me gêner !

Il s'approcha tout en continuant de vociférer. Cass décida qu'elle avait perdu assez de temps avec ces imbéciles. Elle allait leur donner une leçon qu'ils n'oublieraient jamais.

— Tu poses une main sur elle et tu es un homme mort.

Les mots résonnèrent dans la tête de Cass, sans qu'elle sache qui les avait prononcés. La voix venait de la porte, mais Chet l'empêchait de voir ce qui se passait derrière elle. Le Sauvage demeura cloué sur place.

— Je te conseille de reculer, petit, reprit la voix.

— Occupez-vous de vos affaires, grommela Chet en resserrant son étreinte.

— Justement, ce sont *mes affaires*.

— Ah ouais ?

Chet se retourna pour s'adresser au nouveau venu, mais il pressa le visage de Cass contre lui, l'empêchant de voir le visage de l'homme.

— Cette fille t'appartient ? lança-t-il avec arrogance. Y a pas ton nom gravé dessus !

— Tu tiens à tes dents de devant ?

Cass aurait éclaté de rire, si la menace n'avait pas été proférée sur un ton aussi menaçant. Ces garçons étaient ridicules. Mais potentiellement dangereux. Elle sentit un frisson lui parcourir l'échine.

14

Un silence passa sur le petit groupe. Muets de stupeur, les étudiants gardaient les yeux fixés sur l'homme à qui appartenait la voix grave et autoritaire. Le Sauvage avait perdu toute agressivité. Il se balança gauchement d'un pied sur l'autre, comme une marionnette prête à s'affaler sur le sol.

Chet pressa Cass plus étroitement contre son torse en sueur.

— C'est ta femme ?

— Peut-être bien. En tout cas, ce n'est pas la tienne.

Cass était clouée sur place, immobile, les sens aux aguets. Ce ton implacable, c'était sans doute celui d'un flic. Pourtant, elle n'avait jamais entendu cette voix, qui lui faisait éprouver une émotion jusqu'alors inconnue. La curiosité l'emportant sur la raison, elle se débattit dans les bras de Chet pour apercevoir l'inconnu.

— Je te donne cinq secondes.

Trop long pour Cass, qui s'impatientait. Elle planta un coup de talon sur le pied de Chet, et, profitant de sa surprise, lui envoya son genou entre les jambes. Avec un cri de douleur, il se plia en deux et la libéra. Cass se retourna vers l'inconnu… Et se figea.

Cet homme qui se tenait sur le seuil, toisant les autres d'un air de défi… De longs cheveux d'un noir de jais encadraient son visage dur. Il balançait son couteau à cran d'arrêt d'une main à l'autre, dans une attitude provocante, comme s'il attendait que l'un d'eux ose se mesurer à lui.

Cass retint sa respiration. Cet homme, c'était…

Derek Mansfield.

Elle ne l'avait jamais rencontré. Elle avait seulement lu les rapports le concernant, visionné les bandes vidéo sur lesquelles apparaissait une image trouble. Mais elle sut dans l'instant, sans l'ombre d'un doute, que c'était lui.

Moins d'une heure auparavant, Ruth, l'employée de la réception qui travaillait à l'hôtel depuis des années, lui avait dit :

— Ma chérie, si Derek Mansfield était là, tu n'aurais pas besoin qu'on t'avertisse. Tu le reconnaîtrais au premier coup d'œil.

Ce premier face-à-face fit sourdre en elle un désir de vivre quelque chose de neuf. L'aventure. Il y avait très longtemps qu'elle se préparait à ce moment… Mais les circonstances n'étaient pas telles qu'elle les avait imaginées.

Un silence de plomb régnait dans la pièce. Cass s'écarta de Chet et se rapprocha de Mansfield. C'était tomber de Charybde en Scylla, songea-t-elle avec une ironie désabusée, mais même un revolver pointé sur elle n'aurait pu l'arrêter. La présence de Mansfield était magnétique, elle se sentait comme un flic débutant, sur la scène de son premier crime…

Bien sûr, elle avait entendu parler du pouvoir de fascination qu'exerçait Mansfield, mais elle avait toujours pensé qu'on exagérait. A présent, elle l'éprouvait elle-même.

Il l'attira vers lui en agrippant son poignet, s'interposant entre les voyous et elle. Chet gémissait toujours de douleur, tandis que les autres semblaient atteints de paralysie, leurs yeux vitreux rivés sur le couteau à cran d'arrêt.

— Mademoiselle et moi-même allons partir, à présent, annonça Mansfield. Si vous avez un peu de jugeote, vous allez attendre sagement ici que le service de sécurité vienne vous chercher pour vous escorter jusqu'à la sortie.

— Nous avons payé…

— Vos privilèges de clients sont tombés dès l'instant où vous avez posé les mains sur cette jeune femme, répliqua Mansfield en poussant Cass vers la porte. Vous l'avez agressée, et elle a le droit de porter plainte contre vous si ça lui chante.

Les gestes de Mansfield étaient lents, mesurés. Il plaqua son dos contre les hanches de Cass. Elle le laissa mener le jeu. La situation était décidément ironique, absurde même, mais Derek

Mansfield venait de lui rendre un grand service en lui évitant de dévoiler sa vraie profession !

Vincent Fettici, le chef de la sécurité, s'engouffra dans la chambre.

— Madame Le Blanc, nous voi...

— Trop tard, coupa Mansfield d'un ton sec. Occupez-vous de ces pauvres types, avant que je ne sois obligé de me charger aussi de ce travail.

— Oui, monsieur.

Mansfield entraîna dans le corridor une Cass bouleversée par toutes les émotions qui se mêlaient au plus profond d'elle-même... Mais elle devait garder à l'esprit qu'elle tenait là une occasion unique de tendre ses filets.

— J'aimerais vous remercier pour...

— Comment vous sentez-vous ? s'enquit-il avec brusquerie.

Cass ravala sa surprise.

— Bien, merci.

— Alors, c'est que vous êtes folle. Vous saviez ce que vous faisiez en entrant dans cette chambre, seule ?

Le ton cinglant fit à la jeune femme l'effet d'une gifle.

— Je suis payée pour faire ce travail, monsieur. Il est de mon devoir de veiller à ce que tout se passe bien dans l'hôtel.

Il darda sur elle un regard si perçant qu'elle fut tentée de détourner les yeux. Mais elle n'en fit rien.

Toutefois, rien de ce qu'elle avait lu, examiné, ne l'avait préparée à la réalité. Dire que cet homme avait de la présence eût été bien en dessous de la réalité. Il *s'imposait*. Les bandes vidéo ne faisaient pas apparaître cette attitude virile et souveraine qui émanait de toute sa personne, ni son magnétisme. Les images se contentaient de montrer une banale silhouette masculine, de larges épaules, des hanches étroites, de longues jambes. Et son visage. Son regard intense, presque sauvage.

Des traits appuyés, anguleux, des pommettes saillantes et des yeux sombres.

C'était un homme qui en avait trop vu, trop fait dans sa vie.

— Vous n'avez jamais entendu parler du service de sécurité ? demanda-t-il sèchement.

— Ils étaient censés me retrouver ici.

— Vous n'avez pas pensé à les attendre ?

Cass passa les mains derrière sa tête et se mit à refaire sa longue tresse.

— Ce n'est pas mon style.

— Il n'est pas question de style, mon petit. C'est une question de simple bon sens.

Elle abandonna sa coiffure et serra les poings.

— Votre ton ne me plaît pas.

— Ce qui ne me plaît pas, à moi, c'est que ma première soirée chez moi ait été perturbée parce que vous avez pris un risque inconsidéré. Vous avez une idée de ce que ces types auraient pu vous faire ?

Comme si cela avait la moindre importance pour lui ! songea Cass, désabusée.

— Monsieur Mansfield, sachez que je suis entraînée pour faire f…

— Alors, vous savez qui je suis ?

Son regard était soupçonneux, ses paroles sonnèrent comme une accusation.

— Nous vous attendions depuis assez longtemps.

— Eh bien, me voici. Le fils prodigue est enfin de retour, dit-il en se penchant si près qu'elle perçut son souffle sur sa joue. Dites-moi, poupée, ça valait le coup d'attendre ?

Cass battit des paupières, comme pour se protéger de ces prunelles d'un bleu profond et électrique.

— Ça valait le coup de… *quoi* ?

Un sourire narquois apparut sur le visage de Mansfield. Un sourire à même de faire battre le cœur d'une femme. Cass sentit le sien s'emballer. Les rapports de police ne contenaient aucune mise en garde contre ce danger-là…

— D'attendre, répéta-t-il. Ça valait la peine ?

Elle vit un anneau d'or briller à son oreille, entre ses longues mèches noires. Sans lui laisser le temps de répondre, ni même de reprendre son souffle, il lui donna une chiquenaude sur le menton et s'éloigna à grands pas.

Cass demeura plantée là, sous le regard railleur de dizaines d'ancêtres encadrés, étrangers les uns aux autres, et soudain ligués pour se moquer d'elle.

Derek ouvrit la porte du bureau de son demi-frère.

— Tu as une drôle de façon d'accueillir les gens, frérot.

Brent Ashford leva les yeux de son magazine et se renversa dans son fauteuil. Ses jambes étaient allongées devant lui et ses pieds reposaient sur son bureau Louis XV. La pièce baignait dans une atmosphère de confort et de luxe.

— Derek ! J'ignorais que tu étais arrivé.

— Tu veux bien m'expliquer ce que je viens de voir ? Bon sang, que s'est-il passé ici, depuis mon départ ? Le mot *procès,* tu connais ? Nous risquons d'en avoir un sur le dos.

— Eh bien… je suis vraiment content de te voir, Derek. Mais je crois qu'on n'a pas encore tué le veau gras, tu vois.

Derek ne releva pas le sarcasme. Il se campa devant Brent et posa les mains à plat sur son bureau.

— Merci quand même. Ce que je veux savoir, c'est pourquoi les adjoints à la direction prennent des risques personnels pour effectuer le boulot de la sécurité.

La nonchalance de Brent s'effaça d'un seul coup.

— De quoi parles-tu ? demanda-t-il en se redressant dans son fauteuil.

— Si j'étais arrivé cinq minutes plus tard, cette femme aurait été…

Il bouillait encore de colère en songeant aux brutes qui avaient posé leurs sales mains sur la jolie brune, à la façon dont ce punk répugnant l'avait serrée contre son corps luisant de sueur. Il préférait ne pas imaginer ce qui aurait pu lui arriver. Certes il avait tourné le dos à la société bien-pensante, mais jamais il ne tolérerait que l'on brutalise une femme.

En outre, il n'avait pas besoin que quiconque s'intéresse de trop près à lui et à l'hôtel. Les flics. Les médias. A la moindre occasion, ces charognes braqueraient leurs feux sur Stirling Manor, provoquant de nouveaux retards dans l'affaire qui l'occupait.

Il n'avait pas le temps de faire le ménage derrière son frère.

Son grand-père lui avait autrefois reproché de rendre la vie trop facile à Brent, en ne le laissant jamais assumer des conséquences de ses actes. Derek prenait son rôle d'aîné au sérieux et il était toujours là pour tirer son jeune frère du pétrin, même s'il avait parfois envie de l'étrangler.

— Il y avait cinq types complètement ivres, prêts à faire n'importe quoi, dans une des chambres. Pourquoi c'était cette fille qui se trouvait là-haut, avec eux ? Que faisais-tu, *toi*, pendant ce temps ?

Brent se leva. Son teint naturellement pâle devint livide.

— Qui c'était ? Cass ?

— Je ne connais pas son nom.

— Comment était-elle ?

L'image surgit dans l'esprit de Derek, enflammant son imagination. Les longs cheveux bruns et emmêlés de la jeune femme retombaient sur son visage, ses joues étaient empourprées, ses vêtements en désordre. Malgré cela, elle arborait un air de défi et de courage. Diablement envoûtante, cette créature.

Répugnant à se laisser distraire davantage, il annonça d'un ton plat :

— De longs cheveux bruns, des yeux d'ambre et un corps à damner un saint.

Brent laissa échapper un juron.

— C'est Cass. C'est elle. Mon Dieu… elle va bien ?

Convaincu d'avoir enfin obtenu l'attention de son frère, Derek s'écarta du bureau et s'approcha d'un vase de cristal contenant des fléchettes. Il en prit une, qu'il examina avec un soin très particulier.

— Bon sang, Derek ! Elle va bien ?

— Oui, marmonna son frère. Mais ce n'est pas grâce à toi.

— Que s'est-il passé ? demanda Brent en s'approchant de lui.

Il était tendu, comme si la question avait pour lui un intérêt personnel.

— Ça intéresse qui, au juste ? Son supérieur hiérarchique ou quelqu'un d'autre ?

Derek connaissait suffisamment son frère pour savoir que celui-ci lui cachait quelque chose.

— Ça ne te regarde pas, répliqua Brent un peu trop vite.

Derek observa un moment la fléchette noire et brillante qu'il tenait entre le pouce et l'index, puis la lança avec force à travers la pièce. Elle alla se ficher sur la cible accrochée au mur opposé, droit au centre.

— C'est juste une question, petit frère. As-tu une liaison avec la beauté qui a failli se faire violer par ce groupe d'ivrognes ?

Derek n'aurait su dire pourquoi cette question revêtait une telle importance pour lui, mais il la formula presque rageusement et attendit la réponse avec une impatience brûlante.

— Violer ? répéta Brent, avec une lueur d'affolement dans le regard. Où est-elle ? Je veux être sûr qu'elle va bien.

Il marcha vers la porte, mais s'arrêta net en entendant son frère préciser :

— Il est plus de minuit. Elle a terminé son service. Et, comme elle n'est pas venue te voir après cette mésaventure, je présume que la réponse à ma question est non.

Derek lança une deuxième fléchette, qui alla se planter à un demi-millimètre de la première.

Brent traversa la pièce comme un fou et agrippa à son tour une fléchette argentée.

— On s'entend bien, elle et moi, dit-il d'une voix rageuse, en projetant sa fléchette vers la cible.

Elle heurta celle de Derek et tomba sur le sol. Derek réprima son envie de rire.

— C'est-à-dire ?

Brent haussa les épaules. Avec ses cheveux blonds, son teint doré et ses yeux bruns pailletés d'or, il ressemblait plus à un maître-nageur californien qu'au directeur d'un hôtel de luxe de Chicago. Seuls son pantalon sombre et sa chemise impeccable trahissaient son passage dans une université prestigieuse de la côte Est.

— Tu sais ce que c'est, marmonna-t-il. Je ne veux pas aller trop vite. Les choses se passent bien mieux quand on prend son temps.

Cette fois, Derek laissa fuser un rire amusé.

— En d'autres termes, ça n'a pas marché.

— Ce n'est pas tout à fait ça, fit Brent, le regard voilé par l'humiliation.

— C'est *tout à fait ça*.

Derel lança une autre fléchette qui, une fois encore, arriva pile au centre de la cible. Il revit en pensée le regard brillant de la jeune femme, ses longs cheveux brun foncé, son allure altière.

C'était le genre de femme qui, même au pied du bûcher, aurait refusé de se défendre contre l'accusation de sorcellerie.

Une sorcière. Oui, voilà ce qu'elle était. Il croyait encore respirer son parfum doux et ambré, entendre sa voix de velours. Il aurait fallu être sourd, aveugle et idiot pour ne pas succomber au charme de cette femme. *Cass*, comme l'appelait son frère.

Derek n'était ni sourd, ni aveugle, ni idiot.

Mais il n'y avait pas de place dans sa vie pour ce genre de distraction. Tout irait beaucoup mieux s'il oubliait sur-le-champ le frisson d'excitation qu'il avait éprouvé en la voyant.

— Je reconnais cette lueur dans ton regard, dit Brent. Je sais comment tu fonctionnes. Tu crois que tu peux arriver ici, séduire Cass d'un claquement de doigts et la laisser tomber quand elle ne t'amusera plus ? C'est cela ?

Derek fut stupéfait de déceler dans la voix de son frère une nuance nettement protectrice. Brent n'était pas homme à prendre des risques pour quelqu'un d'autre.

D'ailleurs, il n'avait jamais eu besoin de le faire.

— Du calme, petit frère. Je n'ai pas l'intention de rester longtemps ici. Et j'ai des choses beaucoup plus importantes à faire que d'emmener dîner ta directrice adjointe.

— Ça n'a jamais été ton style, d'inviter les femmes dans des restaurants de luxe.

— Je n'ai jamais eu besoin de ça.

Le visage de Brent se rembrunit encore. Il alla ouvrir le minibar, se servit un alcool fort et l'avala d'un trait.

— Comment ça s'est passé en Ecosse ? s'enquit-il en détournant délibérément la conversation. Je suis étonné que le vieux t'ait laissé revenir.

— Il n'a pas eu son mot à dire.

De fait, son grand-père n'avait pas été enthousiasmé par cette décision. Le vieux bonhomme aurait préféré que son petit-fils reste en Ecosse, afin de garder l'œil sur lui et de l'empêcher de mettre une fois de plus le feu aux poudres.

Derek était parti à regret, le cœur lourd devant l'anxiété de son grand-père. Reverrait-il jamais le vieil homme ? Cependant, il n'avait pas le choix. Tout ça, à cause de Brent.

— Que se passe-t-il ? demanda-t-il à son frère. Tu as peur que je sois venu t'espionner ? Te surveiller ?

— Non, je suis curieux, c'est tout, dit Brent en haussant les épaules avec nonchalance.

A d'autres.

— Tu as envie de me lancer un challenge, de prendre ma place ?

— Tu oublies que j'ai *déjà* occupé ta place. Et ça ne m'a pas plu.

Derek le rejoignit devant le bar.

— Ça ne m'étonne pas, mes chaussures sont trop grandes pour toi, petit. Tu risques de te tordre les chevilles et de te faire mal. Il vaut mieux que tu me laisses affronter le danger.

Brent fronça les sourcils.

— C'est ça, continue de rêver. C'est toi qui as pris la fuite, Derek. Personne ne savait où tu étais passé, ni même si tu étais encore vivant. Et cette pauvre Marla…

Derek reposa bruyamment son verre sur le bar.

— Ne prononce pas ce nom devant moi.

— Elle allait devenir ta femme.

Les souvenirs affluèrent, traînant dans leur sillage les mensonges, les trahisons. Et leurs relents amers.

— Pour moi, c'est comme si elle était morte. Je te conseille de ne pas oublier ça.

Brent observa longuement son frère. Son regard exprima une certaine curiosité et une réelle inquiétude.

— Désolé, vieux. Je ne voulais pas ranimer de mauvais souvenirs.

— Nous parlerons demain, décréta Derek en gagnant la porte. Je suis exténué.

Il était déjà dans le couloir quand la voix de Brent l'arrêta.

— Derek ?

— Ouais ? fit-il en se retournant avec lassitude.

Son frère leva son verre et sourit.

— Bienvenue à la maison, vieux.

La vieille horloge sonna. 1 heure du matin ; les derniers clients avaient quitté le salon depuis déjà une trentaine de minutes.

Cass rassembla au centre de l'âtre les braises rougeoyantes. Il lui sembla qu'en elle-même aussi, l'excitation de la soirée subsistait, comme ces cendres qui refusaient de s'éteindre. Derek Mansfield était revenu. Enfin.

Son arrivée allait faire tomber le premier domino d'une longue série. Le reste suivrait automatiquement. Elle éprouva un frémissement de joie à l'idée qu'elle allait monter à l'assaut de la forteresse Mansfield et contribuer à sa chute. Son œuvre serait méthodique, graduelle, invincible.

— Ah, te voilà ! Si tu me fais attendre encore une minute, je vais mourir sur place !

Ruth Sun traversa le salon en faisant claquer ses talons sur le parquet. Ses yeux noirs brillaient d'une flamme inhabituelle. C'était la plus ancienne employée de l'hôtel, et elle faisait quasiment partie des meubles. Aussi, rien de ce qui se passait dans l'établissement ne lui échappait.

— Parle tout de suite ! J'exige des détails.

— A quel sujet ?

— Comme si tu ne le savais pas. Le patron, bien sûr. Je veux savoir tout ce qui s'est passé entre vous.

— Pourquoi crois-tu qu'il s'est passé quelque chose ?

— Oh, eh bien… peut-être à cause de son expression quand il a pris l'ascenseur, ou peut-être…

— Quel genre d'expression ?

— Comme si… il valait mieux ne pas se trouver en travers de son chemin.

Cass sentit un frémissement lui traverser le corps. Elle connaissait bien cette expression, pour l'avoir vue elle-même. Cet air furieux et fier à la fois. Ce regard meurtrier.

— Tu aurais dû voir ça, Cass. Il n'était pas là depuis cinq minutes que, déjà, tout le monde n'avait plus d'yeux que pour lui. C'est alors que Cloyd a traversé le hall en courant.

Cloyd. Le liftier. Elle aurait dû s'en douter.

— Il était dans tous ses états, à cause du grabuge au douzième étage. J'ai expliqué à Derek qu'une bande de jeunes faisait du scandale et que tu étais montée les calmer. Il est parti comme une flèche. Seigneur… je donnerais n'importe quoi pour voir un homme comme lui voler à mon secours…, ajouta-t-elle, les yeux perdus dans le vague.

Ruth continua de babiller au sujet de Derek, mais c'est à peine si Cass l'entendait. Le trouble de la vieille employée était amusant. Toutefois, Cass comprenait sa réaction. L'incroyable magnétisme qui émanait de Mansfield, sa puissante aura étaient autant de défis lancés au sang-froid d'une femme. Gray, le partenaire de Cass, avait aussi un peu cet effet-là sur les femmes. Mais, mariée et heureuse, Cass était demeurée insensible à son charme. Puis il y avait eu la mort de Randy, son mari…

Après cela, plus rien n'avait eu d'importance. Sa part de féminité s'était évaporée, seul le flic avait survécu en elle.

Ruth revint à la charge avec insistance :

— Alors, que s'est-il passé ? Ce n'est pas juste, de me tenir à l'écart.

— Je vais vous le dire moi, ce qui s'est passé…

La voix grave s'insinua en Cass comme une onde électrique. Elle se tourna et découvrit Mansfield adossé à la cheminée. T-shirt noir, jean noir et bottes noires. Elle ne l'avait pas entendu approcher, malgré son ouïe particulièrement fine et entraînée. Depuis combien de temps était-il derrière elle ?

Elle n'aurait su dire non plus pourquoi la vue de sa silhouette élancée et du pli sardonique de ses lèvres lui faisait battre le pouls un peu plus fort.

2.

Derek vit les yeux de Cass s'agrandir, ses joues se colorer. Avec ses mèches folles qui retombaient autour de son visage, elle avait l'air d'une femme qui sort des bras de son amant.

Pensée dangereuse, qu'il s'empressa d'oublier.

— Mademoiselle l'intrépide a décidé qu'elle pouvait se charger toute seule de calmer un groupe d'ivrognes déchaînés.

Ruth écarquilla les yeux.

— Je lui ai dit de ne pas y aller ! Elle n'a pas voulu m'écouter.

— Ce n'était pas *si* dramatique que ça, protesta Cass en repoussant ses boucles en arrière. Je contrôlais la situation.

Derek sentit sourdre sa colère. Il savait ce qui se serait passé s'il n'était pas arrivé à temps.

— Ah, vraiment ? C'est pour cela qu'ils avaient déjà les mains sur vous ?

Elle lui lança un regard noir.

— Ces types étaient inoffensifs. De simples étudiants qui voulaient s'amuser.

— Vous prenez ça pour de l'amusement ? Alors, j'aimerais voir comment ça se passe quand vous êtes sérieuse !

Ruth étouffa une exclamation, mais Cass sourit. Un sourire tranquille, qui dénotait une grande assurance.

— Je parie que ça vous ferait vraiment plaisir de le savoir.

Il enveloppa d'un long regard son corps souple vêtu de l'uniforme noir et rouge de l'hôtel.

— Vous pouvez en être sûre.

Elle parut déconcertée, il crut même la voir tressaillir. En fait, c'étaient ses yeux qui la trahissaient. Certes, elle affichait cet air de défi, un peu comme elle aurait tenu un bouclier devant elle. Mais Derek avait trop joué dans sa vie, surtout aux jeux de hasard, pour ne pas déceler les secrets qui se cachaient sous la surface.

— Il est tard, dit-il, surpris lui-même par la note de tendresse qui affleura dans sa voix. Vous avez eu une soirée éprouvante. Pourquoi ne rentrez-vous pas chez vous ?

— Vous cherchez à vous débarrasser de moi ? s'enquit-elle en haussant les sourcils.

— Non, je pense seulement que vous devriez vous coucher.

Elle ramena sa longue tresse sur son épaule.

— Et si je ne suis pas fatiguée ?

— Je n'ai jamais dit qu'il fallait l'être pour se coucher.

Une flamme passa dans ses yeux, mais elle lança sans se démonter :

— Vous êtes très sûr de vous, n'est-ce pas ?

Derek sentit son corps s'embraser. Il émanait d'elle quelque chose de provocant, avec ses cheveux emmêlés et ses pommettes roses. Mais, malgré le charme et le mystère de cette femme, il n'avait pas le temps de se laisser distraire en ce moment.

— Désolé mon petit, dit-il en évitant de s'engager plus avant sur ces sentiers dangereux. Il n'est pas question de moi, mais de la sécurité de mon personnel.

Il s'approcha d'elle, la dominant de toute une tête.

— Ce soir vous avez pris trop de risques.

Cass leva crânement le menton.

— Je suis en sécurité, maintenant.

Du moins, elle le serait quand *lui* ne serait plus dans les parages, reconnut Derek en son for intérieur.

— D'accord, mais vous ne pouvez pas me reprocher de m'inquiéter pour vous. Maintenant, rentrez chez vous avant de m'obliger à vous raccompagner moi-même.

Il accompagna ces paroles d'un geste, posant une main au creux de ses reins pour la pousser vers la porte. Il la sentit se raidir, comme s'il lui avait posé la lame de son couteau à cran d'arrêt sur la gorge. Bizarre. Cette femme qui n'avait pas hésité à affronter une bande d'ivrognes se crispait quand il la touchait !

Elle s'écarta de lui et déclara :

— Je n'ai besoin de personne, merci.

— J'en suis sûr.

Avec un petit sourire contraint, elle gagna la porte. Derek ne put résister au plaisir de lui lancer une dernière pique.

— Que se passe-t-il ? Vous n'avez pas peur de moi, n'est-ce pas ?

Elle s'arrêta et pivota lentement sur ses talons :

— Pas le moins du monde. Mais il est tard et j'ai fini ma journée.

Il regarda la porte se refermer sur elle. Cette femme cachait quelque chose. Des secrets. Et même davantage que lui. Mais lesquels ? Il aurait bien aimé le savoir, mais il n'avait pas de temps à consacrer à ce genre d'enquête.

Cela risquerait de leur coûter la vie, à tous les deux.

Cass sortit de son dossier une des innombrables photos de Mansfield et l'examina en fronçant les sourcils. Il s'était montré si charmant, la veille… Difficile de croire qu'il était de mèche avec un criminel de l'envergure de Santiago Vilas, comme le suggérait cette photo prise six mois auparavant, et qui les montrait ensemble, souriants.

Elle se leva, en proie à l'impression que les murs de son bureau allaient se refermer sur elle. Besoin d'air frais. Il fallait qu'elle élimine sa nervosité avant d'aller travailler.

Une course de quelques kilomètres l'aiderait à faire le vide, à s'oxygéner. Un rythme régulier, pas de vitesse. Certains buvaient pour se détendre. Cass courait. Elle n'avait jamais pris le temps de se demander pourquoi.

Un courant d'impatience lui parcourut le corps. Elle était aussi pressée d'aller courir que de se lancer dans la chasse à l'homme.

Mansfield. Depuis six mois, elle collectionnait les informations sur lui. En l'absence de l'homme lui-même, elle avait regardé à la loupe des centaines de clichés, de bandes audio et vidéo, examiné tous les témoignages. Tout cela était loin de la réalité, elle s'en rendait compte aujourd'hui.

Plusieurs magazines avaient publié des articles sur Stirling Manor et son fondateur, Sir Maximillian. Ils essayaient toujours d'inclure Mansfield dans leurs reportages, mais ce dernier refusait toutes les interviews. Les journalistes en étaient réduits à publier des photos datant de l'époque où il était encore dans la marine marchande, ce qui correspondait pour lui à une période de rébellion. A présent, il avait réintégré le milieu familial et avait acquis sa place dans la bonne société. On pouvait même lui attribuer le titre d'homme d'affaires, même si cela semblait un peu tiré par les cheveux.

En fait, tout dépendait du sens que l'on donnait au mot « affaires ».

Cass ramena ses cheveux en arrière pour en faire une tresse.

Six mois. Vingt-six semaines. Cent quatre-vingt-deux jours. C'était le temps qui s'était écoulé depuis que son chef lui avait présenté l'enquête.

L'image prestigieuse de Stirling Manor avait été ternie par quelques événements troubles. Au début, cela avait semblé n'être qu'une suite de regrettables coïncidences. Une réception privée qui avait mal tourné, une rencontre malheureuse, un client à la réputation douteuse. Mais les coïncidences s'étaient répétées, provoquant des rumeurs, éveillant les soupçons. Les pistes possibles menaient directement au sommet de l'échelle. Les héritiers de Sir Maximillian avaient plus d'argent qu'ils ne pouvaient en dépenser en toute une vie, ce qui ne leur laissait que deux raisons de répandre la corruption à Chicago : la quête effrénée du pouvoir et la cupidité.

Il y avait eu assez de présomptions, de preuves indirectes, pour justifier l'ouverture d'une enquête. Dès que les autorités avaient concentré leur attention sur Stirling Manor, elles n'avaient eu aucun mal à identifier leurs cibles. Mansfield et Vilas avaient été aperçus ensemble. Mansfield s'était même rendu dans la résidence de campagne de Vilas. Si cela ne suffisait pas à l'incriminer, le fait que toute activité illégale ait cessé six mois auparavant, lorsque Mansfield avait quitté le pays, ne laissait planer aucun doute sur son implication dans ces trafics.

Cass s'assit sur le sol pour s'étirer. Barney, son fidèle saint-Bernard, lui sauta dessus avec tant de force qu'il la renversa sur le tapis. Eclatant de rire, elle entra dans son jeu et fit mine de lutter avec lui.

Quelques heures plus tard, revigorée par une longue course en compagnie de Barney, elle franchit les portes imposantes de Stirling Manor où elle fut accueillie par un partenaire à la mine renfrognée. Visiblement, Gray n'avait toujours pas digéré le fait qu'elle ait pris de si grands risques la veille.

— Tu es en retard.

— Seulement de cinq minutes, Gray. Ne me harcèle pas.

Elle constata d'un coup d'œil qu'il régnait peu d'activité dans le hall.

— C'est bien calme. Quelque chose d'inhabituel ?

— Ah, tu es là ! Enfin ! s'exclama Ruth en traversant le hall à pas pressés. Derek te cherche partout.

— Derek ? Oh…

Au fond d'elle-même, Cass le nommait toujours Mansfield. L'usage du prénom lui paraissait déplacé, trop intime pour un suspect.

— Que me veut-il ?

— Il ne me l'a pas dit, répliqua Ruth avec un sourire lumineux qui la rajeunit de dix ans. Cela fait une heure qu'il appelle la réception toutes les dix minutes. Il veut te voir chez lui. Immédiatement.

Ces mots provoquèrent chez Cass un curieux frisson d'excitation. Elle fit mine de s'éloigner mais Gray la retint par le bras sans prononcer une parole. Ce n'était pas nécessaire. Une lueur d'avertissement brillait dans ses yeux verts. Cass joua la comédie pour égarer les soupçons de Ruth. Tout le monde à l'hôtel pensait qu'elle vivait avec Gray une passion torride. Une rumeur qui les arrangeait bien.

— Ne sois pas si jaloux ! Après tout, c'est le patron.

Elle se dégagea, lança à Ruth un sourire clairement exaspéré et se dirigea vers l'ascenseur.

Celui-ci atteignit le vingt-cinquième étage en un clin d'œil. Cass sentait les flots d'adrénaline se déverser dans ses veines. Elle n'avait le temps ni de se poser des questions, ni d'être prudente. Il fallait qu'elle ait le comportement d'une employée modèle, obéissant aux ordres sans arrière-pensée.

Elle s'était déjà rendue à l'étage où se trouvaient les appartements privés. Du moins, dans l'aile qu'occupait Brent. Cloyd la guida vers la partie à laquelle elle rêvait d'accéder depuis des mois. Les inévitables portraits d'ancêtres l'accompagnèrent dans le corridor. Cependant, ceux-ci avaient quelque chose de différent.

Des yeux sombres. Des sourires insolents. Cet air de supériorité de ceux qui ont tout vu. Ces ancêtres-là n'avaient pas été choisis au hasard. Ils ne pouvaient être que les vrais ancêtres des Mansfield.

Cass frissonna et s'arrêta un instant. Ses jambes la portaient à peine, un malaise se mêla à l'excitation qu'elle éprouvait. Le corridor lui sembla interminable.

Elle finit par atteindre l'entrée que Cloyd lui avait indiquée. Ce n'était pas une porte mais un panneau coulissant. Une sorte de passage secret. Le panneau s'ouvrit, révélant une pièce immense. Cass pénétra à l'intérieur et entendit aussitôt le panneau se refermer dans son dos.

Elle dut faire appel à tout son sang-froid pour réprimer une exclamation de surprise.

La vaste salle faisait surgir des images d'une autre époque, d'un autre monde. Le plafond était traversé par d'immenses poutres sombres. Dans un angle se trouvait une ancienne table de banquet, qui servait sans doute désormais de table de conférence. De l'autre côté était disposé un bureau de style simple et classique. Rien à voir avec le mobilier sophistiqué de Brent. L'occupant des lieux n'avait visiblement pas besoin de ce genre de frivolités pour s'imposer.

Un énorme fauteuil pivotant rouge sombre tourna sur lui-même, faisant apparaître Mansfield. Le siège opulent, qui aurait été étouffant pour n'importe qui d'autre, semblait avoir été spécialement fabriqué pour mettre en valeur la large carrure de son occupant.

— Ce bureau était celui de mon grand-père, annonça-t-il sans préambule.

— Il est à couper le souffle.

— Vous aussi.

Les mots résonnèrent dans la tête de Cass. Elle avait entendu dire que Mansfield était diabolique quand il faisait jouer son charme. Mais elle ignorait qu'il émanait de lui une telle énergie.

34

Toutefois, ce charme ne devait pas intervenir dans leur relation.

— Merci, dit-elle froidement. Ruth m'a dit que vous désiriez me voir ?

— Quel homme n'aurait pas ce désir ?

Une flamme apparut dans le bleu cobalt de ses prunelles. Il avait des yeux de prédateur.

— Approchez. Asseyez-vous, dit-il.

En dépit de sa voix de velours, les paroles exprimaient clairement un ordre. Cass fit quelques pas vers lui, consciente du fait que son tailleur noir et pourpre moulait étroitement ses formes. *Très* étroitement. Elle regretta de s'être laissé convaincre par Dawn, la femme de Gray, de choisir une taille 38 plutôt qu'un 40.

Et puis il faisait beaucoup trop chaud dans ce bureau. Sa peau était moite.

Il n'y avait qu'une seule chaise. Un siège au dossier droit, sans accoudoirs, dont la structure rigide interdisait aux interlocuteurs de Mansfield le moindre instant de relâchement. Elle s'y installa, croisa les jambes et demanda :

— Que puis-je faire pour vous ?

— C'est justement ce que j'aimerais savoir, répondit-il avec un sourire insolent.

— Oh. C'est-à-dire ?

Il se renversa dans son fauteuil, qu'il fit pivoter sur la droite, puis sur la gauche, sans la quitter des yeux une seule seconde. Il était plein d'assurance, presque arrogant. Viril. Et sexy. Et diablement dangereux.

— Monsieur Mansfield ?

D'un geste négligent, il posa la main sur une serviette de cuir, qu'il ouvrit avec un petit rire.

— La Nouvelle-Orléans. J'aurais dû m'en douter.

— Vous douter de quoi ? fit-elle, aussitôt sur ses gardes.

— Seule fille dans une famille de cinq enfants. Quatre frères aînés. Un père policier dans le Quartier Français, une mère au foyer qui élève la marmaille. Ecole catholique, enseignement jésuite. Obtient ses diplômes avec mention.

Il récita tout cela comme une litanie. Le département de police avait fabriqué un passé à Cass, mais celle-ci avait demandé à ce qu'il soit le plus proche possible de la vérité. Moins elle aurait à mentir, mieux cela vaudrait. Personne ne pouvait faire de rapprochement avec la famille Thibodeaux, ni avec Cassidy Blake, le nom qui figurait sur sa licence de mariage. Le service avait veillé au grain. Toutefois, le fait que Mansfield ait découvert ces détails de sa vie fictive signifiait qu'il s'intéressait à elle.

— Vous êtes bien loin de chez vous, fit-il remarquer, pensif.

Ce genre de situation aurait pu être embarrassant pour une novice, mais pas pour Cass. Elle avait été entraînée dans le but d'y faire face, et se sentait très à l'aise.

— J'avais besoin de changer de paysage, j'ai choisi le Nord, dit-elle avec simplicité. Comme d'autres entrent dans la marine marchande.

Les lèvres de Mansfield se plissèrent en un semblant de sourire. Quand il parla, sa voix n'exprima aucune irritation. Seulement de l'étonnement.

— Vous n'avez pas froid aux yeux. Peu de gens auraient eu le courage de me répondre comme vous l'avez fait, et vous le savez. Où avez-vous appris à être aussi intrépide ?

— Vous l'avez dit vous-même, monsieur Mansfield. J'ai grandi dans le Quartier Français, précisa-t-elle en appuyant un peu sur l'accent de La Nouvelle-Orléans. Et là, une fille doit apprendre à survivre.

— *Monsieur Mansfield,* répéta-t-il d'un ton moqueur. Allons, poupée, vous avez tout juste cinq ans de moins que moi. Je préférerais que vous m'appeliez par mon prénom.

Poupée ? Cass fronça les sourcils.

— Ce ne serait pas correct, *monsieur Mansfield,* rétorqua-t-elle en serrant les mâchoires. Vous êtes mon patron.

— Justement, poupée. C'est pour cela que vous devez faire ce que je vous demande.

Elle s'humecta les lèvres du bout de la langue, luttant contre une furieuse envie de lui clouer le bec, au moyen de quelque réplique cinglante.

— Donc, reprit Mansfield, je veux vous entendre prononcer mon prénom.

Cass changea de position sur la chaise inconfortable. C'était dans des moments comme celui-ci qu'elle appréciait son métier et le frisson qu'il lui procurait. Elle décroisa les jambes, puis les recroisa en prenant soin de mettre ses mollets en valeur. Il y avait longtemps qu'elle n'avait plus éprouvé une telle excitation à exercer ses talents de comédienne.

Mansfield la fixait, une lueur ardente dans les yeux. Il semblait à cran, et son visage avait pris une expression que les femmes trouvaient souvent irrésistible : comme si cette dureté apparente cachait une profonde vulnérabilité. Cass ne savait trop qu'en penser, mais elle n'avait ni le temps ni la possibilité d'explorer plus avant la question.

Soutenant le regard de Mansfield, elle sourit largement.

— Derek, énonça-t-elle avec un accent du Sud appuyé.

Les deux syllabes avaient franchi ses lèvres avec la douceur d'une caresse. Mansfield se renversa dans son fauteuil et croisa les doigts sur sa nuque.

— Encore.

— Je n'ai pas le temps de jouer, Derek.

Sa voix la trahit. Elle était encore plus douce qu'auparavant. Un sourire apparut sur les lèvres de Mansfield.

— Je pourrais m'y habituer, avoua-t-il.

— Vous m'avez fait appeler pour une raison particulière, je pense. Ou vouliez-vous juste m'entendre prononcer votre nom ?

La beauté brune et sensuelle de La Nouvelle-Orléans, plongée dans le monde froid et brutal de Chicago. C'était un rôle qu'elle brûlait d'interpréter.

— C'est un crime ? Qu'en pensez-vous ?

Elle pensait que cet homme était dangereux. Mais elle écarta la vérité et rétorqua :

— Je pense que vous vous en moquez totalement.

Il éclata de rire.

— Décidément, vous êtes quelqu'un.

Cass rougit et songea qu'il était temps de conclure cet entretien avant qu'il ne dévie définitivement vers une zone dangereuse. Consultant sa montre avec ostentation, elle ajouta :

— Si vous n'avez rien d'autre à me dire, je retourne à la réception.

— Pourquoi êtes-vous si pressée ? Vous n'aimez pas jouer au jeu de la vérité ?

Elle s'immobilisa. Malgré le large bureau qui les séparait, elle eut l'impression d'être serrée contre lui.

— C'est à cela que nous jouons ?

— Soyons sérieux, Cass. Je trouve étrange que vous ayez affronté cette bande d'ivrognes sans la moindre appréhension hier soir. Vous n'aviez pas peur, c'était visible. Puis, étrangement, à l'instant où j'ai posé mon bras sur vos épaules, vous êtes devenue aussi légère et fragile qu'un papillon. Ce contraste a éveillé ma curiosité.

— J'ignorais que vous vous intéressiez à la psychologie, monsieur Mansfield.

— Derek, rectifia-t-il. Et je ne m'y intéresse pas vraiment. Soyez tranquille, je ne cherche pas à percer à jour tous vos secrets. J'aime savoir à qui j'ai affaire, tout simplement.

Reposant ses pieds sur le sol, il se pencha sur son bureau.

— Vous pouvez redescendre, à présent. Nous en avons assez dit pour un premier jour.

Cass était persuadée qu'il jouait avec elle. Il la congédiait à l'instant même où leur conversation allait les mener quelque part.

— Comme c'est galant de votre part, murmura-t-elle en ramenant sa lourde tresse sur son épaule. Mais en supposant que cette conversation me plaise ? Que j'aie envie de poursuivre le jeu de la vérité ?

Une vive lueur de surprise passa dans son regard. Il se ressaisit sur-le-champ.

— Désolé de dissiper vos illusions, mon petit, mais vous devriez savoir qu'on n'obtient pas toujours ce que l'on veut. Au contraire, même, cela nous empêche parfois d'arriver à nos fins.

— Voilà une affirmation très discutable. Mais j'attendrai.

Elle refusait catégoriquement d'envisager l'échec de son enquête. Elle se leva et quitta le bureau de Mansfield d'une démarche sûre, malgré les battements effrénés de son cœur.

Il y avait longtemps que rien ni personne n'avait réussi à franchir sa carapace pour s'insinuer jusqu'à son cœur de femme. Elle jouerait le rôle de la femme sensuelle si son job l'exigeait, mais, à en juger par l'invitation qu'elle avait lue dans le regard de Mansfield, il faudrait qu'elle soit très prudente.

Une fois déjà, elle n'avait pas su maintenir de frontière nette entre la femme et le flic qui coexistaient en elle. Les conséquences avaient été dramatiques. Pendant les années suivantes, elle s'était efforcée de rendre cette ligne infranchissable.

A présent, elle se maintenait exclusivement du côté du flic. C'était plus sûr.

Bien qu'il n'y ait pas d'homme dans sa vie.

L'arrivée de Mansfield ne devait rien changer. Elle ne pouvait se permettre de laisser la frontière s'effacer, d'écouter le côté féminin de sa personnalité.

Mansfield était prêt à s'engouffrer dans la brèche.

Le soleil plongea à l'horizon, laissant derrière lui un ciel sombre et sans nuage. Une nuée d'étoiles brillantes semblaient vouloir flirter avec la Terre. Combien de nuits avait-il passées ainsi, allongé sur le pont d'un navire, à contempler le ciel ? Au milieu de l'océan, à des milliers de kilomètres du rivage, tout semblait plus vivant, plus éclatant. Pas de gratte-ciel pour obscurcir la vue, pas d'avions pour briser le silence, pas de mensonges pour masquer la vérité.

Mais Derek n'était plus dans la marine. Il n'était plus non plus un jeune homme rebelle en quête d'identité.

Son séjour à Edimbourg lui avait fait du bien. Certains l'avaient accusé de se cacher, mais Luc et lui connaissaient la vérité. Cette retraite en Ecosse n'avait pas été une défaite, mais un temps de préparation.

Les paroles de Cassandra flottaient dans sa tête. Il ne pouvait s'empêcher de s'interroger sur ce que serait la réaction de la jeune femme à la fin, quand tout serait dit. Quand il aurait enfin réglé ses comptes.

Derek repoussa cette pensée, de crainte de se laisser emporter par son imagination. C'était ridicule. Une femme comme elle, chez qui coexistaient la lumière et le mystère, n'avait pas de place dans sa vie. Cass était le genre de femme à obscurcir le jugement d'un homme et à lui faire oublier les dures leçons de l'existence.

C'était une distraction trop dangereuse pour lui. Il ne pouvait prendre un tel risque. Il n'avait donc plus qu'à résister à la tentation.

Plus facile à dire qu'à faire…

3.

« On n'obtient pas toujours ce que l'on veut. »

Les paroles de Mansfield ne voulaient pas s'effacer. Elles accompagnaient Cass partout où elle allait. Comme en ce moment, dans un des longs corridors de Stirling Manor. Les ancêtres aux regards sinistres ne la quittaient pas d'une semelle, mais elle les ignorait, en proie à une détermination sans faille qui la propulsait en avant.

Mansfield se trompait. Elle obtiendrait ce qu'elle voulait. C'est-à-dire qu'elle l'enverrait derrière les barreaux.

Une porte s'ouvrit sur son passage. Avant qu'elle ait pu comprendre ce qui se passait, deux bras lui entourèrent la taille et l'attirèrent dans une pièce sombre. Un flot d'adrénaline déferla dans ses veines, son cœur se mit à battre à cent à l'heure. Aussitôt, elle redevint flic et, d'un mouvement souple, parvint à se dégager pour faire face à son adversaire. Ce Mansfield avait un certain aplomb…

— Du calme, partenaire ! s'exclama Gray en riant.

Déjà en position de combat, Cass se figea.

— Idiot ! Tu as perdu la tête ?

L'homme que le personnel de l'hôtel connaissait sous le nom de John Dickens, mais qui était en réalité l'inspecteur Mitch Grayson, referma la porte de la chambre et s'adossa au battant.

— Tu t'attendais à voir quelqu'un d'autre, ma chérie ? Désolé de te décevoir.

Cass plissa les yeux, refusant de s'avouer sa déception. Mansfield n'aurait jamais agi aussi ouvertement, c'était évident. Son style, c'était plutôt le jeu du chat et de la souris.

Il avait été très clair sur ce point, la veille.

— Il faut que nous parlions, reprit Gray. Sans témoin.

Cass parvint à maîtriser ses nerfs à cran et demanda :

— Que se passe-t-il ?

— Ça y est, on l'a repéré.

— Naturellement. Cela fait plusieurs jours qu'il est revenu.

— Je ne parle pas de Mansfield, mais de Vilas.

L'information lui redonna plus d'énergie que les trois tasses de café qu'elle venait d'engloutir.

— Santiago Vilas, dit-elle en se rappelant la photo de l'homme serrant la main de Mansfield. Eh bien… il refait donc surface. Encore un miracle.

— Drôle de coïncidence, non ?

Il n'y avait pas de coïncidence. Vilas avait disparu de la circulation en même temps que Mansfield et maintenant il réapparaissait avec lui. Un autre domino tombait.

— Tu as des détails ?

— Hier soir, sur la jetée. 19 heures.

— Pratiquement en plein jour, donc. Mansfield était avec lui ?

— Il était seul quand nous l'avons repéré, puis il nous a échappé.

— Merde, marmonna Cass dans un soupir.

Gray ôta sa casquette bordée d'un galon doré et s'approcha d'elle. Il avait toute l'allure d'un flic, malgré son uniforme de chasseur.

— Sais-tu où se trouvait Mansfield hier soir ?

Je veux vous entendre prononcer mon prénom… Après cette entrevue, elle ignorait ce qu'il avait fait.

— Dans la nature, j'en ai peur.

Passant une main dans sa chevelure noire, Gray se mit à arpenter l'élégante suite.

— Je ne crois pas au hasard, grommela-t-il.

— Moi non plus. Mais il y a peut-être une explication.

— Tu sais quelque chose que j'ignore ? Tu me caches une information, Cass ?

Le surnom la fit sourire et l'aida à se détendre. *Cass,* comme *caméléon.* Elle avait déjà eu des dizaines de doubles et pouvait endosser n'importe quelle personnalité. C'était sa spécialité.

— Retrouve-moi à la réception à 5 heures, dit-elle en tournant les talons pour sortir.

Sur le seuil, elle se retourna et ajouta avec un sourire narquois :

— N'oublie pas de remettre ta casquette.

Elle eut le temps de l'entendre grommeler avant de refermer la porte. Impossible de ne pas sourire en voyant son séduisant partenaire affublé de son uniforme de chasseur. Gray faisait tout ce qu'il pouvait pour éviter de porter sa casquette rouge et or, mais Cass, officiellement directrice adjointe, ne perdait jamais une occasion de le rappeler à l'ordre. Personne ne comprenait la raison du regard noir qu'il lui lançait chaque fois, mais elle trouvait cela impayable.

Les matinées étaient généralement calmes à Stirling Manor et celle-ci ne faisait pas exception. Le hall et le bureau de la réception avaient la même apparence que les autres jours, mais Cass sentait que quelque chose avait changé. Le retour de Mansfield avait amené une atmosphère lourde, explosive. Il y avait de l'électricité dans l'air.

— Coucou ! lança Ruth. Où te cachais-tu ?

— J'inspectais les corridors, répondit négligemment Cass en se dirigeant vers l'ordinateur pour consulter la liste des réservations. Ça alors, je…

A cet instant précis, Gray apparut dans le hall.

— Bonjour, dit-il avec une nonchalance étudiée. Rien de spécial, aujourd'hui ?

Cass observa du coin de l'œil l'expression de Ruth. Celle-ci avait sans doute capté certaines rumeurs au sujet des relations de Cass avec le nouveau chasseur.

— Pas grand-chose, fit-elle. Juste une petite conférence internationale, un groupe de financiers.

— Génial, marmonna Gray. J'adore ça. Des types en costume qui vont déambuler ici comme si l'hôtel leur appartenait. Des gens connus ?

Cass énuméra les noms inscrits sur l'ordinateur.

— Bjorn. Duval. Hellfinger. Novachek. Sclafani. Vilas.

Une lueur dansa dans les prunelles de Gray.

— Quelle bande de joyeux drilles ! Ils arrivent quand ?

— Comme d'habitude, après déjeuner.

Puisque Vilas et Mansfield étaient assez insolents pour traiter leurs affaires à l'hôtel, tant mieux. Cela ne pouvait que servir l'enquête.

— Eh bien, reprit Gray, je n'ai plus qu'à…

Les portes vitrées s'ouvrirent brusquement et une jeune femme aux longs cheveux blonds pénétra dans le hall. D'un mouvement théâtral, elle ôta ses lunettes de soleil, révélant de superbes yeux verts en amande. Des yeux de chat. Sa robe était courte, noire et moulante.

Elle avança dans le salon d'une démarche à la fois légère et majestueuse et s'arrêta à la hauteur de Cass. Ses yeux bleus pétillaient.

— Dites-moi où il est. Je ne peux plus attendre.

Cass eut l'impression de se hérisser comme un chat. Encore une pièce du puzzle. Où fallait-il l'insérer, celle-ci ?

— Je suis désolée, madame, mais j'ignore de qui vous voulez parler.

La jeune femme laissa échapper un rire cristallin.

— Oh, ma chère, vous êtes toute nouvelle ici, je présume ?

Sa voix exprimait de la condescendance, de l'amusement. Cette personne n'apparaissait nulle part dans le dossier de Mansfield, toutefois elle se comportait comme une familière de son entourage. Bien que déconcertée, Cass ne s'appesantit pas sur le sentiment d'irritation qui l'envahit.

— Ecoutez, si vous cherchez quelqu'un…

— Ne le prenez pas mal, ma chérie, rétorqua l'autre d'une voix mélodieuse. Mais je trouve drôle que vous soyez si naïve, alors que vous faites partie du personnel de l'hôtel.

Gray glissa une main sur le bureau et saisit les doigts de Cass, dans un geste d'avertissement. Cass parvint à afficher un sourire.

— Oui, eh bien…

— Désolée, Brooke, lança aimablement Ruth. Il n'est pas là aujourd'hui. Je ne l'ai pas…

— Derek, mon chéri !

La dénommée Brooke les planta là et traversa le hall avec autant de légèreté que si elle avait survolé le parquet.

Mansfield se tenait au pied de l'escalier de marbre. Ses cheveux noirs étaient retenus sur sa nuque. Son sourire était de ceux qu'on n'oublie pas.

— Brooke.

Sa voix grave résonna dans le hall. Il ouvrit les bras, serra la jeune femme contre lui et la souleva pour la faire tournoyer. Leur rire joyeux eut sur Cass l'effet d'une douche froide.

Elle demeura clouée sur place, le cœur glacé, l'estomac noué. Brooke ? Le dossier de Mansfield ne contenait aucune allusion à

45

cette femme. Quelle place occupait-elle dans sa vie ? Le regard de l'homme croisa brièvement le sien et elle eut le temps de saisir une lueur dans ses prunelles, une intensité éloquente. Il tenait une autre femme dans ses bras et pourtant il lui adressait une promesse d'intimité.

— Cass ?

Elle ignora Gray et soutint le regard de Mansfield, décidée à ne pas détourner les yeux la première. Il était très fort. Mais elle était plus forte que lui.

— Cass ?

Le ton de Gray se fit plus rude, plus insistant.

Elle perçut la question qu'il s'abstint de poser à haute voix, se rappelant trop tard que son partenaire lisait en elle comme dans un livre ouvert. Au fil des ans, une intimité s'était formée entre eux. C'était un peu comme un mariage platonique. D'ordinaire, Cass était réconfortée par sa présence. Aujourd'hui, elle eut l'impression désagréable d'être un malfaiteur pris sur le fait.

— Mets ta casquette, ordonna-t-elle sèchement avant de disparaître dans le bureau.

Santiago Vilas. Derek Mansfield. Et maintenant, Brooke. Trois nouveaux venus en trois jours. Cass contempla les glaïeuls qui ornaient le comptoir. Leur cœur rouge sang contrastait avec le jaune des pétales. On aurait dit que les fleurs avaient eu le cou tranché et qu'elles saignaient.

Cass se secoua. Ces pensées moroses ne lui convenaient pas. Son genre, c'était plutôt la confiance, l'optimisme. C'étaient ces qualités qui avaient agi sur elle comme un tonifiant, l'aidant à surmonter les périodes noires. C'étaient elles qui l'aideraient à abattre Mansfield. Ce n'était pas en broyant du noir qu'elle parviendrait à ses fins.

Certes, mais cela ne changeait rien à son humeur.

Son humeur. Elle fronça les sourcils. Au diable ses sentiments. Il fallait réfléchir.

Trois arrivées en trois jours. Il y avait forcément un lien.

On disait que Santiago Vilas était à la tête d'un cartel important. C'était lui qui constituait les réseaux, faisait entrer la marchandise illégale aux Etats-Unis pour la redistribuer. Blanchiment. Trafic.

Un an plus tôt, l'enquête avait fait un bond. Mais, quand les gars de la DEA et du FBI avaient voulu mettre la main sur Mansfield, celui-ci s'était évanoui dans la nature. Au bout de quelques semaines, les Fédéraux avaient renoncé. Le chef avait alors décidé de laisser du temps au temps. Mansfield réapparaîtrait tôt ou tard. En attendant, Cass et Gray s'inséreraient dans le personnel de Stirling Manor.

A présent tous les acteurs étaient en place, prêts à jouer le dernier acte.

— Si c'est comme ça que vous regardez mon petit frère, je comprends qu'il soit mordu.

La voix clairement amusée tira Cass de ses réflexions. Levant les yeux, elle vit que l'objet principal de ses pensées se tenait devant elle, les yeux brillants, les lèvres retroussées en un sourire narquois aux lèvres.

— Monsieur Mansf...

Elle s'interrompit brusquement et se reprit, la voix douce comme du velours :

— *Derek*. Je ne vous avais pas entendu approcher.

Il était vêtu de noir des pieds à la tête. Avec ses cheveux attachés sur la nuque et son anneau d'or à l'oreille, il ressemblait plus à un dangereux pirate qu'au propriétaire d'un hôtel de grand standing.

— Où étiez-vous ? s'enquit-il. A en croire votre expression, vous vous trouviez à des millions de kilomètres d'ici... dans une contrée que j'aimerais bien connaître.

Elle le regarda droit dans les yeux.

— Je pensais à vous.

Elle crut lire de nombreux sentiments dans ses yeux, dans le bleu intense de ces yeux qui, si elle n'y prenait garde, pourraient l'hypnotiser… La surprise. L'amusement. Le défi.

— Vous fantasmiez ?

Un cri bienvenu lui épargna une réponse dangereuse.

— Derek !

Brent Ashford fit irruption dans le hall, vêtu d'un strict costume gris d'homme d'affaires qui contrastait avec la tenue de son frère.

— Où as-tu caché Brooke ? On m'a dit qu'elle était revenue.

— Elle était fatiguée, dit Derek avec un sourire si doux que Cass en eut le cœur serré. Elle se repose.

— Fatiguée ? Vraiment ?

La remarque échappa à Cass presque malgré elle. Les deux hommes se tournèrent dans sa direction. Se reprochant intérieurement d'avoir la langue trop déliée, elle écarquilla les yeux d'un air innocent et ajouta :

— Vous voulez dire *exténuée*. Après avoir passé quelques heures avec vous, il ne peut en être autrement. Je pense…

Brent sourit sans relever l'insinuation. Mais Mansfield posa sur elle un regard acéré. Il savait ce qu'elle voulait dire.

— Ça vous plairait sans doute d'en être sûre ?

— Peut-être, fit-elle en ramenant sa longue tresse noire sur son épaule. Et peut-être pas.

Les mots semblèrent demeurer suspendus entre eux. Mansfield ne détourna pas les yeux. Elle non plus. Très lentement, il posa une main sur le comptoir.

Elle eut la satisfaction de voir le choc s'inscrire sur ses traits. Puis il se ressaisit et eut un rire de défi.

— Ah, Cass ! Vous êtes vraiment une perle rare. Quel dommage que je doive repartir dans quelques semaines !

Repartir ? Dans quelques semaines seulement ? Tous les instincts policiers de Cass firent surface en un instant.

— Hé, Cass ? lança Brent en se tournant vers eux.

Elle réussit à esquisser l'ombre d'un sourire et se tourna vers le frère de Mansfield. Elle avait encore du mal à admettre que ces deux hommes si dissemblables soient de proches parents ; ils étaient pourtant le jour et la nuit.

— Tu me dois toujours une soirée, énonça « le jour » avec une lueur d'espoir dans les yeux. On dîne ensemble ?

Cass fut tentée une seconde d'utiliser un frère contre l'autre. Mais le flic reprit le dessus, lui interdisant ce genre de manœuvre perverse.

— Merci, Brent, mais nous en avons déjà parlé. Ce n'est pas une très bonne idée.

Une étincelle s'alluma dans le regard de Mansfield.

— Ce n'est pas une très bonne idée non plus de désobéir au patron, poupée. Je ne vois aucune raison de refuser l'invitation de Brent. A moins que vous n'ayez une préférence pour moi ?

Cass éclata de rire. Mais, puisque Mansfield la mettait au défi, elle ne se déroberait pas. Il fallait qu'il sache à qui il avait affaire.

— Chez Vincent, dit-elle à Brent. Ce soir, à 9 heures.

Sur ces mots, elle pivota sur ses talons et réintégra son bureau.

Toutefois, sa sortie fut gâchée par le rire de Mansfield qui la poursuivit.

Brent dévisagea son frère.

— Pourquoi tu as fait ça ?

« Parce que je suis un imbécile », fut tenté de répondre Derek. Mais il dit simplement :

— Je t'ai déjà rendu des milliers de services dans la vie, frérot. Pourquoi je n'encouragerais pas aussi Cassandra à sortir avec toi ? C'est normal. Cependant, tu ferais mieux de ne pas t'emballer. Nous savons tous les deux que tu n'as pas la stature pour une fille comme elle.

— Tu me pousses à sortir avec une femme que tu désires ! Ce n'est pas tout à fait pareil que de t'accuser à ma place d'avoir cassé un chandelier !

— Ou d'avoir semé des plants de marijuana au fond du parc ?

Derek avait été si furieux quand il avait découvert la culture clandestine de son frère, qu'il avait failli le battre. Puis c'était le père de Brent qui l'avait battu, lui. Presque à mort.

— Papa m'aurait tué s'il avait su, marmonna Brent.

— Non, il t'aurait innocenté. Il aurait cru que tu cherchais à me protéger. Pour lui, j'étais de la mauvaise graine et ça ne pouvait pas changer. Et surtout, je n'étais pas son fils.

Les deux frères s'étaient glissés naturellement dans leurs rôles respectifs. Derek le protecteur, Brent l'éternel enfant. Malgré les années qui passaient, les querelles qui se succédaient, dans le fond, rien n'avait changé.

— J'ai vu comment tu la regardais, reprit Brent. Je sais qu'elle te plaît. Pourquoi la pousses-tu dans mes bras ?

Pourquoi ? Parce que Derek ne voulait faire de mal à personne.

— C'est une jolie femme. Intelligente. Elle mérite d'être traitée comme telle.

— Et tu t'es regardé avec suffisamment d'honnêteté dans ton miroir pour reconnaître que tu n'étais pas assez bien pour elle ? rétorqua Brent d'un ton railleur.

Derek darda sur son frère un regard perçant.

— Ça n'a rien à voir. Je te signale que tu n'es pas un ange non plus.

— C'est bon, tout ça c'est du passé, bougonna Brent dont le visage s'assombrit.

Derek sentit sa patience s'épuiser. Il aimait son frère, mais il ne supportait pas que celui-ci joue les innocents.

— Pourtant, la dernière fois que je me suis trouvé à Chicago…

— Cela suffit, Derek ! fit Brent en avançant d'un pas. Et laisse cette fille tranquille. Elle est trop bien pour toi.

Derek se mit à rire.

— Après tout ce que j'ai fait pour te tirer d'affaire, tu as une drôle de façon de me dire merci.

Le visage de Brent s'empourpra.

— N'insiste pas, Derek.

— Qu'y a-t-il ? J'ai mis en plein dans le mille ?

— Je suis sérieux, Derek. Fiche-moi la paix.

Avec un dernier regard noir, il tourna le dos et s'éloigna. Derek le regarda disparaître dans la cage d'escalier, puis lança un coup d'œil dans le bureau. Cass était là, seule et furieuse. Il n'avait qu'à franchir la porte pour reprendre la conversation là où ils l'avaient laissée.

Et même aller plus loin.

Mais il se figea, surpris lui-même par le tour que prenaient ses pensées. Brent avait raison, il valait mieux la laisser tranquille. C'était plus sûr. Plus simple pour tout le monde. Mais il ne parvenait pas à garder ses distances. Une femme pareille, c'était comme du bon vin. Une gorgée ne suffisait pas à vous rassasier, on en voulait davantage.

Derek referma les doigts sur la poignée de la porte. Ce n'était pas tous les jours qu'on rencontrait une femme comme Cassandra Le Blanc. Et il y avait trop longtemps qu'il était seul. Elle saurait lui faire oublier les mauvais tours que la vie lui avait joués depuis le jour de sa naissance. Elle saurait chasser les nuages sombres suspendus au-dessus de sa tête.

51

Elle saurait effacer les cicatrices qui marquaient son âme.

Jurant tout bas, Derek relâcha la poignée de cuivre aussi brusquement que s'il s'y était brûlé. Tout cela faisait d'excellentes raisons de rester à l'écart. Il n'avait pas le droit de rêver. Il était revenu à Chicago dans le but de régler ses comptes. Ses projets étaient clairement définis.

Il n'y avait pas de place pour une femme dans sa vie.

— Ouf, je croyais que nous n'arriverions jamais à caser tout le monde, dit Cass. Où est donc la cavalerie quand on a besoin d'elle ?

— La cavalerie ? répéta Ruth, interloquée. Tu as dû te tromper de siècle.

— Je faisais référence aux illustres propriétaires de l'hôtel, les séduisants petits-fils de Sir Max.

Ruth émit un ricanement dédaigneux.

— Si tu t'imagines que Brent Ashford va lever le petit doigt pour… Attends une minute… Maintenant que j'y pense, Brent est beaucoup plus présent à l'hôtel depuis que tu es là.

Cass mordilla le bout de son crayon. Ruth lui laissait entrevoir une piste intéressante. Il fallait saisir cette occasion d'en apprendre davantage sur les deux frères.

— Il me semble que Brent aurait dû suivre les traces de son grand-père, non ?

— Pour ce qui est de mener la grande vie, pas de problème. Mais les responsabilités, il n'en veut pas. Il a toujours laissé cela à Derek.

Ruth prit une expression lointaine, comme si elle se transportait vingt-cinq ans en arrière, lors de son arrivée à l'hôtel.

— Quand il était petit, Derek suivait son grand-père partout. Je trouvais cela adorable. Mais, quand j'ai découvert pourquoi le petit passait tant de temps ici, ça m'a brisé le cœur.

52

Cass crispa involontairement les dents sur son crayon.

— Vraiment ? Pourquoi ?

— Derek et Brent sont demi-frères par leur mère. Enfant, Derek n'avait pas de très bons rapports avec le père de Brent. Sir Max essayait de compenser ce manque d'affection en accueillant le petit ici le plus souvent possible. Mais Max voyageait beaucoup et il ne pouvait pas emmener un petit garçon avec lui. Il ne passait que quelques mois par an à Chicago. Ce n'était pas assez pour un enfant comme Derek.

Cass détourna les yeux. Des images l'assaillirent malgré elle. Un garçonnet plein de bonne volonté et d'admiration, suivant son grand-père comme un petit chien fidèle. Elle avait appris beaucoup de choses sur la vie de Mansfield, en étudiant ses dossiers. Mais la vision tendre et humaine que Ruth lui donnait de cet homme la déstabilisait.

— Freud aurait eu beaucoup à dire sur cette histoire, n'est-ce pas ?

— Pas besoin de s'appeler Freud. N'importe quel imbécile pouvait voir le mal que Ted Ashford faisait à ce pauvre petit.

— Mais Derek n'est plus un enfant.

Cela, elle n'en était que trop consciente elle-même !

— C'est un homme. Et la liste de ses méfaits est longue, reprit-elle d'un ton ferme.

Ruth balaya cette remarque d'un geste de la main.

— Oh, ça ? Il ne faut pas se fier aux apparences, ma puce. Ne prends pas les choses aux pieds de la lettre.

Cass faillit s'étrangler. Elle connaissait le problème mieux que personne et s'appliquait justement, dans sa vie professionnelle, à fouiller derrière les masques que les gens présentaient au monde.

— Quelque chose me dit que Mansfield ne s'est pas trop mal sorti de ce conflit avec son beau-père. Au fait, où est-il ? Il y a un moment que je ne l'ai pas vu.

— Et tu n'es pas près de le voir. Quand Brooke et lui se retrouvent, tu peux perdre tout espoir de le croiser dans un couloir de l'hôtel. Elle occupe chaque seconde de son temps.

— Je comprends.

« Occuper » était un mot trop neutre. Cass n'imaginait que trop ce qu'elle devait faire avec Derek. S'adonner au plaisir, savourer le péché…

— Ils sont toujours en haut ? ajouta-t-elle en feignant l'indifférence.

— Non, ils sont partis il y a déjà un moment. Nous ne reverrons pas Derek tant que Brooke ne se sera pas lassée de sa compagnie.

Se lasser ? Comment pouvait-on se lasser d'un homme comme Derek Mansfield ?

Trente minutes plus tard, Cass grimpa sur le plongeoir de la piscine olympique de l'hôtel. Ashford et Mansfield ne seraient pas de retour avant des heures. Gray était allé jeter un coup d'œil au penthouse de Derek. Elle avait au moins une heure de liberté devant elle. Quoi de plus délicieux qu'un petit entraînement en piscine, suivi d'un bon massage. Cette seule pensée la mit en forme.

Elle plongea dans l'eau fraîche et enchaîna plusieurs longueurs de bassin sans faire de pause. Quand elle se lançait dans un effort physique, Cass n'avait pas de limite. L'exercice lui était indispensable, non seulement à cause de son métier, mais aussi pour son équilibre psychologique. Plus d'une fois, elle s'était jetée à corps perdu dans son entraînement, provoquant une montée d'endorphines dont elle usait comme d'un narcotique naturel. Dans ces moments, elle comprenait quelle échappatoire la drogue représentait pour certaines personnes.

Sa méthode était toutefois un peu différente.

Elle était d'une beauté époustouflante. Derek ne pouvait détacher les yeux du corps souple qui fendait les eaux claires de la piscine.

En dépit des rumeurs qui couraient sur son compte, la vie entière de Derek avait été consacrée à une discipline drastique, et à un apprentissage du renoncement. Il connaissait donc le danger qu'il y avait à foncer tête baissée vers l'objet que l'on convoitait. Garder les idées claires, ne jamais agir sur une impulsion.

Luc lui avait enseigné ces principes de base.

Mais il n'était qu'un homme. Et Cass était une femme comme on en voit peu. Avec sa splendide chevelure noire et son regard sensuel, elle faisait surgir des images d'un érotisme insensé. Ses seins ronds, sa taille creusée et ses hanches galbées auraient damné un saint.

Eclatante comme le soleil, mystérieuse comme un rayon de lune. Un cadeau précieux de la vie, dans lequel se mêlaient l'ombre et la lumière.

Mais aussi un objet de contemplation et d'émerveillement qui représentait pour lui un risque inacceptable.

Il savait donc ce qui lui restait à faire. Pulvériser cette attirance, la faire disparaître.

Maurice, le masseur, attendait près de la porte du sauna, un petit sourire nerveux aux lèvres. Plus qu'une minute ou deux. Cassandra avait une routine régulière. Immuable.

Elle se faisait toujours masser après avoir nagé. Et Maurice n'était pas homme à refuser quoi que ce soit au patron. Derek croyait déjà sentir la peau de la jeune femme sous ses doigts, entendre ses soupirs de satisfaction et de bien-être.

Cette seule pensée suffit à faire naître un désir ardent. Un torrent de lave brûlante se déversa dans ses veines.

Dans moins de trente minutes, Cassadra Le Blanc le détesterait. Il serait alors libre de se concentrer sur l'affaire capitale qui l'avait ramené chez lui.

Derek tenta de savourer cette idée réconfortante. En vain. Il n'éprouva que le goût amer de la déception.

4.

A la fois haletante et grisée, Cass agrippa le bord du bassin pour se hisser à la surface. Saisissant au passage une des serviettes rouges de l'hôtel, elle en enveloppa son corps glacé et se dirigea vers l'établissement de massages.

Maurice, son masseur attitré, lui fit un petit signe amical quand il la vit approcher. Il était français, de très petite taille, mais il avait des mains… magiques.

— Bonjour, Cassandra. Prête pour votre massage ?

— Oh, oui. Plus que jamais.

Il lui ouvrit la porte de la cabine en souriant.

— Préparez-vous. Je reviendrai quand vous actionnerez le voyant extérieur.

— Merci, Maurice. Je suis très contractée, je pense que j'aurai besoin de quelques minutes supplémentaires, ce soir.

Une lueur particulière passa dans les yeux du Français. Il eut une légère hésitation avant de répliquer :

— Bien sûr. Quand vous franchirez de nouveau cette porte, vous serez une nouvelle femme, ajouta-t-il avant de s'éloigner dans le couloir.

Sa lourde tresse dégoulinant sur ses épaules, Cass demeura un instant debout pour s'imprégner de l'atmosphère. Maurice était très fier de l'ambiance relaxante qu'il avait réussi à créer dans la cabine. Lumière douce, léger parfum d'encens, musique New Age.

Elle ôta le maillot trempé qui lui collait au corps et s'allongea sur la table de massage. Quelques secondes plus tard, un drap posé de façon stratégique sur son corps et un masque sur les yeux afin d'éviter toute agression par la lumière, elle actionna l'interrupteur qui commandait le voyant.

La musique l'enveloppa, accompagnée du son lointain de vagues s'écrasant sur une plage. Les secondes se transformèrent en minutes. Elle n'aurait su dire combien de temps s'était écoulé quand elle entendit enfin la voix de Maurice :

— Désolé de vous avoir fait attendre, Cassandra. Allons-y.

Il y eut le bruit de la porte se refermant, puis des pas se dirigeant vers elle.

Alors, les mains enchantées de Maurice se mirent au travail. Il repoussa le drap, exposant la jambe droite de la jeune femme et lui prit le pied. Du bout des doigts, il caressa chaque orteil avant de presser doucement entre ses paumes la voûte plantaire, sollicitant ainsi tout le système nerveux de sa patiente. Cass avait entendu dire que n'importe quelle douleur, qu'il s'agisse d'un mal de tête, d'une rage de dents ou même de courbatures, pouvait être soulagée par un massage du pied. Elle ne l'avait jamais cru. Toutefois, elle fut consciente que, peu à peu, le stress et la tension s'évacuaient sous l'effet des gestes précis et habiles de Maurice.

— Maurice, c'est merveilleux.

Il ne dit rien, mais continua de jouer avec son pied. Au bout de cinq minutes, l'exquise torture prit fin et il s'intéressa alors à son mollet. Malgré l'entraînement presque incessant auquel elle soumettait son corps, ses muscles étaient souvent douloureux après un effort intense.

Cependant, Maurice lui faisait tout oublier. Ses deux mains glissèrent souplement sur son mollet puis le long de sa cuisse. C'était quasiment magique. Tout à coup, il pressa les deux pouces sur un point précis à l'arrière de sa jambe. La sensation fut si intense qu'elle tressaillit et poussa une exclamation étouffée. Ses mains puissantes remontèrent et vinrent s'immobiliser entre sa fesse et sa cuisse, à l'endroit exact où se serait trouvée la dentelle de son slip si elle en avait porté un. Elle fut troublée de sentir ces doigts étrangers à quelques centimètres du cœur secret de sa féminité. Personne ne l'avait touchée là, depuis cinq ans.

— Pardonnez-moi, marmonna-t-il en rabattant vivement le drap sur sa jambe.

Puis plus rien. Il n'y eut plus un mot, plus de contact. Uniquement le bruit de sa respiration, plus laborieuse qu'à l'ordinaire.

Cass demeura immobile, le souffle court, en proie à une étrange confusion. Maurice la massait depuis six mois. Il n'y avait jamais eu la moindre équivoque entre eux. C'était sa faute, songea-t-elle. Elle avait sursauté, faisant glisser sa main dans une position délicate. Une vague de remords la saisit. Maurice était visiblement mal à l'aise, il n'osait plus la toucher.

— Maurice ? Ce n'est pas fini, n'est-ce pas ?

Quelques secondes passèrent, puis il répondit :

— *Non*.

Ses mains se posèrent alors sur la jambe gauche, à laquelle il prodigua les mêmes caresses qu'à la précédente. Mais ses gestes étaient différents, plus hésitants qu'auparavant.

La culpabilité s'insinua en elle, détruisant du même coup le travail de Maurice. Elle s'efforça de se détendre, mais la tension ne s'effaça que lorsqu'il se décida à abandonner sa jambe pour se consacrer à ses mains.

Les doigts, d'abord. Chacun d'eux, l'un après l'autre. L'annulaire qui avait porté l'alliance de Randy. Puis la paume de sa main.

— Oh, Maurice, marmonna-t-elle. C'est délicieux.

Elle avait l'impression de renaître. Ses massages n'avaient jamais été aussi sensuels. Elle s'abandonna à ses mains puissantes et s'efforça de ne plus penser à son enquête. Les minutes s'égrenèrent. Maurice remonta lentement de sa main sur son avant-bras, puis sur ses épaules. Le drap glissa, dénudant son dos. Elle était plongée dans un tel état de béatitude qu'elle n'aurait pas même senti un souffle d'air sur sa peau nue.

Un long frisson lui parcourut le corps.

Les mains de Maurice se posèrent sur son dos, dont elles couvrirent toute la largeur. Il commença son massage doucement, donnant peu à peu plus d'ampleur à ses gestes. Cass ne put réprimer un gémissement de bien-être qui se mêla aux accords graves de la musique.

— Hummm…, murmura-t-elle dans un soupir.

Elle ne s'était pas rendu compte jusqu'ici de l'état de tension dans lequel elle se trouvait. Ce ne fut que lorsque les doigts magiques défirent les nœuds et les contractures dans ses épaules qu'elle s'aperçut à quel point l'enquête sur Mansfield l'avait absorbée.

Mansfield. Son attention se fixa sur ce nom. Quelque chose dans le fait de penser à lui alors qu'elle était allongée nue, en train de se faire masser par un autre homme, la choqua. Dans un recoin de son esprit, elle imagina que c'étaient les mains de Mansfield qui étaient sur elle, qui la touchaient et soulageaient ses muscles, qui la faisaient fondre de désir…

Cass chassa bien vite cette image de sa tête. Elle ne pouvait s'autoriser à avoir ce genre de pensée. Les mains de Mansfield glissant sur sa peau, faisant surgir une vague de plaisir… Elle avait laissé passer trop de temps depuis son dernier massage. Et il y avait encore plus longtemps qu'aucun homme ne l'avait touchée intimement. Maintenant, les deux sensations se mêlaient, son corps vibrait…

Elle se crispa en sentant les doigts de Maurice lui entourer l'abdomen, s'approchant dangereusement de ses seins.

Une flèche de désir la transperça.

— Non…

Choquée, elle roula vivement sur le côté et s'assit sur la table tout en ôtant son masque. L'atmosphère intime créée par l'obscurité jouait des tours à son imagination.

Et alors, elle se figea. Le brouillard sensuel qui l'enveloppait se dissipa dans l'instant.

Ce n'était ni l'encens ni la musique qui lui jouaient des tours. C'était Mansfield. Il se tenait là, au-dessus d'elle, son visage parfaitement sculpté encadré par ses cheveux noirs, son regard bleu et ardent dardé sur elle.

— Salaud ! cria-t-elle d'une voix stridente.

Elle voulut le gifler, mais il lui agrippa le poignet au moment où sa main allait s'abattre sur sa joue. De sa main libre, sans la lâcher des yeux, il remonta le drap sur ses épaules.

— Qu'y a-t-il ? Vous commenciez à tellement vous détendre que j'ai cru que nous étions sur le point de vivre quelque chose d'inoubliable.

Une onde de chaleur enflamma les joues et le corps de Cass.

— Espèce de…

— De salaud. Je sais, vous l'avez déjà dit.

Elle recouvra ses esprits. Elle n'était pas encore certaine de savoir à quel genre de jeu jouait Mansfield. Mais il fallait qu'elle joue elle-même la comédie. Ses doigts se détendirent sur sa joue et elle dit d'une voix sirupeuse :

— Quelle surprise, Mansfield. Je n'aurais jamais cru qu'un homme comme vous avait de tels… talents.

Pas étonnant que son massage lui ait paru différent ce soir.

— J'ai plus de *talents* que vous ne le croyez.

Sans relever l'allusion, elle demanda :

— Qu'est-il arrivé à Maurice ?

— Regardez ce que vous avez fait, dit Mansfield d'un ton de reproche, en laissant glisser un doigt sur son dos raide. Moi qui étais parvenu à vous plonger dans un état de relaxation presque parfait…

Cass serra les mâchoires, refrénant son impatience.

— Que faites-vous ici ? fit-elle en martelant les syllabes.

— Je vous l'ai déjà dit, poupée. Je veille toujours sur ce qui m'appartient.

— Sur Brooke aussi ? rétorqua-t-elle du tac au tac.

— Sur Brooke aussi, confirma-t-il calmement. Et sur vous.

— Moi, je ne vous appartiens pas.

Malgré sa réplique sèche, elle appuya légèrement les doigts sur la joue virile ombrée de barbe.

— Vous travaillez dans *mon* hôtel. Donc, vous êtes sous ma responsabilité.

— C'est bien les hommes ! fit-elle, narquoise. Donnez-leur un doigt, ils prendront tout le reste.

— Je ne me contenterai pas d'un doigt. Et je pense que vous non plus.

Cass demeura bouche bée. Elle était amenée par son métier à entendre des répliques crues. Mais la remarque suggestive de Mansfield la prit par surprise. Son regard fut attiré malgré elle par une partie précise de l'anatomie de son interlocuteur et elle fut déconcertée en constatant qu'il était aussi sensible qu'elle au tour que prenait la conversation.

Elle aurait dû être folle de rage. Cette pensée l'effleura, lointaine. Cependant, la flèche brûlante qui la transperça n'avait rien à voir avec la colère.

— Que faites-vous ici ? répéta-t-elle. Vous n'avez donc pas assez d'une femme dans votre vie ?

Il haussa les épaules, l'air faussement innocent.

— On m'a toujours dit que je massais bien. Je ne pouvais quand même pas vous laisser partir dîner avec Brent alors que je vous sentais aussi crispée !

Désarçonnée, elle fut un instant partagée entre une rage froide et l'envie de rire. Elle était là, assise, nue comme au jour de sa naissance, devant son principal suspect ! Suspect dont les mains

62

s'étaient promenées sur tout son corps, provoquant en elle une foule de sensations délicieuses.

Et à présent il avait le toupet d'insinuer qu'il voulait seulement lui faire apprécier son dîner avec son frère ?

— J'apprécie votre sollicitude, déclara-t-elle d'une voix mélodieuse. Mais ce qui se passe entre Brent et moi ne vous regarde pas.

— C'est là que vous vous trompez. Je vous répète que je veille avec soin sur mon entourage. J'espère que vous passerez une excellente soirée avec mon petit frère. Il plaît aux femmes. Je suis sûr qu'il est beaucoup plus délicat que moi.

Elle fut étonnée elle-même de l'éclair de déception qui la traversa. Suivi presque aussitôt par un sentiment de répulsion. La pensée que Brent puisse la toucher la révulsa.

— Je l'espère, dit-elle toutefois.

Le sourire ensorceleur réapparut sur les lèvres de Mansfield. Avant que Cass ait pu se dérober il agrippa à pleine main sa tresse encore humide et l'attira vers lui. N'ayant guère le choix, elle se laissa faire et ne comprit que trop tard ce qu'il avait en tête.

Elle aurait pu se débattre, songea-t-elle, alors que la bouche de Derek se plaquait voluptueusement sur la sienne.

— Comme cela, vous aurez de quoi réfléchir pendant que vous serez avec mon petit frère, murmura-t-il contre ses lèvres.

Il se pressa un peu plus contre elle, et lui caressa brièvement les lèvres du bout de la langue. Un flot de sensations l'envahirent.

— Et vous, pendant que vous serez avec Brooke ? rétorqua-t-elle, le souffle court.

Il s'écarta, les yeux brillants.

— C'est une jolie femme, n'est-ce pas ?

— Oui, fit-elle, piquée par la jalousie.

— Futée aussi.

— Comme c'est bien pour vous !

— La beauté et l'intelligence, reprit-il avec un sourire appuyé. C'est de famille.

Elle éprouva une telle envie de lui arracher les yeux qu'elle ne comprit pas tout de suite ce qu'il voulait dire.

— De famille ?

— Oui. Du moins, du côté des Mansfield.

— Des… Mansfield ? répéta-t-elle, confuse.

Derek rit franchement.

— Brooke est ma cousine, Cass. Et, malgré les vilaines rumeurs qui courent sur moi, je ne suis pas perverti au point de choisir mes maîtresses parmi les membres de ma propre famille !

Sur ces mots, il tourna le dos et disparut. Cass demeura seule, assise nue sur la table de massage, les doigts crispés sur le drap qui couvrait sa poitrine. Ses nerfs étaient à cran.

Seigneur… cet homme avait réussi une fois de plus à toucher ses points sensibles.

Derek se renversa dans son fauteuil en se massant les tempes. Il avait passé la plus grande partie de la journée en réunions. Une corvée qui ne lui avait pas manqué pendant son séjour en Ecosse.

— Vilas est ici, dit-il dans le récepteur calé entre son épaule et son oreille. Tu avais raison. L'attente l'a rendu impatient.

Luc éclata de rire.

— Bien sûr, j'avais raison ! Et la fumée, ça s'éclaircit ?

— J'en ai l'impression. D'après ce…

Les mots s'éteignirent sur les lèvres de Mansfield lorsqu'il aperçut Cass sur l'un des écrans de sécurité. La jeune femme se glissa derrière le comptoir de la réception et jeta un coup d'œil furtif autour d'elle, comme si elle se savait observée.

Elle ne se trompait pas.

Mansfield s'était surpris à plusieurs reprises dans la journée à la contempler dans le hall ou sur les écrans vidéo. Ses cheveux étaient sagement tressés en arrière et son uniforme révélait ses courbes voluptueuses et ses jambes interminables. Mais ses gestes étaient mécaniques, fatigués, comme si elle n'avait pas assez dormi la nuit précédente.

La pensée qu'elle avait passé la soirée avec Brent lui déchira le cœur.

Il savait qu'il aurait mieux fait de ne plus penser à elle. Mais il ne pouvait pas l'ignorer. Surtout quand elle fixait sur lui ces yeux interrogateurs. C'était pour cette raison qu'il l'avait encouragée à sortir avec Brent et qu'il avait dépassé les limites en lui faisant ce massage. Bon sang, quand il songeait à elle, nue sur cette table, à peine couverte par le drap...

Il croyait encore sentir le goût de ses lèvres.

Se levant d'un geste abrupt, il grommela dans le téléphone :

— Il faut que je m'en aille, nous parlerons plus tard.

Depuis 10 heures, il se contentait de la regarder de loin. Cette fois, il traversa son bureau et gagna l'ascenseur. Encore quelques efforts. Il fallait qu'il anéantisse cette attirance dangereuse, avant que quelqu'un n'en souffre.

Cass émergea de derrière le comptoir, un grand sac à bandoulière sur l'épaule. Sa démarche était rapide et déterminée.

— Un autre rendez-vous ? lança-t-il en guise de salut.

La jeune femme demeura clouée sur place. Il vit son corps prendre une attitude rigide, et quelques secondes passèrent avant qu'elle ne se retourne vers lui. Pour la première fois de la journée, il décela une étincelle dans son regard.

Il éprouva une sorte de vertige, comme s'il venait de sauter dans le vide.

— Vous ne seriez pas partie sans me dire au revoir, ma jolie ?

— Comment aurais-je pu vous dire au revoir alors que vous ne vous êtes pas montré de la journée ?

Derek regarda derrière elle, s'adressant à Ruth qui les observait avec intérêt.

— Ruth, ma chère, vous m'avez vu aujourd'hui, n'est-ce pas ?

— Absolument. Vous n'avez cessé d'aller et venir.

Cass parut éberluée.

— Vous m'espionniez ? demanda-t-elle, nerveuse.

— Non, je vous admirais.

Il accompagna ces paroles d'un sourire coquin.

— J'espère que ça en valait la peine, répliqua-t-elle sèchement, avant de se tourner vers la porte.

Derek n'était pas disposé à la laisser partir, il se sentait trop vivant en sa présence. Trois enjambées et il fut à ses côtés, posant une main sur son bras.

— Pourquoi êtes-vous si pressée ?

Elle leva lentement les yeux vers lui.

— J'ai peut-être vraiment un autre rendez-vous. C'est si difficile à croire ?

En une seconde, la belle humeur de Derek s'envola. Juste comme ça.

— Encore mon petit frère ? s'enquit-il avec froideur. C'était bien, hier soir ?

La pensée qu'elle ait pu partager l'intimité de Brent le fit vibrer d'une fureur sourde. Son pouls s'accéléra.

Cass battit des paupières.

— Je ne suis pas le genre de femme à raconter ce que j'ai fait la veille avec un homme. D'après vous, ça pouvait être comment ?

Mansfield se figea.

— Ne jouez pas à ce petit jeu avec moi.

— Un jeu ? répéta-t-elle avec une feinte innocence. De quoi voulez-vous parler ?

Il l'attira plus près de lui.

— Je veux parler des étincelles qui fusent dès que nous nous approchons l'un de l'autre.

Comme en ce moment. Il se tenait à côté d'elle et cela suffisait à faire surgir le désir. C'était exaspérant.

— Le petit frère se doutait-il que c'était à moi que vous pensiez quand vous le regardiez… et que vous l'embrassiez ?

— Vous vous flattez ! rétorqua-t-elle, les yeux luisant de fureur.

— Ne mentez pas. Le jeu auquel nous jouons est dangereux. Vous en êtes consciente, j'espère ?

Elle s'arracha à son étreinte et recula, le regard brillant de défi.

— Ce n'est pas moi qui ai insisté pour aller dîner avec votre frère. Que me voulez-vous, *Derek* ? Quel genre de jeu jouez-vous ?

Bon sang, elle était belle à couper le souffle quand elle réagissait avec cette fougue ! Derek essaya de garder un visage impassible, mais il aurait voulu sourire.

— Il faut vraiment que vous posiez la question ?

— Ce qu'il faut que je fasse, c'est partir avant de…

— Cass, ma chérie, enfin tu es là !

Brent se précipita à travers le hall, avec l'enthousiasme d'un amant pressé de serrer sa bien-aimée contre son cœur. La jeune femme recula, comme pour ériger une barrière entre eux.

Ce qui fournit à Derek la réponse à ses questions. La satisfaction qu'il éprouva fut intense. Dans un geste qu'il jugea ridicule, Brent prit les mains de Cass et lui embrassa le bout des doigts.

— J'ai tenté de m'échapper toute la journée, mais…

Il marqua une pause et haussa les épaules avec un petit sourire angélique qui l'avait toujours sorti des situations difficiles quand il était enfant.

— Quand on dirige un hôtel, on a peu de temps pour soi.

Derek ravala un ricanement narquois. Cass lui coula un regard en coin et réprima aussi un sourire. Ils savaient aussi bien l'un que l'autre que Brent ne levait même pas le petit doigt quand il s'agissait de l'hôtel. Il était plein de charme et de bonnes intentions, mais la volonté lui manquait.

— Il n'y a pas de problème, dit-elle. J'allais partir…

— Oh, mais…

— Brent ! appela Ruth depuis le bureau. Excuse-moi, mais tu as un appel sur la ligne trois.

Brent décrocha le récepteur en fronçant les sourcils.

— Ne pars pas, ordonna-t-il à Cass, avant de se retourner pour parler à voix basse dans l'appareil.

Cass fit mine de s'éloigner, mais Derek lui saisit le poignet.

— Vous avez entendu mon petit frère. Si vous le plaquez comme ça, il sera très triste.

— Comme si ça vous faisait quelque chose !

— Naturellement. C'est mon frère, après tout.

— Je ne sais pas où vous voulez en venir et franchement, je m'en moque. Mais…

— Papa !

Le cri enfantin, exubérant, la fit taire au beau milieu de sa phrase. Elle pivota sur ses talons et vit un petit garçon brun traverser le hall en courant.

L'humeur de Derek changea aussitôt. Il s'agenouilla et ouvrit grand les bras, réceptionnant l'enfant au passage.

— Salut, mon petit bonhomme, dit-il en serrant Ryan dans ses bras.

Il n'avait pas vu son neveu depuis des mois et s'était battu comme un lion, au cours de la procédure de divorce, pour que Brent ne perde pas la garde alternée. Il ne voulait surtout pas que Ryan grandisse sans père, comme lui.

— J'ai une surprise pour toi.

L'enfant recula, arborant un sourire radieux.

— C'est un petit chien ?

Derek vit un tel espoir illuminer ses yeux qu'il prit bonne note de ce souhait.

— Un chien ? Non. Que ferais-tu d'un petit chien ?

— Je lui apprendrais à rapporter une balle, expliqua Ryan, comme si c'était l'évidence même.

Derek se redressa en riant.

— Cass, je vous présente…

Mais Cass n'était plus là. Il la vit de loin traverser le hall à longues enjambées. Elle courait presque.

Un sentiment désagréable s'insinua dans son cœur, lui contracta l'estomac. Cette femme d'ombre et de lumière n'était pourtant pas du genre à fuir quoi que ce soit.

— Cass ? appela-t-il.

Elle ne s'arrêta pas. Sans la moindre hésitation, elle ouvrit la porte et s'évanouit dans la lumière grise du crépuscule.

Papa ?

Le mot tournait et virevoltait dans la tête de Cass comme un oiseau prêt à fondre sur sa proie. Marchant au hasard à la périphérie du parc, elle essaya de repousser l'image de l'adorable garçonnet se jetant dans les bras de Mansfield.

Elle ignorait totalement que Mansfield avait un fils. C'était donc le père d'un jeune garçon, qu'elle voulait envoyer derrière les barreaux !

Comment une chose aussi importante avait-elle pu lui échapper ?

Autour d'elle, des enfants jouaient, riaient. Des adultes passaient en bavardant gaiement. Cass les observait. Et se souvenait.

Un enfant… Seigneur…

Une flèche douloureuse s'enfonça dans sa poitrine. La réalité fondit sur elle, déchirante. Autrefois, un enfant avait illuminé sa vie. A présent, elle ne pouvait poser les yeux sur un petit garçon sans se décomposer intérieurement. Elle avait eu un fils. Il était toute sa vie.

Une partie d'elle-même était morte avec lui.

Pendant les cinq années qui avaient suivi l'accident, elle s'était jetée à corps perdu dans le travail, ne laissant de place pour rien d'autre. Mais le soir, quand elle se retrouvait seule dans son lit, dans la maison vide, le chien de son fils couché à ses pieds, elle ne pouvait plus échapper à la réalité.

Le travail ne remplacerait jamais l'amour. L'amour, c'étaient des bras qui se nouaient autour de son cou après une longue et pénible journée, un sourire qui faisait fondre tous les soucis comme par magie, un rire qui vous enveloppait. Le travail ne pouvait remplacer l'amour d'un enfant qui grandit, qui va à l'école.

Le travail ne remplacerait jamais son fils.

Frissonnante, elle serra les bras devant elle et sentit les larmes couler sur son visage. Elle ne fit rien pour les retenir, c'était tout ce qui lui restait de son enfant.

Elle avait eu sa chance, puis elle l'avait perdue. Rien ne changerait cette triste réalité, rien ne lui rendrait sa famille. Quelquefois, elle essayait de se faire croire que son chagrin allait disparaître, qu'elle allait recouvrer la joie de vivre. Mais l'obscurité revenait toujours en vagues sinistres. Rien ne pouvait effacer le passé.

Les souvenirs revenaient impitoyablement la broyer.

Elle était si belle que Derek en eut le cœur transpercé. Immobile, sereine, elle contemplait la foule agitée. Mais alors, il remarqua les larmes. Deux traînées argentées sur ses joues pâles, trahissant une douleur secrète.

70

Sa tristesse élevait autour d'elle une barrière presque palpable. « Va vers elle, lui souffla une voix intérieure. Prends-la dans tes bras, tiens-la serrée contre ton cœur ».

Quelque chose le retint. Un instinct de préservation. Le sexe était une chose. Mais ce qu'il éprouvait pour Cass était entièrement différent. Diablement dangereux. Certes, il aurait aimé avoir Cass dans son lit, mais il n'avait pas besoin d'elle dans sa vie. Surtout s'il devait chasser les fantômes qui provoquaient ces larmes.

Autour d'eux, les gens vivaient. Des femmes poussaient des voitures d'enfants, des gosses couraient, des chiens jouaient.

Cass pleurait.

Il fut frappé par ce violent contraste ; le désespoir de la jeune femme le toucha profondément. Il y avait longtemps qu'il n'éprouvait plus de tels sentiments, il avait oublié comme ils pouvaient être douloureux.

Pas question de s'y soumettre.

Il fit donc la seule chose raisonnable, en telle situation. Il tourna le dos et s'éloigna.

5.

— Il y a du nouveau ?

Cass tressaillit, mais ne fut pas vraiment surprise d'entendre la voix de Gray. Celui-ci surgissait souvent dans le bureau, de manière inopinée, pour venir comparer l'avancement de leurs recherches.

— Rien, répondit-elle en jetant un coup d'œil prudent dans le hall.

— S'il est vraiment sur le point d'agir, c'est un maître de la discrétion.

En effet. Mais le fait qu'ils ne tiennent pas encore de preuve contre Mansfield ne signifiait pas qu'ils étaient sur une fausse piste.

— Vilas est toujours ici, mais je ne les ai pas surpris ensemble.

— Tu as essayé ? rétorqua-t-il d'un ton sec, inhabituel.

— Qu'est-ce qui te prend ?

— Je dis…

Il s'interrompit en voyant Ruth revenir vers le bureau. Elle fit mine d'arranger le bouquet de glaïeuls, mais l'intérêt qu'elle portait à leur conversation était évident.

— Je reviens dans une minute ! annonça Cass en quittant le comptoir.

— Je dis les choses comme je le pense, reprit Gray quand ils furent de nouveau seuls, dans la pièce réservée au personnel. Tu n'es pas comme d'habitude, Cass. Tu as l'air bouleversée.

Il ne croyait pas si bien dire. Entre son dîner avec Brent et l'apparition du fils de Derek, elle ne savait plus où elle en était. Difficile de se concentrer. Elle avait espéré que Brent révélerait quelques détails qu'elle aurait pu utiliser contre Derek, mais il n'avait fait que chanter les louanges de son frère. En dépit de leurs incessantes chamailleries, les deux hommes semblaient liés par une profonde affection.

— Je vais très bien.

— A d'autres, je t'en prie. Qu'y a-t-il ?

Pendant un court instant, elle fut contente qu'ils se trouvent confinés dans l'hôtel toute la journée, ce qui obligeait Gray à refréner sa curiosité. Mais il avait vu juste, elle n'était pas elle-même. Des failles infimes apparaissaient çà et là, qui faisaient craquer sa carapace et laissaient le doute s'engouffrer.

— Gray, commença-t-elle d'une voix contrôlée. Tu devrais concentrer ton énergie sur l'enquête, pas sur moi. Je vais bien.

— Bon sang, Cass ! Tu ne peux pas garder tout ça pour toi.

— Je ne vois pas de quoi tu veux parler, rétorqua-t-elle en détournant les yeux.

— D'accord. C'est pour ça que tu n'arrêtes pas de regarder le petit.

Cass se figea. Une fois de plus, Gray avait vu juste. D'ailleurs, elle venait de se trahir à l'instant même. Elle avait les yeux fixés sur Ryan, qui était assis dans le salon, sur un tapis persan juste devant la cheminée. Il s'amusait avec un kit de magicien. Plusieurs clients de l'hôtel s'étaient regroupés autour de lui. Visiblement, ce qui les attirait, ce n'étaient pas les tours de magie de l'enfant, mais le garçonnet lui-même avec son grand sourire et son regard confiant.

Son expression innocente serra le cœur de la jeune femme.

— Cass, cesse de te torturer, dit Gray en posant une main sur son bras. Ton service est terminé, rentre chez toi. Va courir, fais n'importe quoi, mais sors d'ici avant de devenir folle.

Il avait encore raison, il fallait qu'elle sorte de cet hôtel. Mais le dernier endroit où elle avait envie de se retrouver, c'était justement chez elle. Personne ne l'y attendait, à l'exception de son brave et loyal Barney.

— Nous avons du pain sur la planche, Gray. Mansfield est là depuis une semaine et pourtant, nous n'avons pas…

Gray lui lança un regard d'avertissement.

— Fais comme si de rien n'était. Nous avons de la visite.

— Ah, ma petite *Intrépide,* vous êtes là.

La voix était douce comme du velours.

— Bonjour Derek, fit-elle en se retournant. J'allais justement partir.

— Il faut que nous parlions.

— Pas ce soir.

— Si, ce soir, décréta-t-il en faisant signe à Gray de sortir. Vous ne m'avez pas dit toute la vérité, ma poupée. J'exige de savoir pourquoi.

— Oh ?

Cass se sentit traversée par un flux glacial. Du coin de l'œil, elle vit Gray se crisper également.

Mansfield lui prit la main et l'entraîna plus loin. Elle se laissa faire, sans véritable appréhension. Son double jeu ne pouvait avoir été découvert. Il y avait trop d'amusement dans les yeux bleus de Mansfield pour que ce soit le cas.

Ils contournèrent le ficus majestueux qui dissimulait l'entrée des bureaux privés sous l'escalier de marbre. Mansfield ouvrit la porte, la fit entrer et referma soigneusement derrière lui. Alors, sans lui lâcher la main, il se campa face à elle.

— Pourquoi posez-vous toutes ces questions ?

— Des questions ? répéta-t-elle avec nonchalance. Quelles questions ?

— Vous n'avez donc pas compris ce que j'ai essayé de vous dire l'autre soir ? Je pensais que vous resteriez à distance.

— C'est ce qu'aurait fait une femme intelligente ?

Le regard de Mansfield s'aiguisa, son visage s'assombrit.

— Brent m'a dit qu'il avait dû affronter un interrogatoire en règle pendant votre dîner en tête à tête. Sauf que l'accusé, c'était moi.

— Oh ?

Elle eut un involontaire mouvement de crispation. Ses questions lui avaient pourtant paru assez innocentes pour que Brent n'éprouve pas le besoin d'en parler à son frère.

— Si vous avez des questions à mon sujet, adressez-vous à moi.

Des interrogations, elle en avait. A commencer par l'existence de ce fils, par exemple.

— Je…

— J'ai une meilleure idée, murmura-t-il en se penchant vers elle. Nous pourrions éliminer les préliminaires et passer directement aux affaires sérieuses.

Sa bouche se posa sur celle de la jeune femme et il l'attira contre lui. Pendant un court moment, Cass fut trop éberluée pour réagir. Puis le choc se dissipa, remplacé par un désir brûlant qui ne laissa aucune place au raisonnement. Ses sens furent si complètement bouleversés, renversés, qu'elle ne put plus s'appuyer que sur son instinct.

La flèche sombre du désir la poussa à se hisser vers Derek pour lui donner meilleur accès à ses lèvres. Toute la chaleur et l'énergie qu'elle avait devinées chez lui se transformèrent en une passion comme elle n'en avait jamais connue. Ses lèvres viriles s'écrasèrent sur les siennes avec une sorte de désespoir : comme s'il ne pouvait se rassasier d'elle.

Il lui fut impossible de résister à cet assaut. Elle ne put que se lover contre lui, sentir son corps puissant contre le sien. C'était si facile de se perdre dans ses bras, dans sa chaleur, de se noyer dans son baiser. De ne plus vivre que dans la sensation.

Lorsqu'il se pressa contre elle, elle perçut la force intense de son désir contre son ventre.

Le désir. C'était comme une drogue contre laquelle elle ne savait pas lutter. Une drogue que Derek Mansfield savait manier. Ses mains agiles se promenèrent sur tout son corps. Sur son dos, sous sa veste rouge, saisissant ses seins gonflés, taquinant un de ses tétons durcis…

Quelqu'un frappa à la porte.

— Oncle Derek ? Tu es là ?

Cass se tint figée entre les bras de Mansfield, écoutant sa respiration haletante.

— Ryan, c'est toi ? grommela-t-il, la voix rauque.

Le cœur de Cass tressaillit. C'était l'oncle du petit garçon, pas son père. La scène qui s'était déroulée dans le hall lui revint à la mémoire et elle se rappela que Brent se tenait derrière eux… Mansfield avait intercepté l'enfant et l'avait occupé pendant que son père téléphonait… Elle avait entendu parler du divorce compliqué de Brent, de la bataille autour du garçonnet, mais elle n'avait pas compris que cet enfant était Ryan. Ce dernier ouvrit la porte et passa la tête dans l'embrasure.

— Désolé, oncle Derek. Je voulais juste te montrer mon dernier tour de magie.

Derek maintint Cass contre lui, tournant le dos afin de dissimuler la main qu'il avait posée sur son sein.

— J'arrive dans une seconde, mon garçon. Mais il faudra te dépêcher, car j'ai une réunion.

— Encore ? protesta Ryan. Mais il fait nuit !

Cette réunion était d'un autre genre, songea Cass. De celles, justement, qu'elle essayait de découvrir et qui se tenaient exclu-

76

sivement dans l'obscurité. Mansfield marmonna une excuse et attendit que l'enfant soit reparti. Alors, il reposa sur elle son regard sombre et captivant.

— Où en étions-nous ?

En route vers le septième ciel, songea-t-elle, les jambes vacillantes. Mais bon sang, tout cela était pure folie ; sur quel chemin s'était-elle laissé entraîner ?

— J'allais partir, dit-elle en s'écartant de Mansfield pour bien prouver sa volonté.

— Pas si vite, ma chérie. Vous savez ce qui se passe quand les choses mijotent trop longtemps, n'est-ce pas ? demanda-t-il en lui prenant le menton.

— Elles perdent leur attrait ? suggéra-t-elle avec un sourire effronté.

— Seulement si on ne sait pas y faire. Et croyez-moi, ma petite intrépide… *je sais y faire.*

Il attira sa tresse vers lui et y posa les lèvres. Elle ne mit pas une seconde ses paroles en doute.

— Oh ? fit-elle simplement, alors qu'il laissait retomber la tresse.

— Nous pouvons continuer ce petit jeu quelque temps, mais rappelez-vous… plus nous attendrons et plus nous brûlerons. C'est dangereux, vous savez.

Cass parvint à quitter le bureau d'une démarche ferme. Elle essaya de ne pas suivre Mansfield des yeux dans le hall, mais en vain. A croire que ses yeux et son corps avaient une volonté propre !

Gray surgit à ses côtés.

— Tout va bien ?

— Très bien.

Elle était flic, bon sang. *Flic*. Mais elle était aussi une femme. Une fois déjà, les deux personnages qui cohabitaient en elle s'étaient violemment opposés. Les conséquences avaient été dramatiques.

Elle ne permettrait pas que ça se reproduise.

— Je rentre chez moi, comme tu me l'as conseillé.

Gray ouvrit la bouche, la referma aussitôt et la regarda s'éloigner en silence.

Quelques minutes plus tard, sa berline grise s'engagea dans la rue et se coula dans la circulation. La Ferrari de Mansfield était à une dizaine de mètres devant elle. Elle avait laissé son coupé sport rouge au garage, pour plus de discrétion.

Il avait un rendez-vous. Ce soir. Avec un peu de chance, il commettrait une faute qui le ferait prendre. Et l'enquête serait finie avant que cette dangereuse attirance ne la détruise elle aussi.

La lenteur du trafic lui laissa le temps de jeter un coup d'œil au rétroviseur pour vérifier sa tenue. Une casquette de base-ball cachait ses cheveux. Elle portait des lunettes noires et un vieux T-shirt. Parfait. Personne, à travers les vitres teintées, ne devinerait qu'elle était une femme.

Mais Mansfield ne regardait pas derrière lui. Il se faufilait avec arrogance entre les files de voitures. Cass le suivait à la même allure. Incapable d'oublier la fougue avec laquelle il l'avait embrassée… et le fait qu'elle n'avait rien fait pour résister.

A cause de l'enquête ? Non, elle ne pouvait se mentir à elle-même. Elle n'était jamais allée jusqu'à offrir son corps pour découvrir un coupable, et elle n'avait pas l'intention de commencer maintenant. Il fallait bien regarder la vérité en face.

Elle avait répondu au baiser de Mansfield comme une femme, pas comme un flic. Et le désir ne faisait que s'amplifier de minute en minute, devenait de plus en plus dangereux, l'emportait dans son tourbillon.

Après tout ce temps passé sans homme… Que Derek Mansfield ait éveillé si aisément sa sexualité endormie, c'était… déconcertant. Mais sa réaction était purement physique, s'empressa-t-elle de préciser intérieurement. Et donc, compréhensible. C'était un homme extrêmement séduisant. Il aurait fallu être *morte,* pour demeurer insensible à ce regard bleu provocant, à ce sourire insolent, à ce corps souple et viril.

Cass était bien vivante.

Jurant à mi-voix, elle alluma la radio et monta le son au maximum. Un vieux rock se mit à rugir, dissipant instantanément sa nervosité.

A l'ouest, le soleil disparaissait presque sous une masse de lourds nuages gris, qu'il transperçait de quelques rayons or et rouge.

La voiture qui séparait Cass de celle de Mansfield tourna dans une rue de la banlieue chic, obligeant Cass à ralentir l'allure. Elle s'attendait à ce que le rendez-vous de Mansfield se tienne dans un endroit retiré, peut-être sur la jetée. Mais elle n'avait pas prévu ce long trajet tortueux sur les rives du lac Michigan.

« Retourne sur tes pas. Contacte Gray. Demande des renforts. » Ces pensées tournoyaient dans sa tête, mais Cass n'en tint pas compte. Ce n'était pas le moment de reculer, alors qu'elle était sur le point de faire tomber un autre domino…

L'obscurité commençait de s'abattre sur le paysage, ce qui rendait la conduite sur la route sinueuse encore plus difficile. De grosses gouttes de pluie s'échappèrent de la lourde masse nuageuse qui flottait dans le ciel sombre.

Cass songea à La Nouvelle-Orléans, aux après-midi lourds et humides qui se terminaient par un formidable déchaînement des éléments.

La Ferrari tourna brusquement sur la gauche. Si Cass n'avait pas eu les yeux fixés sur la voiture, elle aurait pu croire qu'elle venait de s'évaporer dans les airs. Elle éteignit ses phares et la suivit sur le chemin de terre.

C'était un étroit sentier serpentant dans la campagne. Il pouvait déboucher sur n'importe quoi. Un bungalow désert, une grange en ruine, une vieille caravane. L'endroit idéal pour se rencontrer en secret, cacher de la marchandise, dissimuler des objets compromettants. Ou éliminer des témoins. Ou même des flics trop curieux.

Elle sentit son pouls s'accélérer, mais refusa d'analyser la cause de son excitation. La conduite sur ce chemin sombre exigeait toute sa concentration.

Une clairière s'ouvrit devant elle. Derek éteignit ses phares, plongeant la route dans une obscurité totale. Les nuages absorbaient la lumière que la lune ou les étoiles auraient pu offrir. Instinctivement, Cass s'arrêta, de crainte de percuter un des grands arbres qui longeaient le sentier.

A peine eut-elle ouvert sa portière, qu'un vent glacial lui fouetta le visage. Le froid descendait du Canada, songea Cass en frissonnant. Elle avança malgré tout à pas prudents jusqu'à la lisière de la clairière, et demeura figée de stupéfaction.

La maison qui s'élevait devant elle était splendide. Le magnifique bâtiment trônait au centre d'une pelouse impeccable, aussi grandiose qu'un palais.

Une vive lumière s'échappait des fenêtres, transperçant la nuit orageuse. Le porche soutenu par d'immenses colonnes blanches faisait le tour de la demeure. Les fenêtres étaient situées de part et d'autre de l'entrée, dans une symétrie georgienne.

Cass avança prudemment. La Ferrari était garée dans une large allée circulaire et dissimulée en partie par d'épais buissons. Mansfield n'était pas en vue. Cass devina qu'il avait disparu derrière l'immense porte d'entrée, au-delà de laquelle se répandait probablement une douce chaleur.

Un nouveau frémissement lui parcourut le dos. La superbe demeure semblait déplacée dans ce lieu. Et Mansfield n'avait rien à faire dans un tel endroit.

La maison devait appartenir à un de ses amis. Un contact. Mais, lorsqu'elle s'approcha d'une fenêtre, elle le vit serrer la main d'un personnage qui avait tout l'air d'être le majordome. Une femme d'âge moyen, vêtue d'une sobre robe grise, se chargea de son manteau et de ses gants. Puis une autre, plus jeune mais portant le même uniforme que la précédente, lui présenta une carafe emplie d'un liquide ambré.

Cass demeura à sa place, sans se soucier des gouttes de pluie qui s'écrasaient autour d'elle. Elle resta là pendant des heures, à observer Mansfield. Assis seul devant la table de la salle à manger, avalant un dîner qui aurait contenté un roi, puis arpentant le salon. Toujours seul.

Seul encore, il monta dans une des chambres.

Cass gagna un large érable dont les branches lui offrirent un abri précaire.

Au premier étage, les vitres du balcon s'ouvrirent pour laisser apparaître l'homme qui devenait pour elle une énigme de plus en plus troublante. Un verre à la main, il s'appuya à la rambarde blanche et laissa son regard se perdre dans la nuit. Il faisait trop sombre pour qu'elle puisse distinguer ses traits, mais Cass connaissait l'expression de ses yeux.

Le vent fit voleter ses cheveux noirs autour de son visage fermé. Il semblait si seul, si isolé du reste du monde.

Pensées dangereuses, se reprocha Cass.

La pluie s'intensifia : des gouttes glacées, piquantes comme des aiguilles, s'abattirent sur eux. Mansfield ne parut pas s'en rendre compte. Il demeura là, seul, le regard perdu au loin. Et Cass resta également à son poste.

Il lui sembla qu'une éternité s'était écoulée quand, soudain, il jeta de toutes ses forces le verre contre un arbre, puis pivota sur ses talons et rentra.

Cass ne vit plus rien, ne sentit plus rien qu'une certaine agitation intérieure qui n'était pas près de s'apaiser.

— Tu n'aurais pas dû le suivre comme ça. Pas seule.

Cass balaya d'un geste détaché la remarque de Gray.

— Je voulais seulement être sûre qu'il ne risquait pas de revenir et de te surprendre dans son penthouse. Tu as découvert quelque chose ?

— A part un dossier sur toi, rien qui vaille la peine d'être mentionné.

Cass se raidit et jeta un coup d'œil autour d'elle pour s'assurer que personne ne pouvait les entendre.

— Il n'a aucun soupçon, déclara-t-elle avec fermeté.

— En effet. Mais il voudrait en savoir plus.

Cass sentit une onde de chaleur se répandre en elle.

— Il va comprendre qu'il ne peut pas toujours obtenir ce qu'il veut.

— Sois prudente, Cass. Cet homme est dangereux.

— Et je suis une femme dangereuse, rétorqua-t-elle. Je connais mon métier et je le fais bien. Si ce n'était pas le cas, tu ne serais peut-être plus là pour me donner des conseils.

Gray fit une grimace et demanda :

— Où est-il ? Pas encore revenu ?

Elle lança un regard aux portes d'entrée de l'hôtel.

— Je ne l'ai pas encore vu. Mais cet homme n'a pas de routine. Il va et vient selon son bon plaisir.

Il pouvait revenir dans cinq minutes, cinq heures, ou cinq jours. Impossible de prévoir ses mouvements.

— Toutefois, je pense qu'il ne tardera pas. Il passe du temps avec son neveu tous les après-midi.

— Mansfield était encore dans la maison quand tu es partie ? Tu en es certaine ?

— Assurément.

Gray eut un froncement de sourcils et repoussa derrière l'oreille de Cass une mèche brune échappée de sa tresse.

— Tu le veux vraiment, n'est-ce pas ?

Elle recula en tressaillant.

— Je veux quoi ?

— Envoyer Mansfield derrière les barreaux. Je ne vois pas sinon ce qui pourrait te pousser à passer une nuit entière dehors par un temps pareil.

Cass préféra ne pas trop s'interroger sur ce point.

— Nous avons attendu assez longtemps pour le coincer. J'ai besoin d'action. Maintenant, va dire à M. et Mme Olsen, chambre 223, qu'on va venir prendre leurs bagages.

— Nous parlerons encore, plus tard. Tu es sûre que tu te sens bien ?

— Je me sentirai encore mieux si Olsen ne fait pas de scandale.

Gray marmonna quelques mots inintelligibles et se dirigea vers l'ascenseur. Cass le regarda s'éloigner en réprimant un rire. La vue de son partenaire, surprotecteur engoncé dans son uniforme de chasseur, avait de quoi l'amuser.

— N'oublie pas ta casquette !

Il s'engouffra dans la cabine en enfonçant son couvre-chef sur son crâne et, cette fois, Cass éclata de rire.

— Qu'y a-t-il de si drôle, ma jolie ?

Elle pivota sur ses talons. Derek se tenait là, les yeux rivés sur elle, souriant. Comme s'il savait…

6.

Quand il l'aperçut, Derek se laissa emporter par un élan de pure appréciation masculine. Elle était belle et provocante, avec sa longue tresse souple, son corps serré dans cet étroit costume rouge. Son rire mélodieux l'avait mis de bonne humeur dès qu'il avait franchi la porte.

Puis le chasseur s'était éloigné, et Derek avait surpris le regard affectueux dont elle le suivait.

Hier seulement, elle l'avait embrassé avec une fougue et une passion inoubliables. Et maintenant, cette étincelle dans ses yeux était destinée à un autre que lui. Etait-elle comme un papillon insouciant, voletant de fleur en fleur ?

Quelque chose en lui se glaça.

— Je ne savais pas que vous étiez revenu, dit-elle d'un ton léger, comme si cela lui était égal.

Derek éprouva un élan possessif qui l'inquiéta lui-même.

— Vous étiez trop occupée avec le groom pour vous en rendre compte.

— J'adore les hommes en uniforme, répondit-elle avec malice. C'est terriblement sexy. Les aviateurs, les pompiers, les policiers…

Elle se moquait de lui. La colère de Derek s'évanouit. Elle parvenait à le faire rire, alors que, quelques secondes auparavant, il avait envie de casser la figure à ce malheureux chasseur !

84

— Les uniformes, hein ? Il suffirait que j'en revêtisse un pour vous plaire ?

— Mmm… un costume de marin, tout blanc. Vous étiez dans la marine, non ?

— Dans la marine marchande : nous ne portions pas de blanc. Que diriez-vous de mon costume de naissance ? Il est parfait, je n'ai jamais reçu la moindre plainte à son sujet.

La flamme dans les yeux de Cass se fit plus ardente.

— Je pense qu'une camisole de force serait plus adaptée, dit-elle sans sourire. Ecoutez, au sujet de ce qui s'est passé hier…

Il s'approcha et l'interrompit en faisant glisser son doigt sur sa joue.

— Je sais, *Intrépide*. Je déteste laisser les choses en plan, moi aussi.

Les yeux de la jeune femme s'élargirent et son visage sans défaut se teinta de rose.

— Derek, dit-elle en se dérobant souplement. Je vous en prie. Ne me touchez pas.

Ce n'étaient pas les paroles qu'il attendait. Celles qu'il avait imaginées étaient d'un ordre plus érotique.

— Pourquoi ? Ça vous a pourtant plu, de sentir mes mains sur votre corps, dans la salle de massage.

Cass le foudroya du regard.

— Vous connaissez mon opinion : je ne trouve pas que ce soit une bonne idée de mélanger les affaires et le plaisir.

— Le plaisir ? répéta-t-il avec un sourire malicieux. C'est la première fois que ce mot franchit vos lèvres.

Et, comme pour illustrer ce qu'il venait de dire, il fit glisser son doigt sur ses lèvres entrouvertes. Il crut presque discerner le tremblement qui la parcourut alors.

— Vous savez très bien ce que je veux dire, protesta-t-elle.

— Oui, je sais, admit-il en se penchant sur elle. Et je sais aussi ce que vous voulez.

Il s'attendait à voir la volonté de la jeune femme fléchir, mais elle leva crânement le menton.

— Vous savez donc que ce que j'aimerais le plus au monde, c'est flanquer un bon coup de pied dans votre ego masculin ! Pourtant, vous restez là, avec moi.

Désarçonné, il eut un rire surpris. Jamais une femme ne lui avait répondu avec autant d'intelligence et d'effronterie, jamais une conversation ne l'avait à ce point stimulé. Il allait lui répondre quand il remarqua son neveu, assis dans le salon, entouré de quelques spectateurs qui observaient ses tours de magie.

— Il est mignon, dit Cass.

Sa voix se fit soudain douce, un peu lointaine, et Derek fut intrigué par la pâleur de son visage.

— Oui. Je ferais n'importe quoi pour lui.

— C'est souvent comme ça, avec les enfants. Je suppose que c'est leur innocence qui nous fait fondre de tendresse.

Un vague malaise s'empara de Derek. La jeune femme avait changé d'attitude en un laps de temps record. Elle était à présent mystérieuse, recroquevillée sur elle-même. Pourquoi ? Il voulait le savoir. Posant une main sur son épaule, il agrippa sa tresse.

— Vous avez bientôt fini votre service. Ça vous dirait de venir manger une pizza avec moi ? Je suis sûr que Ryan…

— Non, déclara-t-elle. Ce n'est pas possible.

— Mais si. Ryan sera enchanté, j'en suis certain.

— Non.

Elle s'écarta de lui, comme si c'était sa vie même qu'il menaçait. La longue tresse coula entre ses doigts.

— Je… je ne sais pas m'y prendre avec les enfants. Et puis j'avais prévu autre chose.

— Vous pouvez changer vos projets. J'ai vu la façon dont vous regardiez Ryan, je sais que ce n'est pas lui qui vous fait peur.

Quoi ? Elle acceptait de sortir avec Brent, elle riait avec le chasseur, mais elle refusait de dîner avec lui ?

— La façon dont je le regarde ? répéta-t-elle. C'est-à-dire ?

— Comme si vous vouliez le prendre dans vos bras.

La jeune femme devint d'une pâleur mortelle.

— Non, redit-elle en secouant la tête. Je... je dois partir.

Elle se dirigea vers la porte mais il la rattrapa en trois enjambées. Impossible de dire à quel jeu elle jouait, mais cela ne lui plaisait pas du tout.

— Que se passe-t-il, Intrépide ? Vous n'avez pas peur d'affronter une chambrée d'ivrognes, mais un gosse de huit ans vous fait reculer ? Je pensais que les femmes avaient une sorte d'instinct maternel.

Elle émit un petit cri inarticulé, un cri de douleur et d'angoisse.

— Fichez-moi la paix ! s'écria-t-elle, en s'enfuyant vers la porte.

Derek fut sur le point de courir après elle, mais s'arrêta dans son élan. C'était ce qu'il avait cherché. Sa tactique avait triomphé, il avait enfin réussi à l'éloigner de lui.

Il aurait dû en être soulagé. Il allait pouvoir se concentrer sur ses affaires à présent, pour quitter cette ville le plus vite possible.

Mais un sentiment de gâchis pesait sur lui. Il avait l'impression d'avoir fait quelque chose de mal, un peu comme s'il venait de barbouiller de noir un arc-en-ciel.

Comme tous les après-midi, une grande animation régnait dans Grant Park. Les habitants de Chicago ne restaient pas enfermés chez eux, même par grand froid. Il y en avait des milliers qui couraient, riaient et s'amusaient dans le parc. Ici, la vie paraissait simple, innocente, pleine d'espoir.

Cass savait qu'il en allait autrement. Le bonheur n'était qu'une illusion. Une carotte qu'on agitait sous le nez des humains, et qu'on leur retirait quand ils croyaient l'avoir atteinte. Elle essuya les larmes qui roulaient sur ses joues, détestant les pensées amères qui affluaient sans qu'elle puisse les réprimer.

Elle n'avait pas toujours été aussi cynique. Autrefois, elle avait cru elle aussi que le bonheur était fait pour durer toujours.

Il avait suffi de quelques minutes dévastatrices pour tout changer. Cinq ans auparavant, au moment de Noël. La neige recouvrait tout, comme une couverture d'innocence. Malgré le froid intense qui régnait à l'extérieur, Cass avait chaud au cœur tandis qu'elle déambulait dans la maison, un Barney de quatre mois sur les talons. Ses rêves avaient été anéantis par quelques coups frappés à la porte.

Cass croisa les bras devant elle, mais cela ne suffit pas à la préserver du froid mordant. Plus rien ne pourrait la protéger de cette brise glaciale qui la ravageait de l'intérieur. La blessure était trop profonde, elle se nourrissait chaque jour de son chagrin, de sa culpabilité, de sa nostalgie. Elle serra les bras plus fort devant elle, se balançant doucement d'un pied sur l'autre, mais cette fois, elle n'eut pas la force de repousser la douleur. Celle-ci prit le dessus, sous la forme de grosses larmes qui jaillirent et s'écoulèrent sur ses joues.

De jeunes mamans poussaient des landaus, d'autres regardaient fièrement leurs garçons jouer au foot. Elle ferma les yeux, mais, alors les souvenirs montèrent à la surface. Des sourires, des rires, des genoux écorchés, des petits baisers mouillés, des « je t'aime » murmurés tendrement à l'oreille.

Une spirale vertigineuse s'empara d'elle, la fit vaciller sur ses jambes, et elle fut tentée de s'abandonner à ce tourbillon, comme elle l'avait déjà fait autrefois. Là, dans ce trou noir, elle trouverait la paix, le réconfort, une inconscience bienheureuse… Tout ce qu'elle avait à faire, c'était de…

— Seigneur, mais vous êtes frigorifiée !

La voix rude perça le brouillard dense qui l'enveloppait. Elle sentit le poids d'un vêtement jeté sur ses épaules.

Pars ! Enfuis-toi ! lui souffla une voix intérieure. Sa voix de flic.

Mais une autre voix, tremblante, à demi assoupie, murmura : *Laisse-toi faire.*

Cass secoua son engourdissement et inspira lentement. Le froid lui brûla les poumons, mais elle fut soulagée d'éprouver autre chose que du chagrin. Peu à peu, d'autres sensations se firent jour : la chaleur qui se répandait dans son corps, des mains qui couraient le long de ses bras, un souffle tiède sur sa joue. Un corps viril, solide comme le roc, juste derrière elle.

Mansfield.

D'instinct, elle s'abandonna contre lui, consciente qu'elle pouvait se perdre entre ses bras. Les mains cessèrent de la caresser et se coulèrent autour de sa taille, l'attirant fermement contre un corps viril et solide. Il la tint ainsi, lui communiquant sa chaleur. Au bout de quelques secondes, elle se rendit compte que le vent était vif, mordant. Elle ne s'en était pas aperçue auparavant, trop absorbée par son chagrin.

A présent, toutes les sensations étaient là : le vent glacial, l'étreinte protectrice de Mansfield. Elle remarqua d'autres choses, également. La texture du manteau de laine posé sur ses épaules, le parfum de santal et de tabac dont il était imprégné.

Elle se mit à trembler un peu plus fort. Alors, il desserra ses bras et la fit pivoter sur elle-même, attirant son visage vers lui. Ce qu'il vit dans ses yeux, elle n'aurait su le dire. Mais il ne dit rien et l'écrasa contre son torse.

Elle sut en un éclair que tout lui échappait. Sa réserve, son sang-froid, sa fierté. Ses larmes se transformèrent en irrépressibles sanglots. Incapable de les retenir plus longtemps, Cass entoura Mansfield de ses bras, enfouit le visage contre sa poitrine et se laissa emporter par son chagrin.

Il y avait si longtemps qu'elle ne s'était pas autorisé cette faiblesse. Plus longtemps encore que personne ne l'avait vue s'effondrer, à l'exception de Barney. Le saint-bernard était toujours là pour lécher son visage trempé de larmes et l'accompagner dans sa détresse en gémissant doucement. Mais jamais encore elle ne s'était sentie aussi bien que dans les bras de Derek. Là, elle n'était plus seule au monde, perdue. Elle se sentait en sécurité.

Alors que c'était tout le contraire…

Au bout d'une éternité, quand ses larmes furent taries, il lui souleva le menton.

— Dites-moi tout, poupée. Dites-moi ce qui vous a brisé le cœur.

Ce petit nom tendre l'aida à reprendre pied dans la réalité. Impossible d'éviter la vérité, maintenant. Ce qu'ils venaient de partager était trop authentique, trop pur. Il décèlerait un mensonge sur-le-champ.

Derek la contemplait et, pour une fois, son regard ne contenait rien d'autre que de la compassion et de l'inquiétude. Une force tranquille, aussi. Cass ferma les yeux, inspira longuement, puis balbutia d'une voix rauque :

— J'avais un fils. Un adorable petit garçon.

La surprise, le choc, l'appréhension s'exprimèrent tour à tour dans les yeux de Derek. Il avait découvert beaucoup de choses la concernant, mais rien au sujet de Jake.

— Vous *aviez* ?

Pendant cinq ans, Cass avait gardé son chagrin pour elle, refusant d'en parler avec sa famille ou avec Gray. Ils l'avaient surveillée, prêts à se porter à son secours si elle craquait. Ce qui n'était jamais arrivé. Jusqu'à maintenant.

— Il aurait eu neuf ans cette année, articula-t-elle d'une voix altérée par la douleur. Comme Ryan.

Derek posa une main sur sa joue et la caressa doucement.

— C'est pour cela que vous regardez Ryan comme ça, murmura-t-il. Pour cela que vous évitez d'approcher de lui.

90

— Chaque fois que Ryan sourit ou me regarde en riant, j'ai l'impression de voir Jake.

Elle se rappela à cet instant même ses yeux bleus pétillants lorsqu'il lui avait dit au revoir pour la toute dernière fois. Elle aurait pu le retenir. Il aurait suffi d'un mot, d'un sourire, pour lui faire comprendre qu'elle avait seulement voulu le taquiner.

Mais elle n'avait rien dit. Elle s'était contentée de faire un petit signe de la main aux deux hommes de sa vie qui s'éloignaient.

Elle déglutit. Il fallait qu'elle dise tout, qu'elle aille jusqu'au bout de la douleur.

— Chaque fois que je pense à Jake, je revois le… le…

La main de Derek s'immobilisa sur sa joue.

— Quoi donc ?

— Le cercueil, articula-t-elle, la voix blanche. Il avait l'air si calme, si heureux. J'avais l'impression qu'il allait se réveiller et que je verrais encore une fois son regard malicieux…

Les larmes se remirent à couler sur ses joues, sur la main de Derek. Ce dernier, jurant tout bas, attira de nouveau la jeune femme contre lui. Il lui semblait que la douleur de Cass le transperçait lui-même, comme une lame affûtée. C'était son instinct qui l'avait poussé à venir la chercher dans le parc, son instinct encore qui lui avait soufflé de la prendre dans ses bras quand il l'avait vue plantée seule au milieu de l'allée. Jamais personne ne lui avait paru aussi triste.

Cette fois, rien au monde n'aurait pu le pousser à s'éloigner d'elle. Rien.

Les derniers rayons du soleil furent absorbés par une masse de nuages. Un air glacial se répandit sur le parc. En quelques minutes les promeneurs et les enfants disparurent, chassés par un froid insoutenable.

Derek relâcha un peu son étreinte sur Cass. Pas question de la laisser s'échapper maintenant. Elle avait trop besoin de lui.

Il lui souleva le menton du bout des doigts. Ses yeux superbes étaient encore embués de larmes. Mais il devina autre chose, dans ses yeux, quelque chose qui sembla s'enrouler autour de son cœur et le serrer à mourir. Une aspiration. Un désir si pur, si intense, qu'il ne put réprimer un sourire. Un sourire sincère, empli de compassion.

— Il ne faut pas rester seule ce soir, Cass. Je vous ramène chez vous.

Le quartier qu'elle habitait ressemblait à un tableau de Norman Rockwell. Des pelouses bien entretenues, de pimpantes petites maisons à l'air accueillant. L'herbe était jaunie par le froid, les arbres dénudés, mais Derek imaginait sans peine le spectacle que ces jardins devaient offrir au printemps.

Des allées sinueuses se faufilaient entre les maisons et l'on voyait partout des vélos, des ballons, des skate-boards abandonnés au milieu des jardins. De la fumée s'échappait de toutes les cheminées, embaumant l'air glacial de la nuit. La nostalgie s'empara de Derek et il eut l'impression d'avoir perdu quelque chose qu'il n'avait en réalité jamais eu.

La maison de Cass était plongée dans l'obscurité. Pas de bicyclette dans l'allée, pas de voiture familiale garée devant le perron.

J'avais un fils.

Cette maison avait été la sienne. Pourquoi Cass continuait-elle de vivre ici, au milieu des souvenirs ? Derek n'en avait pas la moindre idée. Il s'était toujours dit qu'il valait mieux faire ses valises et quitter les lieux chargés de douleur. C'était pour cela qu'il s'était engagé dans la marine marchande, puis qu'il était allé passer six mois en Ecosse.

De toute évidence, la jeune femme ne partageait pas ce point de vue. Il appréhenda soudain de pénétrer dans la maison, mais Cass se dirigeait déjà vers la porte d'entrée. Il la suivit.

— Cass, attendez-moi.

Il vit ses épaules se raidir, mais elle avait déjà sa clé à la main. Comme elle était stoïque ! La plupart des femmes se servaient de leur chagrin pour gagner la sympathie de leur entourage. Mais Cassandra Le Blanc n'était pas comme ça.

Il la rattrapa au moment où elle introduisait la clé dans la serrure. Dès que le battant s'ouvrit, il se faufila devant elle.

Un grognement féroce jaillit dans l'obscurité, et une énorme créature s'abattit sur la poitrine de Derek. Celui-ci chancela et tomba en arrière.

La bête furieuse se jeta sur lui.

— Barney ! s'écria Cass. Couché ! Couché, mon vieux.

Le chien recula immédiatement. Elle appuya sur un interrupteur, la lumière inonda le hall. Un saint-bernard, balayant le sol de sa queue, l'air contrit, était sagement assis face à Derek.

Ce dernier se releva, encore abasourdi par sa chute. Lui qui se flattait d'avoir toujours senti le danger venir ! Il n'avait soupçonné l'existence du chien que lorsque celui-ci s'était jeté sur lui.

— Vous comprenez pourquoi je voulais entrer la première, dit Cass en posant une main sur la tête de Barney. Tu es gentil, mon gros, mais ta maîtresse n'a rien à craindre.

— Vous auriez pu me prévenir que vous aviez une bête féroce, fit-il observer.

Elle le gratifia d'un regard froid, un sourire poli flottant sur ses lèvres.

— Vous ne m'en avez pas laissé le temps.

Il la regarda, debout avec son ample manteau sur les épaules, et regretta la chaleur qu'il avait vue dans ses yeux un moment plus tôt.

— Vous avez l'air frigorifiée. Vous devriez changer de vêtements avant d'attraper froid.

— J'apprécie votre sollicitude, Derek, mais ce n'est vraiment pas nécessaire. Je suis une adulte, et je sais ce que j'ai à faire.

— C'est pour cela que vous étiez dehors, en plein froid, grelottante et à peine vêtue ? A croire que vous essayiez délibérément de vous rendre malade.

En d'autres temps, en d'autres lieux, avec quelqu'un d'autre, il aurait éprouvé une grande satisfaction à contempler le regard vaincu de son interlocuteur. Il avait toujours vécu pour avoir le dessus sur ses adversaires. Mais là, avec Cass, il ne ressentit que de la honte.

— Vous ne pouvez pas savoir, dit-elle très calmement. Vous ne savez rien.

— Alors, expliquez-moi.

Il n'avait aucun plaisir à la pousser dans ses retranchements. Mais, telle une morsure de serpent, le passé empoisonnait la jeune femme. Tant qu'il n'aurait pas extrait le venin de sa blessure, elle continuerait de souffrir.

Et il ne pouvait pas le supporter.

Il n'avait donc pas le choix, il fallait qu'il fasse jaillir la vérité, même la plus pénible.

— Je vous découvre en larmes, dans le parc glacial, sans même un manteau pour vous protéger du froid et vous trouvez que ce n'est rien ?

Le regard de Cass se fit lointain.

— Je ne veux pas en parler... ce qui s'est passé dans ma vie ne vous concerne pas.

— Tant que vous travaillerez pour moi, je me sentirai concerné.

— Dans ce cas, il est temps que je donne ma démission.

94

Enfin, un semblant de réaction. S'il n'avait pas ravivé le feu intérieur qui brûlait en elle, il avait au moins réussi à susciter une étincelle.

— C'est vraiment ce que vous voulez ?

— Ce que je veux, c'est changer de vêtements. Je vous en prie, Derek. Partez. J'ai besoin d'être seule. Ne rendez pas la situation plus pénible qu'elle ne l'est déjà.

Sur ces paroles cinglantes, elle disparut dans le couloir. Sa sortie aurait été théâtrale, si le saint-bernard ne l'avait pas suivie en bondissant joyeusement.

Derek eut le sentiment d'avoir remporté une petite victoire. Cassandra Le Blanc n'avait en réalité aucune envie de le voir partir. Si c'était le cas, elle l'aurait carrément mis à la porte, au lieu de le laisser planté là, au milieu de sa cuisine.

Et quelle cuisine. La plupart des hommes n'auraient pas remarqué les indices fournissant de précieuses indications sur l'occupante du lieu. Mais ses années dans la marine marchande avaient enseigné à Derek l'importance de l'observation. Du détail. La pièce était spacieuse et fonctionnelle, abondamment éclairée par une longue baie vitrée encadrée de lierre. La collection de plats en cuivre donnait l'impression d'avoir été disposée au hasard sur le mur, mais Derek soupçonna Cass de les avoir accrochés avec précision, justement pour donner cette illusion de désordre.

Il se tourna pour explorer le reste de la maison, mais demeura cloué de stupeur en découvrant le réfrigérateur. La porte était couverte d'aimants qui maintenaient des dessins.

Des dessins d'enfants. Des chats, des chiens, des cœurs, des fleurs. Une maisonnette avec de la fumée s'échappant de la cheminée. Des silhouettes se tenant par la main.

Elle avait eu un fils.

Derek serra les mâchoires. Ce fils vivait toujours dans le cœur de Cass, on s'attendait presque à le voir franchir la porte d'une seconde à l'autre. Quittant la cuisine à grandes enjambées, Derek pénétra dans la pièce voisine et appuya sur l'interrupteur. C'était un salon. Un canapé, deux vieux fauteuils à l'allure confortable, des tables basses disposées un peu partout, un large poste de télévision voisinant avec un appareil stéréo.

Une cheminée sombre et vide.

Derek s'en approcha et décida de faire du feu. Il ne s'était pas attendu à découvrir un intérieur aussi douillet. Disposées sur les tables d'acajou, se trouvaient des dizaines de photos encadrées. Plusieurs d'entre elles montraient Cass accompagnée d'un bel homme aux cheveux bruns. Il y avait aussi un enfant. Un bébé. Puis un petit garçon.

Des cheveux noirs, des yeux rieurs, un large sourire.

Le mari et le fils de Cass. Le mari qu'elle avait juré d'aimer et de chérir toute sa vie. Pourtant, elle ne parlait jamais de lui.

Tout cela n'avait pas de sens. Où diable était-il passé, ce mari ? Cass ne portait pas d'alliance. Etait-il mort, lui aussi ? Ou parti après la mort de l'enfant ? Cass l'avait-elle aimé ?

Mais sa relation avec son mari n'avait pas d'importance. Elle appartenait au passé. Derek ne voulait songer qu'au présent. En lui apportant la sécurité, de la chaleur, en s'assurant que le passé ne lui volait pas son futur.

Bizarre, comme en cherchant à la repousser il ne s'était impliqué que davantage dans leur relation.

Il craqua une allumette et approcha la flamme du petit bois qu'il avait entassé. Très vite, le feu s'éleva dans l'âtre mais ne chassa pas la sensation de froid qui habitait Derek. Il passa une main dans ses cheveux. Ils avaient vite repoussé. Marla détestait ses cheveux longs, elle disait que cela lui donnait l'air rebelle. Sauvage. Il pensa avec un petit sourire que c'était sans doute pour cela qu'il les gardait ainsi.

— Qu'y a-t-il ? Vous avez vu un fantôme ?

Il s'aperçut que Cass l'observait depuis le seuil. Elle portait un immense sweat-shirt et un large pantalon noir. Ses cheveux sombres étaient lissés en arrière, dégageant son front.

Elle paraissait très à l'aise, dans cette tenue confortable. Mais elle n'avait pas perdu son air de vulnérabilité. Et ses yeux exprimaient une telle détresse qu'il dut faire appel à toute sa volonté pour ne pas aller vers elle et la serrer dans ses bras.

— Vous semblez avoir moins froid, dit-il simplement.

— Pas vous.

Comment aurait-il pu ressentir la moindre chaleur, alors qu'il était cerné par les photos de son mari et de son fils ? Il avait l'impression qu'ils le jugeaient. La protégeaient.

— Faites donc preuve d'un peu de compassion, suggéra-t-il. Offrez-moi un verre pour me réchauffer.

L'ombre d'un sourire flotta sur les lèvres de la jeune femme.

— Vous feriez mieux de partir.

— Pas avant de m'être assuré que vous allez bien, répondit-il en tisonnant le feu.

— Comme c'est galant. Mais je n'ai pas besoin de chevalier servant, Derek. Je me sens très bien.

— Ah oui ? Vous me croyez donc sourd, aveugle et complètement idiot ? En vérité vous avez peur, Cass. Peur de moi. Peur de ce qui se passe chaque fois que nous sommes en présence l'un de l'autre.

— Ce n'est pas vrai ! répliqua-t-elle en levant le menton d'un air de défi. Je n'ai pas peur de vous.

Derek se redressa.

— Alors, prouvez-le.

7.

Cass fut partagée entre l'excitation et la prudence. Cocktail dangereux. Derek avait raison, elle n'avait pas voulu qu'il s'en aille. Elle l'aurait elle-même escorté jusqu'à la porte si elle avait souhaité son départ. Grâce au ciel, elle était suffisamment raisonnable pour n'avoir laissé aucune trace visible des années passées au Département de Police de Chicago. Pas de photo d'elle en uniforme. Pas de dossiers. Tout cela était sous clé.

— Prouver quoi ?

— Prouvez-moi que vous n'avez pas peur, répondit-il en la défiant du regard. Ne me demandez pas de partir. Pas encore.

C'était pourtant exactement ce qu'elle aurait dû faire. Mais les mots ne parvenaient pas à franchir ses lèvres. Surtout depuis qu'il l'avait regardée dans le parc, et serrée contre lui pour chasser le froid qui s'était insinué en elle.

— Un whisky ? proposa-t-elle.

Un sourire lent, appréciateur, se dessina sur ses lèvres et il hocha la tête.

— Parfait.

Cass éprouva un long frisson et comprit qu'il ne faisait pas allusion au whisky, mais plutôt au fait qu'elle ait relevé son défi.

Elle alla remplir deux verres de whisky. Quand elle se retourna, ce fut pour trouver Derek allongé sur le canapé. Sa position avait quelque chose de nonchalant et de trop séduisant. Comme si elle n'avait plus qu'à aller se lover entre ses bras.

Elle lui offrit un verre et ordonna, avec un vague sourire :

— Buvez. Ensuite, vous pourrez partir.

Il avala la moitié du liquide ambré en une seule gorgée.

— Ce n'est pas votre petit sourire qui va me convaincre. Je pensais que vous aviez compris cela, poupée.

— On peut toujours espérer ! répliqua-t-elle avec un rire sec.

Elle fit mine de s'installer dans un des fauteuils, mais il lui agrippa le poignet et désigna le canapé.

— Par là, mon petit. A côté de moi.

Encore ce regard de défi, cette voix dure, impérieuse. C'était un jeu pourtant, elle le devinait d'instinct. Mais elle était trop lasse, trop tendue pour jouer. Bien que la vague du chagrin ait reflué, elle savait qu'elle pouvait réapparaître en un clin d'œil. Elle s'assit néanmoins près de lui.

— Vous êtes content ?

— Pas spécialement. Comment pourrais-je être content après ce qui s'est passé dans le parc ?

Cass frissonna. Elle n'avait pas envie de parler de ce qu'il avait vu, de ce qu'il savait désormais sur elle. Mais elle ne pouvait oublier la sensation de ces deux bras se refermant sur elle pour la bercer, la caresser, la réconforter.

Et ce qui était encore plus abominable, c'est que, quelque part, une partie d'elle-même avait envie que ce moment se reproduise.

— Que faisiez-vous là-bas ? Vous me suiviez ?

Il la regarda droit dans les yeux.

— Je ne pouvais pas vous laisser partir comme ça. Je savais que quelque chose n'allait pas.

— Quand même, vous n'étiez pas obligé de me suivre.

— C'est à cause de moi que vous vous êtes enfuie. Il fallait que je m'assure que tout allait bien.

— « *Il fallait* » ? Pourquoi ? Parce que je suis votre employée ? s'exclama-t-elle, ennuyée qu'il ait si facilement vu clair en elle et reconstitué les éléments de sa vie.

Du bout du doigt, il lui fit tourner le visage vers lui.

— Allons, *Intrépide*. Vous savez très bien ce qu'il en est. Dites-moi.

Il était si proche d'elle qu'il semblait absorber tout l'oxygène disponible. Elle pouvait à peine respirer, et se sentait incapable de la moindre réflexion cohérente.

— Je ne sais pas ce que vous voulez que je vous dise.

— Dites-moi ce qui vous plaît, mais ne me mentez pas.

Cass se sentit poignardée par une flèche aiguë de remords. Leur relation était fondée sur un énorme mensonge. Peut-être l'avait-il deviné et essayait-il de lui soutirer la vérité ? Mais peut-être aussi ne soupçonnait-il rien et…

Elle refusa de considérer davantage cette hypothèse.

— Vous ne pouviez pas savoir, dit-elle. Je n'aurais pas dû réagir comme ça. N'y pensez plus.

Elle ne voulait plus parler de cela, ne plus y penser non plus.

— Pas question, répondit-il avec douceur. Votre fils fait partie de vous. Vous le porterez toujours en vous, mais il ne vous sera jamais rendu. Ce que j'ai dit au sujet de Ryan était cruel et déplacé.

— Vous ne pouviez pas savoir.

— Non, c'est vrai. Mais à présent, j'aimerais connaître votre histoire.

Tout en parlant, il glissa une main sur la nuque de Cass et défit habilement sa lourde tresse sombre. Sa chevelure se répandit librement sur ses épaules. La nostalgie se saisit d'elle, prit le pas sur la prudence.

Malgré les sirènes d'alarme qui se déclenchèrent dans sa tête, elle demeura figée sur place. Doucement, mais sûrement, la chaleur de Derek s'insinuait en elle, chassant le froid intense qui paralysait son cœur. Elle aurait dû s'écarter de lui, se ressaisir. Mais elle avait oublié à quel point la chaleur pouvait être séduisante, apaisante.

— Ça s'est passé il y a cinq ans, chuchota-t-elle.

Ces yeux bleus... Seigneur. Une femme ne pouvait que se perdre dans leur profondeur et leur intensité. La douceur qui émanait de ce regard était dévastatrice.

— La veille de Noël.

Rassurant, il fit glisser sa main sur le dos de la jeune femme et se mit à la caresser. Très loin, dans un recoin de son esprit, Cass se demanda ce qui lui arrivait. Cet homme était le principal suspect de son enquête en cours. Il était parfaitement blasé, éminemment dangereux. Cependant, son regard débordait de sincérité, le contact de ses mains laissait entrevoir une douceur inégalée.

Elle n'aurait pu se dégager, même si sa vie avait été en jeu.

— C'était la veille de Noël, répéta-t-elle. Randy, Jake et moi étions assis autour du sapin. Nous buvions du chocolat chaud. Jake, qui avait quatre ans, faisait l'inventaire des cadeaux disposés au pied de l'arbre.

Le souvenir la transperça douloureusement. Elle essaya de sourire, mais sentit son cœur se briser. Dans le fond de sa mémoire flottait le sourire malicieux d'un petit garçon.

— Il s'est aperçu que j'avais moins de cadeaux que son papa. Pour moi, cela n'avait aucune importance. Mais je suis entrée dans son jeu, faisant semblant de m'apitoyer sur moi-même.

Derek demeura immobile et silencieux, lui communiquant sa chaleur par son regard, sa main posée sur son dos.

— Randy s'est mis à rire. Il a pris Jake dans ses bras et lui a dit qu'ils allaient se rattraper. Après tout, maman méritait le plus beau Noël du monde. Ils sont sortis de la maison en courant. Et moi, je suis restée là. J'ai regardé la voiture démarrer, je riais avec eux.

Elle inspira en tremblant et poussa un soupir.

— C'est la dernière fois que je les ai vus vivants.

— Mon Dieu…

— Il neigeait, murmura-t-elle. C'était un vrai Noël.

Derek l'attira sur ses genoux et la pressa contre sa poitrine. Ses mains se plaquèrent sur son dos, s'enfouirent dans sa chevelure. Elle perçut les battements sourds de son cœur, la chaleur de son corps.

— Les routes étaient verglacées, reprit-elle, le visage blotti contre son torse. Randy et Jake ne se trouvaient qu'à quelques kilomètres de la maison, quand un chauffeur ivre a percuté la voiture et l'a envoyée dans le fossé.

La barrière qu'elle avait érigée autour d'elle pour se protéger de la douleur se fendilla. Le chagrin lui noua la gorge.

— J'étais en train de préparer des friandises quand on a frappé à la porte. J'ai d'abord cru que c'étaient les enfants du quartier qui chantaient des cantiques de Noël dans le jardin.

— Mais ce n'était pas ça.

— Non. Ce n'était pas ça.

C'était Gray. Et à la seconde même où elle avait vu ses traits tendus, crispés, elle avait compris. La vérité s'était abattue sur elle. Irrévocable.

— C'était ma faute, murmura-t-elle d'une voix brisée. Ils sont morts à cause de moi.

La mort de son mari et de son fils n'était pas due à un banal accident, comme la presse l'avait fait croire. C'était un message. Un avertissement des malfaiteurs qu'elle traquait à cette époque-là. *Ne vous mettez pas en travers de notre route.* La violence de ces hommes s'était retournée contre elle de la pire façon possible.

Derek lui posa une main sur la joue et l'obligea à croiser son regard.

— Non. Vous n'y êtes pour rien.

— J'aurais pu les retenir, dit-elle, bien qu'au fond d'elle-même elle sût que leur sort avait été scellé le jour où elle avait reçu son enseigne de policier.

— *Ce n'est pas votre faute, Cass.*

Sa voix était ferme. Elle aurait voulu pouvoir s'accrocher à la bouée qu'il lui lançait. Elle sentit le contact de ses doigts rudes sur son visage. Puis il fit glisser ses longues mèches brunes sur ses épaules.

— Vous avez de très beaux cheveux, murmura-t-il. Je mourais d'envie de les toucher, pour savoir s'ils étaient aussi soyeux qu'ils en avaient l'air... Laissez-moi vous aider, Cass.

Il se pencha un peu plus sur elle, ajouta :

— Je peux vous aider, vous savez.

Sa voix envoûtante perça la carapace de son chagrin, lui coupa le souffle.

— Je suis sûre que vous le pouvez, admit-elle tristement. Mais ça ne durerait pas, Derek. Ce serait seulement un soulagement temporaire, pour un petit moment.

Le regard de Derek se fit malicieux.

— Cela durerait plus qu'un petit moment, je vous le promets.

Elle ferma les yeux et se laissa sombrer, envoûtée. La réalité s'effaça, avec toutes les bonnes raisons qu'elle avait de garder cet homme à une distance respectable. Elle n'était plus habitée que par la chaleur, le désir, un irrésistible besoin d'échapper au monde.

Les lèvres de Derek effleurèrent les siennes et il implora :

— Laissez-moi vous aider à oublier, Cass.

La tentation la submergea, comme un alcool entêtant. Elle aurait aimé s'abandonner aux bras de cet homme, se réfugier dans sa force, sa chaleur, ses promesses. Mais son instinct la retint. La flamme était trop ardente, elle risquait de la consumer, de la réduire en cendres.

Tu ne pourras pas lui échapper, tu ne survivras pas à cette passion.

Mais ça lui était égal. Le bras de Derek passé sur ses épaules, sa main qui lui caressait la joue, son corps viril qui se pressait contre le sien… tout cela contribuait à chasser les souvenirs et les fantômes. Il n'y avait plus que le présent, la façon incroyable dont il ramenait à la vie son corps et son cœur.

Non. Non, pas son cœur. Derek n'était pas son âme sœur. Ce qui la poussait à parler ainsi, c'était l'insupportable solitude. Le vide qu'elle ressentait quand elle voyait Gray avec sa femme, le besoin de fusionner avec un autre être.

Derek…

Quand s'était-elle mise à penser à lui en l'appelant Derek, plutôt que Mansfield ?

Cet homme était son suspect numéro un. Un homme au sang chaud, qui avait perçu sa vulnérabilité, qui savait qu'elle avait besoin d'être caressée, embrassée, possédée…

Mais elle ne pouvait laisser le désir prendre le pas sur la raison, ses fantasmes cacher la réalité. Elle s'accrocha à cette idée pour se hisser hors des eaux troubles dans lesquelles elle était en train de s'enfoncer. Très vite, le policier reprit le contrôle de la situation. Mansfield avait baissé sa garde, tout comme elle. N'importe quel bon flic aurait sauté sur l'occasion. Elle tenait l'opportunité de découvrir l'homme qui se cachait sous ce sourire de séducteur. Et d'obtenir une preuve de sa complicité avec Santiago Vilas.

— Parfois, j'ai besoin de quelque chose pour m'aider à évacuer mon chagrin, murmura-t-elle en s'écartant de lui.

Elle le contempla fixement, avec ce regard creux et caractéristique qu'elle avait souvent vu à de jeunes drogués.

— Dans ces moments-là, je fais appel à mes amis. Ils ne me laissent jamais tomber. Il suffit de quelques minutes et tout s'en va : le chagrin, l'impression de vide.

Derek se figea.

— Vos amis ?

— C'est comme ça que je les appelle, fit-elle en souriant.

— Eh bien vous n'aurez plus besoin d'eux dorénavant, puisque vous m'aurez.

— Pas besoin d'être jaloux, Derek ! Ces amis-là sortent d'un flacon.

Pour que son aveu ait l'air plus sincère, elle passa un doigt sur le visage de son compagnon. Elle ne put s'empêcher de se demander ce qu'elle ressentirait en posant la joue contre cette peau rude, ombrée de barbe.

— Quatre ou cinq pilules par soir, poursuivit-elle et j'oublie tous mes problèmes.

La surprise se peignit sur les traits de Derek.

— Avec ce genre d'amis...

Il ne termina pas sa phrase mais jura doucement et prit le visage de Cass entre ses mains. Celle-ci inspira violemment, étouffant une exclamation. Mais elle ignora la lueur de regret qui passa dans les yeux d'un bleu pur de son compagnon.

— Vous êtes une belle femme, Cassandra. Désirable. Forte. Et je vous ferai tout oublier, sans l'aide de vos amis. Juste vous et moi. Vous n'aurez plus jamais besoin d'autre chose.

La voix sensuelle suscita en elle un torrent de besoins divers. La satisfaction d'un désir brûlant, mais aussi, et surtout, le pardon, l'oubli. Ce besoin incendiait son corps, consumait tout ce qui se trouvait sur son passage.

Elle ne pouvait pas continuer comme ça. Ne pouvait laisser le passé lui voler son futur. Mais la douleur ne voulait pas s'effacer. Ni le besoin. Ils se fondaient en une passion incontrôlable, plus puissante que tout ce qu'elle avait éprouvé jusqu'ici.

Derek lui caressa les lèvres des siennes.

— Donne-moi un baiser, murmura-t-il.

Avec un gémissement étouffé, Cass lui céda. Derek prit possession de sa bouche, fit glisser ses doigts le long de ses joues et de son cou.

— Derek, murmura-t-elle, éperdue. Derek…

Son corps se cambra sous ses mains, lui offrant la rondeur de ses seins. Il les caressa légèrement, les taquina. C'était une torture divine, une brûlure exquise. La rencontre de l'hiver et de l'été, du printemps et de l'automne, se fondant en un nirvana éternel.

Cass sentit se répandre en elle une myriade de sensations tumultueuses. Combien de temps s'était écoulé depuis qu'elle avait ressenti un tel désir ? Non seulement du désir pour un homme, mais le désir de vivre, tout simplement. De respirer.

Elle se lova entre ses bras, enivrée lorsqu'elle le sentit répondre à son élan. Il l'entraîna avec lui sur le canapé où ils s'allongèrent, leurs corps étroitement enlacés.

Elle perçut son désir viril et sut qu'ils étaient perdus.

Cass laissa échapper un gémissement rauque qui atteignit Derek jusqu'au tréfonds de lui-même. Il l'avait désirée, l'avait imaginée se donnant à lui, dès l'instant où il avait posé les yeux sur elle… Sa beauté de La Nouvelle-Orléans. Cependant, il ne s'attendait pas à l'intensité de cette étreinte. Il lui sembla la voir renaître à la vie entre ses bras. Ses mains parcouraient son corps viril, caressant, demandant, exigeant, lui procurant des frissons exquis. D'un seul geste, elle sortit la chemise de son jean et posa les doigts sur sa peau nue.

De la lave en fusion se répandit dans les veines de Derek. Il sut qu'il ne connaîtrait aucun répit tant qu'il n'aurait pas pris possession de ce corps féminin, tant qu'il ne se serait pas enfoncé au plus profond de sa chaleur.

Il posa les lèvres dans son cou et la vit s'arc-bouter pour venir à sa rencontre. Il voulait goûter à chaque parcelle de sa peau. Ses doigts trouvèrent le bord du T-shirt qu'il fit remonter le long de son corps. Il s'arrêta quand il découvrit ses seins nus. Ils étaient ronds, pleins, parfaits.

Il se mit à les caresser doucement, bien déterminé à exacerber le désir de sa compagne. Celle-ci entremêla ses jambes avec les siennes.

— Viens, oui… j'ai envie de tes caresses, murmura-t-elle.

Il traça de larges cercles autour des mamelons sombres. Gémissante, elle se tendit vers lui. Alors, sa bouche se posa très doucement sur l'un de ses tétons dressés, qu'il caressa de sa langue.

Il sentit l'ivresse le gagner, tandis qu'il goûtait ce fruit délicieux. Ses reins s'embrasèrent. Une envie irrésistible de venir en elle le taraudait… Elle devait éprouver le même désir, car, du bout des doigts, elle cherchait à défaire son jean. Elle y parvint et lui prodigua une caresse d'une infinie douceur.

Il avait atteint les limites de sa résistance et commençait de lui ôter son sweat-shirt quand il se rendit compte de l'endroit où ils se trouvaient. Quelle que soit la passion qui le dominait, il ne devait pas oublier que, peu de temps auparavant, cette femme s'était effondrée en larmes entre ses bras. Elle avait subi plus de souffrances qu'il n'était tolérable d'en supporter.

Il ne pouvait pas lui arracher ses vêtements et la pénétrer, en cédant à un désir animal ! Elle méritait mieux, mille fois mieux. Du plaisir, un lit, des draps soyeux. Ils n'auraient pas beaucoup de temps à passer ensemble, car il devrait repartir bientôt, quitter Chicago. Mais le peu qu'ils auraient serait parfait. Digne d'elle.

— Derek ? chuchota-t-elle, d'un ton incertain.

Il vit la confusion dans son regard et voulut la rassurer.

— Tout va bien, ma chérie. Je t'assure.

— Tu ne vas pas partir maintenant ?

— Non, évidemment.

La respiration hachée, luttant contre son propre désir, il se remit sur ses pieds et la souleva dans ses bras. C'était si doux de la tenir là, ses cheveux répandus sur son torse et sur son bras. En proie à un sentiment d'intense bien-être, il traversa le couloir.

Cass noua les bras sur sa nuque, cherchant sa bouche. Il répondit à son baiser, lui faisant ainsi mille promesses que son corps tiendrait. Il pénétra dans la première chambre qu'il trouva, déposa délicatement Cass sur le lit et s'allongea à côté d'elle.

— Embrasse-moi, Derek, dit-elle en levant le visage vers lui.

Ils se retrouvèrent, comme si leur séparation avait duré des années, et non simplement quelques secondes. Les mains de Derek reprirent leur exploration, cherchant à débarrasser la jeune femme du sweat-shirt qui l'enveloppait. Elle se pressa contre lui, noua ses jambes avec les siennes, gémissant de bonheur quand il parvint à lui ôter son pull.

Un rayon de lune s'insinua entre les rideaux, projetant une lumière argentée sur la superbe rondeur de ses seins. Eclairant ses tétons… roses, gonflés. Qui ne demandaient qu'à être embrassés.

Derek ne résista pas à cette tentation, tandis que Cass s'étirait sur le lit avec une grâce de félin.

Mais tout à coup, elle s'immobilisa. Et poussa un gémissement. Un cri de douleur. Comme un animal blessé à mort. Derek eut le cœur transpercé d'angoisse.

Il chercha à tâtons une lampe de chevet, trouva un interrupteur. Quand la lumière se répandit dans la chambre, il sentit son sang se glacer. Un édredon couvrait le lit étroit et en partie recouvert de peluches. Cass se tenait figée, à moitié nue, visiblement sous le choc.

La chambre de son fils. Seigneur… il l'avait emmenée dans la chambre de son fils. Elle était restée intacte, comme si le petit garçon allait entrer d'un moment à l'autre, les yeux brillants, le sourire aux lèvres.

— Oh, Cass… pardonne-moi.

Le visage de la jeune femme perdit sa fixité, se décomposa. Elle se recroquevilla sur elle-même, nouant les bras autour de ses genoux.

Désemparé, Derek s'approcha d'elle et la serra contre lui. Alors, les sanglots surgirent et elle fut parcourue de frémissements irrépressibles qu'il tenta d'apaiser par des paroles murmurées tendrement.

Cependant, un torrent de reproches se déversa en lui. Il n'aurait jamais dû l'emmener dans une chambre au hasard. Il aurait dû lui faire l'amour sur le canapé, devant la cheminée, alors que leur passion avait atteint un point culminant.

Depuis quand cherchait-il à se conduire en galant homme ? Que diable lui était-il passé par la tête ?

Il est vrai qu'il ignorait le piège qui le guettait dans l'obscurité ! Comment aurait-il pu deviner que Cass avait gardé la chambre telle quelle, comme si elle avait attendu le retour du garçonnet ? C'était déchirant…

Mais on ne pouvait vivre dans un monde d'apparences, de faux-semblants. Ce n'était pas sain.

— Je… je n'ai jamais pu…, balbutia-t-elle entre deux sanglots. Je n'ai… pas pu… laisser mon bébé… partir…

Elle se mit à trembler violemment. De tout son corps. Derek eut beau lui frotter les épaules, le dos, les bras, la presser contre lui, elle sombra dans une sorte de transe.

— Mon Dieu, mon Dieu… mon Dieu, répéta-t-elle comme une litanie. *Mon Dieu !*

Derek n'avait jamais été témoin d'un pareil chagrin. Les murmures incohérents, les frémissements, les pleurs. Tout cela la déchirait, la détruisait.

Jamais dans toute sa vie il ne s'était senti aussi désarmé.

Il fit alors la seule chose qu'il pouvait faire. Soulevant la jeune femme dans ses bras, il quitta la chambre de l'enfant et l'emporta dans une autre pièce. La chambre voisine comportait un large lit à deux places. Le lit qu'elle avait sans nul doute partagé avec son mari. Les vêtements répandus sur les chaises et les fauteuils lui confirmèrent qu'elle utilisait encore cette chambre à l'heure actuelle.

Barney était allongé de tout son long sur un tapis dans un coin de la pièce.

— Ça va aller, mon cœur, lui chuchota-t-il à l'oreille avant de la déposer sur le lit.

Elle était toujours à moitié nue, frissonnante. Il se glissa sous l'édredon avec elle. Pas question de la laisser.

Il la tint doucement contre lui, la caressant, l'apaisant de ses baisers, jusqu'à ce que, les sanglots s'espaçant peu à peu, elle glisse enfin dans le sommeil.

La chaleur. Ce fut la première sensation dont Cass fut consciente quand elle émergea d'un sommeil profond, léthargique. Elle n'était pas sûre de vouloir reprendre conscience. Mais un afflux de questions la poussait irrésistiblement.

L'obscurité. Ce fut la deuxième impression qui l'enveloppa, quand elle souleva ses paupières lourdes et irritées par les larmes. Elle était au creux de son propre lit, enfouie sous la couette et seul un faible rayon de lune traversait la chambre.

Derek. C'était lui qui l'avait amenée ici. Elle en avait un souvenir à la fois très vague et très intense. Aussi fort que l'homme lui-même. Il l'avait portée dans son lit, s'était couché à côté d'elle, l'avait caressée et consolée tandis qu'elle pleurait le trésor qu'elle avait perdu et ne retrouverait jamais.

Elle frémit dans l'obscurité. La douleur avait été aussi vive, aussi paralysante que pendant les jours qui avaient suivi l'accident. Des années avaient passé sans que le chagrin ne revienne la frapper avec une telle cruauté. Pourquoi avait-il refait surface aujourd'hui ? Cela n'avait pas de sens.

Je n'avais pas le droit de parler comme je l'ai fait.

Derek se considérait responsable de cette rechute douloureuse. Pourtant il y avait eu d'autres paroles cruelles auparavant, prononcées par d'autres personnes. Jamais elles n'avaient autant fait souffrir Cass. Ce n'était pas seulement la présence de Ryan à l'hôtel, ni les mots de Derek qui étaient responsables. C'était tout autre chose… une chose à laquelle elle ne voulait même pas songer.

Cass s'assit sur le lit, fouillant l'obscurité du regard. Le bruit d'une respiration régulière et profonde lui parvint.

Un flot d'adrénaline s'écoula dans ses veines. Voilà pourquoi elle s'était sentie si bien, pourquoi elle répugnait à quitter le cocon doux et chaud du sommeil.

Elle avait passé la nuit dans les bras de son principal suspect.

Cependant, quand elle posa les yeux sur le lit, elle ne vit personne d'autre que Barney, allongé de l'autre côté, plongé dans un profond sommeil de chien.

Le soulagement le disputa en elle à la déception. Derek était parti. Il l'avait abandonnée, en fin de compte. Elle n'avait pas dormi avec lui.

Peu à peu, elle prit conscience de différentes choses. La chemise de flanelle enroulée autour de ses jambes, par exemple. Bizarre, elle ne se rappelait pas avoir changé de vêtements. La dernière chose qui demeurait imprimée dans son esprit, c'était le moment où elle s'était assoupie dans les bras de Derek.

Un peu étourdie, encore engourdie par le sommeil, elle se dirigea d'un pas chancelant vers la salle de bains pour prendre une douche. Elle avait appris cela au fil des années : un long jet d'eau tiède sur son corps l'aidait à trouver un peu de réconfort.

Elle ôta sa chemise, pénétra dans la cabine de verre et tourna le robinet.

Mais elle ne trouva aucun apaisement cette fois. Ses blessures étaient trop à vif. Un nouveau chapelet de souvenirs surgit, aussi puissant que la veille.

Son mariage avait été confortable, agréable bien que sans passion. Randy était un homme bon, un père merveilleux. Ils avaient partagé des projets plutôt que des rêves et avaient planifié l'avenir de leur fils.

Puis la vie de Cass avait été brutalement déchirée par leur disparition. Elle avait recousu les morceaux tant bien que mal, sans jamais recouvrer la paix intérieure. Trop de rapiéçages refusaient de s'effacer.

C'était sa croix, elle devait la porter. Mais jusqu'ici, rien n'avait pu remplir les vides de sa vie. Rien n'avait chassé les fantômes. Ils demeuraient tapis dans son cœur, apparaissant aux heures les plus sombres de la nuit. C'était la raison pour laquelle Cass acceptait toutes les missions qui l'envoyaient dehors pendant ces heures-là.

Mais à présent, elle était seule, dépourvue de ses défenses. Et le passé déferlait sur elle sans que l'eau tiède n'y puisse rien. Cass s'abandonna alors à l'émotion et les sanglots réapparurent. Accablée, elle se laissa glisser contre les carreaux de céramique et se recroquevilla au fond du bac.

— Mon Dieu.

Etait-ce un juron, une prière ? En tout cas, les mots étaient sincères, ressentis. Cass s'aperçut vaguement que la vitre de la cabine s'ouvrait. Un homme pénétra à l'intérieur tout habillé, deux bras se refermèrent sur elle. Il y avait du chagrin dans ces yeux bleus et elle comprit qu'il l'avait suivie dans sa descente aux enfers.

Il l'attira contre lui, la maintint contre sa poitrine, lui procurant encore chaleur et réconfort. Jamais elle n'avait eu autant besoin de quelqu'un pour la soutenir. Elle enfouit le visage au creux de son cou, passa les bras sur sa chemise trempée. L'eau tiède s'écoula sur eux. Peu à peu, ses sanglots se transformèrent, disparurent, laissant place à une respiration hachée et douloureuse.

Mais c'était mieux. C'était tout ce dont elle avait besoin. Ce qu'elle avait cru avoir perdu quand elle l'avait cherché dans l'obscurité un moment plus tôt, puis s'était persuadée qu'il était parti.

C'était pour cette raison qu'elle s'était glissée sous la douche, comprit-elle alors. Pour chasser les besoins et les désirs dangereux que cet homme faisait naître par sa présence. Mais le truc n'avait pas fonctionné.

Cependant, Derek était là. Il ne l'avait pas laissée seule. Il la tenait dans ses bras et lui offrait le plus beau cadeau qu'elle ait reçu depuis très, très longtemps.

Lui-même.

8.

Cass avala une longue gorgée de café, puis une autre et encore une autre. Mais le liquide noir et amer ne parvenait pas à dissiper le brouillard qui l'enveloppait, ni à lui faire oublier. Il lui aurait fallu quelque chose de plus puissant. Comme les prétendus *amis* dont elle avait parlé à Derek la veille.

Seigneur, que lui arrivait-il ?

Depuis des mois, elle avait une vision des choses en noir et blanc. Derek Mansfield était à la tête d'un dangereux réseau criminel, dont les tentacules s'étendaient à toute la société de Chicago. C'était un homme sans scrupules, qui n'agissait que dans son propre intérêt.

Cassidy Blake, alias Cassandra Le Blanc, avait pour mission de le faire tomber. Elle ne connaissait que trop bien ce genre de criminel. C'était une ordure, une brute sans aucun sens moral, une menace pour la société. Le genre d'homme pour lequel une seule chose comptait : obtenir ce qu'il voulait.

Pourtant, la nuit dernière, il l'avait tenue dans ses bras alors qu'elle sanglotait. Il n'avait pas profité de sa vulnérabilité, quand cela aurait été si facile.

Car elle lui aurait tout accordé.

A présent, les règles avaient changé. Comment aurait-elle pu considérer cet homme comme un ennemi, alors que lui seul avait pu l'aider à exorciser son chagrin ? Comment lutter contre lui, alors qu'elle le désirait tout autant que l'oubli enivrant que lui procurait la passion ?

Bon sang, elle savait pourtant qu'elle ne devait pas s'engager avec un homme. Surtout pas avec un suspect. Mais toutes les mises en garde du monde n'auraient pu empêcher que les deux aspects de sa personnalité, appartenant à deux univers entièrement différents, se rencontrent de nouveau.

Cass resserra les pans de son peignoir de bain, sans parvenir à chasser le froid intérieur. Deux tasses de café plus tard, nerveuse mais toujours pas très bien réveillée, elle prit une décision à la hâte et passa un coup de fil.

— Viens, Barn, annonça-t-elle ensuite. On va se promener.

Les yeux du saint-bernard brillèrent de joie.

Elle passa un sweat-shirt, un vieux jean, et ouvrit la porte de derrière. C'est alors seulement qu'elle se rappela que c'était Derek qui l'avait ramenée la veille. Pourtant, sa propre voiture était bien là, dans l'allée. Etait-ce lui, qui était allé la chercher ? Avait-il eu cette attention pour elle ? Barney bondit autour du véhicule avec impatience.

Dans l'esprit de Cass, la confusion et la surprise se mêlèrent à un filet de colère. Pendant toutes les années qu'elle avait passées dans la police, on avait souvent essayé de l'embobiner. Pourtant, elle avait toujours déjoué les pièges. Jamais elle n'avait cru à la sincérité d'un individu suspect. Et jamais, au grand jamais, ne s'était laissé séduire.

Jusqu'à ce que Derek Mansfield fasse une entrée fracassante dans sa vie.

Elle ouvrit sa portière et Barney alla s'installer sur le siège du passager. Un sourire triste flotta sur les lèvres de la jeune femme. Le gros chien était tout ce qui lui restait de son petit garçon. Elle n'oublierait jamais le jour où elle avait amené le chiot à la maison. C'était Jake qui avait choisi son nom.

A peine eurent-ils démarré que le saint-bernard mit le nez à la fenêtre, heureux de sentir l'air froid sur sa truffe. Au bout de trente minutes de trajet, Cass obliqua sur la droite et emprunta le chemin de terre qui menait à la demeure de Mansfield. La vieille bâtisse, qui se détachait fièrement contre le ciel d'azur, lui parut encore plus majestueuse que de nuit.

Cass n'aurait su dire ce qui l'avait poussée à appeler l'hôtel pour dire qu'elle serait absente et à venir jusqu'ici, en plein jour. Au risque d'être découverte et de démolir l'enquête. Peut-être espérait-elle trouver de nouveaux éléments ? A moins qu'elle n'ait agi tout simplement dans l'espoir de trouver Mansfield…

Cachée dans un bosquet d'arbres dénudés, Cass perdit la notion du temps. Ce ne fut que lorsqu'elle entendit un aboiement discret, comme étouffé, qu'elle se rappela la présence de Barney dans la voiture. Son corps était endolori par l'immobilité autant que par le manque de sommeil. Son estomac protestait bruyamment contre le jeûne auquel elle le soumettait.

Il y avait plus de vingt-quatre heures qu'elle n'avait rien avalé de solide.

Elle retourna à la voiture et prit le chemin du retour. Il était près de midi quand elle s'engagea dans l'allée. Barney sauta joyeusement dans les feuilles mortes qui jonchaient le jardin et alla boire dans la cuisine. Cass sourit, attendrie, referma la porte et s'adossa au battant. Sa faim s'était évanouie en chemin et elle ne ressentait plus qu'une grande nervosité.

— Vous devriez dormir, dit une voix grave.

En principe, Cass aurait dû saisir aussitôt le Smith & Wesson dissimulé sous sa veste. Sauf qu'elle n'avait pas mis son holster avant de partir. De toute façon, elle n'était ni surprise ni effrayée. Cette voix-là avait plutôt le don de l'apaiser.

— Moi qui étais inquiet pour vous ! Vous avez tout simplement fait l'école buissonnière.

Derek avança dans la cuisine. Son sourire narquois se reflétait dans ses yeux. Sans lui prêter attention, Barney partit s'allonger sur son tapis favori.

— Que faites-vous…

— Je vous l'ai dit, je veille sur ce qui m'appartient.

Elle demeura immobile, comme perdue dans la contemplation de ses mâchoires serrées, ombrées d'une barbe naissante. Il semblait fatigué, comme s'il n'avait pas assez dormi…

Déstabilisée par sa propre réaction, Cass feignit la nonchalance alors qu'elle bouillait intérieurement.

Son suspect s'était introduit chez elle. Il s'y était trouvé seul un long moment. Il avait pu découvrir n'importe quoi. Le dossier le concernant, par exemple, les photos le montrant avec Santiago Vilas…

— Et moi, je vous ai déjà dit que je ne vous appartenais pas.

— Ah, Cass, marmonna-t-il en lui prenant le menton à deux doigts. C'était avant.

— Avant quoi ?

Ses yeux de cobalt s'assombrirent.

— Avant la nuit dernière. Ne faites pas semblant de ne pas comprendre.

— Derek…

— Je veux vous faire oublier, murmura-t-il en effleurant ses lèvres des siennes. Vous vous rappelez ce que je vous ai dit ? Il n'y aura plus de fantômes entre nous. Plus que vous et moi.

Les mots manquèrent à Cass pour protester. Il avait raison. Elle avait pratiquement supplié cet homme de lui faire l'amour hier soir. De lui faire perdre la tête. Il avait pris ses seins dans sa bouche, il l'avait vue pleurer. Il avait tenu son corps nu et frémissant entre ses bras.

Et aujourd'hui, il était venu prendre de ses nouvelles.

Les incohérences dépassaient ce à quoi elle s'attendait. Son instinct de femme la poussait à faire machine arrière avant que

117

les choses n'aillent trop loin avec Mansfield. Mais le flic en elle refusait. Cassandra Le Blanc, l'employée d'hôtel, n'avait aucune raison plausible de repousser Derek Mansfield. Surtout après ce qui s'était passé la veille.

Toutefois, Cassidy Blake savait qu'elle s'aventurait en terrain glissant. Levant les yeux sur Mansfield, elle tenta de demeurer indifférente à son regard de braise.

— Derek, fit-elle d'une voix plus grave qu'elle n'aurait voulu. Laissez-moi vous expliquer.

Il sourit, mais laissa sa main posée sur son visage, la caressant doucement.

— Allez-y.

De son corps puissant, il la plaqua contre le mur. Elle pouvait à peine respirer, encore moins réfléchir.

— J'attends.

Au prix d'un effort considérable, elle se dégagea et se dirigea vers le salon, certaine qu'il la suivrait. Evitant le canapé sur lequel ils avaient failli faire l'amour la veille, elle s'assit dans un vieux fauteuil dont le tissu était usé jusqu'à la trame. C'était celui de Randy.

— Je ne sais pas si vous avez déjà perdu quelqu'un que vous aimiez…

— Ça m'est arrivé, dit-il d'un ton si sec que Cass leva les yeux vers lui.

Il se tenait de l'autre côté de la pièce, près de la cheminée où ne subsistaient que les cendres du feu qu'il avait allumé le soir précédent. En apparence, c'était le même homme, vêtu d'un jean noir étroit, d'une chemise couleur chamois. Mais son regard était… différent. Plus dur, plus amer.

La question franchit les lèvres de Cass avant même qu'elle s'en rendît compte :

— Qui ?

— Mon père.

118

— Oh, Derek, je suis…

Elle voulut se lever, mais il l'arrêta d'un geste et son regard se durcit encore davantage. Ignorant sa volonté d'isolement, Cass alla vers lui et posa spontanément les mains sur son visage.

— Inutile de faire semblant avec moi, dit-elle. Pas après ce qui s'est passé hier.

— Ce n'est pas vous qui venez de dire que ce qui s'est passé hier ne changeait rien ? rétorqua-t-il en lui prenant les mains.

— Ne me renvoyez pas mes propos au visage.

— Pourquoi pas ? Ils vous paraissent moins intéressants dans ce sens ? Ils vous font mal ?

Elle comprit qu'elle l'avait blessé en accordant peu d'importance à ce qu'il y avait eu entre eux.

— Je suis désolée, Derek. Ce n'était pas ce que je…

— Je n'ai que faire de vos excuses.

La gorge de Cass se noua et une vague de panique l'envahit.

— Que voulez-vous ?

— Que vous soyez franche, répondit-il d'un ton radouci.

Elle eut l'impression que ses jambes se dérobaient.

— Derek…

— En retour, je ferai de même, promit-il en l'entraînant vers le canapé. Je sais ce qu'est le chagrin, Cass. Je comprends. Lorsque quelqu'un que vous aimez meurt, une partie de vous meurt aussi.

Ces mots la touchèrent au cœur et le mur qu'elle avait essayé de construire entre eux s'effrita. Elle ne voulait pas l'écouter davantage. Elle ne voulait pas qu'il lui accorde sa confiance. Néanmoins elle demeura assise là à l'écouter, en contemplant la souffrance qui transparaissait dans ses yeux bleus.

— Je pensais que j'avais fait quelque chose de mal, continua-t-il. Que, si j'avais été un meilleur fils, mon père ne serait pas parti. Je sais ce que vous ressentez, Cass. C'est pour ça que je ne vous ai pas laissée seule, hier soir.

— Oh…

Il paraissait si sincère… Bon sang. Elle était obligée de le croire.

— Et c'est pour cela que je suis venu, dès que j'ai su que vous étiez absente à l'hôtel. Je voulais absolument savoir comment vous alliez. Je ne pouvais pas vous laisser seule, en proie à votre chagrin.

La barrière qui entourait le cœur de Cass se brisa un peu plus.

— Oh…

Ce fut tout ce qu'elle put articuler. L'émotion lui serrait la gorge.

— Eh bien, c'est sûrement une grande première, fit-il avec un petit sourire.

— Quoi… quoi donc ? balbutia-t-elle, égarée.

— Vous êtes sans voix. J'avoue que j'espérais arriver à ce résultat, mais pas tout à fait de cette manière.

Quelque chose, au plus profond d'elle-même, se noua.

— Oh, fit-elle encore.

Et zut ! Où diable était passé son sens de la repartie ?

Derek la regarda et éprouva un serrement de cœur. Un sentiment qui ne lui était pas familier. Elle avait l'air d'une petite fille perdue, avec ses grands yeux sombres braqués sur lui, ses longs cheveux emmêlés. Il eut envie de la prendre dans ses bras pour la consoler. Lui faire oublier.

Mais quelque chose d'instinctif le retint. Ce n'était pas le moment.

— Venez, ordonna-t-il en l'entraînant vers la cuisine. Il faut manger.

— Manger ? répéta-t-elle, hébétée.

Il éclata de rire. Elle était adorable.

— J'ai apporté du potage au poulet.

— Et du champagne ! compléta-t-elle en regardant ce qu'il avait posé sur le comptoir.

— J'ai pensé qu'avec cela, vous ne pouviez que vous sentir mieux.

— Vous êtes vraiment impossible.

Elle sourit, l'embrassa sur la joue et alla préparer des assiettes. Derek la suivit des yeux avec soulagement. Il avait craint de la trouver aussi déprimée de la veille. Mais il aurait dû deviner qu'il en irait autrement. Cassandra Le Blanc était une femme forte, courageuse. Il l'avait su dès qu'il l'avait vue tenir tête à ce groupe de jeunes ivrognes. Elle ne se laissait pas gouverner par ses émotions. Ou du moins, elle ne laissait rien paraître de ce qu'elle éprouvait.

Il avait eu du mal à quitter sa maison aux premières lueurs du jour, alors que le froid était encore mordant, le paysage d'une immobilité mortelle. Mais il n'était pas assez fou pour passer la nuit dans son lit. Commencer quelque chose en sachant qu'il n'irait pas jusqu'au bout. Mais, bon… après tous ces sanglots, cette peine terrible, il s'était attendu à ce qu'elle soit épuisée et passe la journée à dormir.

Pourtant, non. Elle était là, avec son jean, son pull rouge, s'affairant dans sa cuisine. Elle se tourna et posa sur lui ce regard sensuel qui le fascinait. Ses yeux étaient soulignés de cercles mauves et une ombre les hantait.

— Ça sent bon ! dit-elle.

— Ce n'est rien, répondit-il avec un haussement d'épaules.

Cass fronça les sourcils, l'air soucieux tout à coup.

— Derek ? Quelque chose ne va pas ?

Il n'osa pas prononcer un mot, de peur d'être trahi par sa voix. Mieux valait s'éloigner d'elle, avant que leur sort ne soit scellé malgré eux. Son cœur était déjà trop profondément engagé dans cette relation. Il n'était pas revenu à Chicago pour tomber amou…

Il n'était pas revenu à Chicago pour tomber entre les bras d'une femme. Point.

Il était revenu pour régler ses comptes.

Pas question de se laisser détourner en chemin.

Ignorant la flamme de désir qui brillait dans les yeux de la jeune femme, il se détourna avec effort et déclara avec plus de nervosité qu'il ne l'eût voulu :

— Vous avez besoin de manger et moi, je dois… je dois partir.

Et voilà. Et il comptait bien en rester là, bon sang !

Le hurlement d'une sirène de police déchira la nuit.

— Vous me surprenez, mon ami, dit Santiago Vilas. C'est plutôt audacieux, de me fixer rendez-vous si près de Stirling Manor.

— Pas du tout.

Vilas contempla l'allée sombre.

— Nous ne sommes qu'à quelques centaines de mètres de l'affaire familiale. Chez moi, on appelle ça « tenter le diable ».

Des poubelles débordantes longeaient l'allée, et l'odeur âcre qui s'en échappait se mêlait aux effluves du lac Michigan, transportés par un vent vif.

— Ah, reprit Vilas d'un ton désapprobateur. Chez moi, ce sont les rats qui se cachent dans les allées sombres. Et c'est souvent là qu'ils connaissent leur fin.

Mais les rats demeuraient invisibles ce soir. Tout comme les chats, d'ailleurs. Les lèvres de Vilas s'étirèrent en un sourire rusé.

— Vous êtes très malin, mon ami. Vous essayez de faire sortir le rat de sa cachette, n'est-ce pas ?

On pouvait dire ça, en effet. Il avait passé au crible les fiches de tous les employés de l'hôtel et n'avait rien trouvé de suspect, à l'exception du dossier de John Dickens, un des chasseurs. Son

122

casier judiciaire remplissait des pages et des pages. L'homme avait été arrêté plusieurs fois en possession de drogue. Il n'aurait jamais dû être engagé. S'il avait vent de ce qui se tramait — et les drogués avaient une sorte de sixième sens —, il pouvait provoquer une catastrophe.

Il faudrait le surveiller étroitement.

Le sourire rusé de Vilas s'effaça, cédant la place au regard cruel, impitoyable, qui faisait de lui un des hommes les plus redoutés du pays.

— C'est bien joli, de jouer au chat et à la souris. Mais je commence à avoir de sérieux doutes sur votre loyauté.

La loyauté n'avait rien à voir avec le jeu auquel ils se livraient.

— Ne vous inquiétez pas, *amigo*. Tout se déroule selon mes plans.

— Dans ce cas, vous devriez peut-être me les exposer, ces plans ?

— Que vous arrive-t-il ? Vous êtes pressé ? Vous craignez de ne pas pouvoir maintenir votre couverture de financier quand la conférence sera terminée ?

Vilas éclata de rire.

— Ah, mon ami ! Vous vous moquez de moi ? Nous savons tous les deux que je ne me dissimule pas derrière un personnage. *Je suis* financier.

Vilas sortit un étui en argent de la poche intérieure de sa veste, l'ouvrit et y prit une longue cigarette très fine.

— Alors, vous comptez rester ?

Sans quitter Vilas des yeux, il prit un briquet dans sa poche. Mais il ne l'alluma pas et se contenta de tenir le cylindre argenté dans sa main, hors de portée de Vilas.

Les yeux de celui-ci s'étrécirent jusqu'à ne former que deux fentes étroites où brillaient des pupilles noires comme du charbon.

— Je suis un homme d'affaires de stature internationale, déclara-t-il avec morgue. Personne ne peut me dicter ma conduite. Je resterai à Chicago quelques jours de plus si j'en ai envie.

Ses lèvres se plissèrent en un sourire satisfait. Santiago Vilas était à la fois craint et respecté dans son pays. Quelquefois, cet état de choses était difficile à comprendre. L'homme agissait plus comme un gosse trop gâté par la vie que comme le chef d'un cartel international gouverné par l'argent, le pouvoir et la corruption.

— Vous voudrez bien m'excuser à présent, dit-il d'un ton sec. Je suis attendu.

Il était plus qu'impatient de se séparer de cet homme. Il alluma son briquet et Vilas se pencha en direction de la flamme. Mais il tint le briquet hors de sa portée, promenant la flamme orangée entre eux.

Le regard de Vilas se durcit. Alors seulement, il approcha le feu de la cigarette. Un sourire sardonique tordit les lèvres du latino.

Quelques minutes plus tard, alors que Vilas avait disparu au détour de l'allée, il vit passer un long chat noir et efflanqué qui tenait une souris morte dans la gueule. L'animal disparut dans l'obscurité, pressé de déguster le fruit de sa victoire.

L'héritier de Stirling Manor se mit à rire. Il se sentait très semblable à ce chat.

Des cris et des rires stridents s'échappaient de la salle de réception. Un homme d'âge moyen en sortit, une jolie femme rousse et sensuelle accrochée à ses épaules. Ils se dirigèrent vers l'ascenseur dans l'intention visible de gagner les chambres.

Les hommes d'affaires avaient paru plutôt guindés à leur arrivée, avec leurs costumes stricts et leurs chemises empesées. Après quelques verres d'alcool et quantité de cigares, leurs inhibitions s'étaient rapidement envolées. La fête durait depuis plusieurs heures, mais Vilas venait à peine d'arriver. Gray et Cass l'avaient eu à l'œil toute la semaine, fouillant sa chambre à trois reprises. Toutefois, l'homme était un vieux renard et il n'avait rien fait pour éveiller les soupçons. Jusqu'à ce soir.

Pour la première fois depuis des jours, un sentiment de certitude animait Cass. C'était exactement ce qu'il lui fallait. S'adonner à son travail sans nourrir le moindre doute. Elle était là pour accomplir une tâche et, si elle s'y consacrait, tout se mettrait naturellement en place. Plus de contact avec Mansfield hors de l'hôtel, plus de scènes intimes, plus de rencontres à caractère sexuel.

Plus de désirs dangereux.

La conférence représentait leur meilleure chance de coincer Vilas. Or, elle tirait à sa fin. Gray et elle étaient persuadés que leur homme profiterait de cette occasion pour rencontrer Mansfield ; cependant rien n'était venu confirmer ce soupçon. Les deux hommes s'étaient absentés de l'hôtel ce soir, mais Ruth avait vu Derek partir en compagnie de Brooke. Quant à Vilas, il était sorti peu de temps après, mais son absence n'avait duré que vingt minutes.

Le chef n'allait pas être content. Non seulement Gray et elle n'avaient pas réussi à mettre la main sur des preuves solides, mais en plus, elle commençait à douter de la culpabilité de Mansfield. Son passé chargé parlait contre lui ; ce n'était toutefois pas une raison suffisante pour l'accuser d'écouler de la cocaïne et de l'héroïne dans la société huppée de Chicago. Le Stirling Manor n'était sans doute qu'un lieu de rencontre pour les trafiquants. Ou alors, on cherchait à faire tomber Mansfield en se servant de l'hôtel.

Quoi qu'il en soit, Cass n'avait aucune preuve.

Bientôt, le chef laisserait tomber cette piste et la relation de Cass avec Mansfield s'arrêterait là.

Arrivée devant les portes de la salle de réception, elle prit une inspiration, se glissa dans la peau de Cassandra Le Blanc et entra d'un pas décidé.

Le contraste était saisissant. La seconde précédente, elle s'était trouvée dans un manoir du XIXe siècle. A présent, elle était dans un casino bondé. Des machines à sous. Des tables de jeux. La roulette, les cartes. Des croupiers en smoking, des hôtesses en robes de cocktail décolletées.

La fumée des cigares et les rires d'hommes ivres emplissaient la salle peu éclairée. Cass se faufila entre les groupes pour approcher de la table où l'on jouait aux dés. Il y avait davantage d'hommes dans cet angle de la salle et moins de lumière. L'endroit idéal pour Vilas, s'il voulait éviter de se faire remarquer.

— Hé, ma p'tite dame ! J'vous offre un verre !

Cass sourit au gros homme chauve, mais secoua fermement la tête.

— Merci beaucoup, mais je suis en service.

— Oh, ça va ! On le dira à personne, ajouta un autre homme, plus grand que le premier et aussi ivre.

Cass lui sourit aimablement. Elle n'avait pas de temps à perdre avec ces ivrognes, mais elle appartenait au personnel de l'hôtel et avait donc certaines responsabilités.

— J'apprécie votre offre, mais j'ai encore plusieurs heures de travail devant moi.

— Vous êtes là pour *servir* les clients, non ?

Cass éprouva une désagréable impression de déjà-vu. Deux semaines à peine s'étaient écoulées depuis qu'elle avait dû affronter Chet et son groupe d'amis. Ce jour-là, la drogue était en partie responsable du scandale. Pour ce soir, elle n'avait aucune certitude.

— Excusez-moi, il faut que je vous laisse.

Elle fit mine de s'éloigner, mais elle était prise au piège par la foule dense.

126

— Adam, dit le premier homme à son ami. Je crois que la petite essaye de nous fausser compagnie. Je me rappelle le vieux Stirling. Il disait toujours à mon père que son personnel pouvait procurer à un client tous les luxes dont il avait envie.

— Eh bien, eh bien, fit l'autre avec un regard de prédateur. Je vois là une poupée de luxe qui me tente !

Cass n'esquissa pas un mouvement, malgré l'adrénaline qui courait dans ses veines. Ces hommes parlaient d'elle comme si elle n'était qu'un animal mis aux enchères.

— Ecoutez, je pense que vous avez trop bu et…
— Insolente, avec ça.

Les deux hommes s'approchèrent, menaçants, la coinçant contre le mur au fond de la pièce. La foule ne prêta aucune attention à eux.

Soudain, elle sentit sourdre en elle une colère froide. Elle était flic, bon sang. Elle savait se défendre. Et elle en avait par-dessus la tête, de ce rôle de faible femme !

Le dénommé Adam lui agrippa sa tresse et la tira vers lui. Elle n'eut pas d'autre choix que de le laisser faire. L'homme puait l'alcool et le tabac. Elle eut un haut-le-cœur, mais le flic qui dormait en elle prit vite le dessus. Elle enfonça son talon aiguille dans le pied de l'ivrogne et eut le plaisir de voir son visage cramoisi se crisper de douleur. Il tomba à la renverse en jurant. Son compagnon le regarda, hébété, puis se retourna vers Cass, furibond.

— Petite putain ! s'écria-t-il en posant une main épaisse sur l'épaule de la jeune femme. Je vous garantis que ça va vous coûter cher !

Adam se releva en chancelant et marmonna entre ses dents :
— Mais avant tout, je vais lui donner une bonne leçon ! Elle l'a cherché.

Cass laissa tomber la diplomatie et les bonnes manières. Elle glissa sa main sous sa veste.

— Pas question ! lança le gros homme en lui saisissant le poignet.

Adam lui prit l'autre et lui releva les bras au-dessus de la tête. De sa main libre, il agrippa le col de la veste rouge et tira violemment dessus, en arrachant quelques boutons qui tombèrent en cliquetant sur le sol carrelé.

La fureur s'empara de Cass.

— Otez vos sales pattes ! ordonna-t-elle d'une voix sourde. Je ne pense pas que vous apprécieriez de passer la nuit en prison.

— Enfin, nous sommes d'accord sur quelque chose, grommela Adam avec un regard mauvais. Parce que cette nuit, je vais la passer dans un lit avec toi.

— Je ne crois pas, non.

La voix basse, menaçante, propagea une onde de chaleur dans le corps de Cass. Avant qu'elle ait compris ce qui se passait, son agresseur fut écarté et jeté au sol. Son corps tressauta une fois, puis demeura immobile. Du coin de l'œil, elle vit l'autre homme se précipiter vers lui, puis se figer.

Derek. Il se tenait là, avec ses yeux d'un bleu sombre, brillant de fureur.

— Cass, venez ici, ordonna-t-il d'une voix calme.

Elle aurait aimé éprouver du soulagement. Mais le ton de sa voix fit surgir un sentiment d'une nature totalement différente. Elle marcha vers lui d'un pas lent, mécanique, le regard rivé sur le sien. Sa respiration était saccadée, les battements de son cœur désordonnés.

Dès qu'elle fut à portée de main, Derek lui prit le poignet et l'attira vers lui.

— Appelez la sécurité ! hurla-t-il à l'adresse de Gray, qui se tenait à quelques pas derrière lui. Et videz-moi ces types avant que je ne les envoie finir la nuit au fond du lac.

Un silence de plomb s'abattit sur la salle de jeu, tandis que Derek l'entraînait vers le hall. La foule s'écarta sur leur passage comme la mer Rouge devant Moïse.

Cass tenait les pans de sa veste d'une main et elle trébuchait dans le sillage de Derek, gênée par l'étroitesse de sa jupe d'uniforme.

— Derek...

Il jeta un regard en arrière. Ses yeux bleus étaient presque noirs de colère. Les angles de son visage semblaient plus durs qu'à l'ordinaire. Jamais elle n'avait vu quelqu'un exprimer tant de rage contenue.

Cass n'avait jamais eu peur de Derek Mansfield. Ni en tant que femme, ni en tant que flic. Mais elle ne l'avait encore jamais vu dans cet état. A croire qu'elle venait de faire quelque chose d'inimaginable, de formellement défendu. Elle avait franchi une ligne jugée de tout temps infranchissable.

Son cœur se mit à battre encore plus violemment.

Mansfield tenait sa main serrée dans la sienne. Il se dirigea vers l'ascenseur, salua d'un bref signe de tête le liftier éberlué et pénétra dans la cabine, sans laisser le temps au vieil homme de les suivre.

Il appuya sur le bouton correspondant à l'étage du penthouse et garda le regard fixé droit devant lui, sans articuler une parole.

Cass comprit qu'elle allait enfin affronter le danger. Le vrai.

9.

Il lui tournait le dos. Campé devant la fenêtre, un verre de whisky à la main, il contemplait fixement l'obscurité. Cass n'aurait su dire ce qui le fascinait. Etait-ce la nuit ? Ou bien une autre sorte d'ombre, plus mystérieuse ?

Elle eut l'impression déroutante que c'était le destin qui avait poussé les événements jusqu'à ce point précis. Tout s'était mis en place des mois auparavant. Peu à peu, jour après jour, les dominos s'étaient renversés pour aboutir à la situation présente.

Une tension lourde, presque palpable, pesait sur eux. Pour cette raison même, Cass ne pensait pas que sa vie soit en danger. Se sachant trahi, un homme comme Derek ne se contenterait pas de schémas simples. Peu lui importait dans le fond, qu'elle soit morte ou vivante. Ce qu'il voulait atteindre, c'était son âme.

— Allez-vous vous décider à dire quelque chose, ou comptez-vous rester comme ça toute la nuit ? demanda-t-elle.

— Il vaut mieux que je ne parle pas tout de suite.

— Alors, je vais partir.

— Je vais faire comme si je n'avais pas entendu ce que vous venez de dire.

Le cœur de Cass s'emballa. Mais où cela la menait-il ?

— Je suis de service ce soir. Je suis censée m'occuper des clients, pas jouer aux devinettes avec vous.

— « De service », répéta-t-il sans la regarder. Vous auriez pu y penser avant de vous précipiter dans la salle de réception !

— Je ne faisais que mon travail, répliqua-t-elle, les mâchoires serrées.

Elle aurait voulu croiser son regard, mais Mansfield ne daigna pas se retourner.

— Votre place est au bureau de la réception. Votre travail, c'est de répondre aux clients quand ils ont besoin de vous. Pourquoi vous fourrez-vous sans arrêt dans des situations que vous n'êtes pas de taille à maîtriser ?

Cass sentit sa gorge se nouer. Des paroles lui échappèrent avant qu'elle ait pu en évaluer les conséquences :

— Vous parlez en tant qu'employeur ou en tant qu'homme ?

— Que croyez-vous ?

— Ce que je crois n'a pas d'importance.

Il avala son whisky d'un trait et laissa tomber son verre vide. Celui-ci roula sur le tapis sans se briser.

Cass eut envie de poser les mains sur son dos, de l'aider à détendre ses muscles crispés. Quelques jours à peine s'étaient écoulés depuis qu'il l'avait tenue dans ses bras. Mais il lui semblait que c'était une éternité. Elle fit un pas dans sa direction. Au même instant, il se retourna.

Elle s'immobilisa, une main retenant les pans de sa veste, l'autre pressée contre son cœur.

— C'est comme ça que vous vous distrayez ? En jouant à Superwoman ? En obligeant un homme à voler à votre secours ?

— Personne ne vous obligeait à me secourir !

— Je vais faire comme si je n'avais pas entendu ça non plus.

Cass réprima un mouvement de stupeur. Quand Derek la regardait de cette façon, l'air inquiet, protecteur et furieux à la fois, il fallait qu'elle fasse un effort considérable pour se rappeler qu'elle était flic. Elle aurait aimé n'être qu'une femme en train de tomber amoureuse.

— Derek…

— N'essayez pas de m'attendrir !

Il fit trois longues enjambées, réduisant à rien l'espace qui les séparait. Ses mains puissantes se refermèrent sur ses bras et il l'attira vers lui. Cass renversa la tête en arrière.

— Derek, arrêtez !

Mais il la serra davantage encore contre lui.

— Quel chemin nous avons parcouru, en si peu de temps ! Il me semble que c'est hier seulement que je vous ai demandé de m'appeler par mon prénom. Vous résistiez. Et maintenant, vous ne pouvez vous empêcher de le répéter. J'ai pris tant d'importance pour vous, ma chérie ?

Un frisson parcourut le dos de Cass, comme un avertissement.

— Vous… vous êtes trop sûr de vous. Que voulez-vous ? Ma reconnaissance éternelle ?

— Vous n'y êtes pas, répondit-il avec une lueur malicieuse dans les yeux.

La main de Cass qui tenait les pans de la veste retomba. Le tissu rouge s'écarta, révélant le soutien-gorge de dentelle noire qui mettait en valeur ses seins ronds. Ceux-ci étaient tendus sous la dentelle légère.

— Tu es si belle, murmura-t-il.

Une de ses mains glissa sur l'épaule de la jeune femme et se posa sur un de ses seins. Il introduisit son index sous la bretelle de satin, taquinant, provoquant, induisant mille promesses délicieuses.

Et tout à coup, la fureur s'inscrivit de nouveau sur son visage. Il se dégagea, retourna vers le bar et se servit un autre whisky qu'il avala en une seule gorgée.

— Bon sang, Cass ! Je vais finir par croire que vous avez des pulsions suicidaires.

Cass retint son souffle. Ce n'était pas la première fois qu'on lui faisait ce genre de reproche. Mais jusqu'ici, l'accusation émanait de personnes qui étaient censées l'aimer. Sa mère, son père. Ses frères. Gray.

— Ne soyez pas ridicule, fit-elle d'un ton bref.

— Depuis que nous nous sommes rencontrés, je n'ai pas cessé de vous tirer d'affaire.

— Personne ne vous a désigné pour être mon ange gardien.

Elle n'avait pas besoin qu'il veille sur elle, bon sang ! Les yeux de Derek s'enflammèrent. C'était bizarre... Plus il se mettait en colère, plus il semblait dangereux, et plus elle avait envie de sentir ses bras se refermer sur elle.

— Vous croyez que Chet et ses copains voulaient juste s'amuser ? Si je n'étais pas arrivé, c'est vous, qui seriez devenue leur jouet ! Et l'autre jour, dans le parc ? Combien de temps pensiez-vous résister au froid, sans même un manteau pour vous protéger ? Et enfin ce soir... Ces salauds n'avaient pas l'intention d'en rester là. Si Ruth ne m'avait pas appelé sur mon portable...

Elle était fascinée par la férocité qui se dégageait de sa voix, de son regard. Cela n'avait plus rien à voir avec une entrevue entre employeur et employé. Ni même une dispute entre un homme et une femme. C'était... au fond d'elle-même, elle savait le nom que portait ce sentiment d'une puissance ravageuse.

— Seigneur, Cass ! Un de ces jours, je risque de ne pas arriver à temps. Que se passera-t-il, alors ?

C'était une question à laquelle elle ne savait pas répondre. Elle fit donc la seule chose qu'elle pouvait faire, la seule dont elle ait envie : lentement, elle s'avança vers lui sans le quitter des yeux, se haussa sur la pointe des pieds et posa ses lèvres sur les siennes.

Il n'en fallut pas davantage pour qu'il referme les bras sur elle, la plaquant contre lui avec une force stupéfiante. Sa bouche chercha celle de Cass avec une avidité qui ressemblait au désespoir. Ce baiser ardent, passionné, se prolongea, hors du temps. Il y avait quelque chose de rude et de sauvage dans la façon dont leurs bouches s'unissaient… Comme une prophétie, une annonce de ce qui allait suivre, quand leurs corps se retrouveraient. Cass en était étourdie. Rien ne l'avait préparée à cette totale possession.

Possession.

Le mot seul aurait dû la refroidir, mais il n'en était rien. Derek s'écarta soudain et posa sur elle un regard brûlant.

— Tu ne cesses de jouer avec le feu, Cassandra chérie. Un jour tu finiras par te brûler les ailes.

Elle rejeta sa longue tresse dans son dos et parvint à déclarer avec aplomb :

— Si le feu m'attire, qu'y puis-je ?

— Je ne veux pas te brûler, Cass.

— Je crains que tu n'aies pas le choix.

Baissant les paupières, Derek soutint un moment le regard de Cass, puis se détourna, traversa la pièce et ouvrit la porte.

— Il vaut mieux que tu t'en ailles, déclara-t-il. Avant que je ne fasse quelque chose que nous regretterons tous les deux.

Elle voulut aller vers lui, mais il s'esquiva. L'élan passionné de Cass retomba d'un seul coup. Il avait raison. Des regrets, elle en aurait. Il fallait qu'elle s'en aille.

Cela lui coûta un effort considérable, mais elle se ressaisit et franchit le seuil de la porte. Celle-ci se referma sans bruit derrière elle.

— Regardez, monsieur. Elle est là.

Derek se retourna vers l'écran et vit une Cassandra très pâle sortir de la salle du personnel. Elle avait changé de veste et refait sa tresse. Sa tenue était impeccable et elle avait vraiment fière allure. Elle jeta un coup d'œil à la ronde dans le hall, esquissa un vague sourire et alla prendre sa place derrière le comptoir.

Derek fut stupéfait par la transformation qui s'était opérée en quelques minutes. S'il ne l'avait pas vue de ses yeux, il n'aurait pu y croire. Cette femme était comme un caméléon. Un instant douce comme la soie, l'instant suivant forte comme l'acier. Il allait porter son attention sur un autre écran pour suivre ses mouvements, quand quelque chose retint son regard. Un homme sortit également de la salle du personnel. Le chasseur.

Un éclair de fureur passa dans les prunelles de Derek. Il avait bien sûr eu vent des rumeurs concernant Cass et John Dickens. Mais il ne s'y était pas attardé, surtout après que Cass se fut retrouvée entre ses bras et abandonnée à son baiser. Sur l'écran, il vit Cass, les yeux dans le vague, froissant pensivement les pétales d'une des roses rouges qu'il avait fait livrer à la réception. Pour elle.

Rien n'était fini entre eux. Au contraire, leur relation ne faisait que commencer. Cette pensée le frappa, dans toute son évidence, et il tapa du poing sur le bureau du chef de la sécurité.

— Un problème, monsieur Mansfield ?

Derek lui sourit d'un air absent et sortit.

Trente minutes plus tard, assis derrière son majestueux bureau en acajou, les mains croisées sous la nuque, il regarda John Dickens pénétrer lentement dans son domaine privé. Le chasseur avança à pas prudents, tel un esclave poussé de force dans la fosse aux lions. Sa crainte était presque palpable et Derek en fut plutôt rassuré. Cass ne pouvait être attirée par un homme aussi faible.

C'était une femme forte, il lui fallait un homme à sa hauteur.

Dickens s'arrêta à bonne distance du bureau.

— On m'a dit que vous vouliez me voir, monsieur Mansfield ?

Derek tenta de garder tout son sang-froid.

— Votre travail ici vous plaît ?

— Oui monsieur. Beaucoup.

— Vous y tenez ?

Dickens se raidit.

— Oui, monsieur. Je me trouve très bien à Stirling Manor.

— Vous croyez que les liens du mariage sont sacrés ?

— Euh, oui, naturellement, répondit Dickens, dont les yeux se plissèrent de surprise.

Derek se dressa et, posant les mains à plat sur son bureau, se pencha vers l'homme.

— Alors, n'approchez plus de Cassandra Le Blanc. Sinon, vous perdrez non seulement votre emploi, mais aussi votre femme.

Une flamme fugitive passa dans les yeux de John Dickens et s'effaça aussitôt.

— Je ne vois pas ce que vous voulez dire.

— Des blagues ! grommela Derek en contenant sa colère. Je vous ai vus ensemble, ce soir. Elle était bouleversée.

Il marqua une pause pour donner plus de poids aux paroles qui allaient suivre.

— Je jure devant Dieu que, si vous touchez à un seul cheveu de sa tête, vous êtes un homme mort.

Défiant son patron du regard, Dickens fit un pas vers lui.

— Ce qui se passe entre Cass et moi ne regarde que nous. Cela ne concerne en aucun cas l'hôtel.

— Il ne s'agit pas de l'hôtel, mais de *moi*. Cassandra Le Blanc est intouchable pour vous et pour tous les membres du personnel.

— Mais c'est mon amie, bon sang !

— Elle peut être *votre amie*. Pour ma part, j'attends d'elle autre chose. C'est clair ?

— Oui, monsieur. Comme du cristal.

Cass traversa le hall plongé dans une semi -bscurité. Cloyd, le liftier, avait terminé son service. Même la réception dans la

136

salle de casino avait pris fin. Les hommes d'affaires s'étaient tous retirés dans leur suite.

En principe, elle était libre de rentrer chez elle. Gray était lui-même parti un moment auparavant, après lui avoir fait promettre d'en faire autant. Il semblait préoccupé, et même furieux. Elle l'avait accusé de lui cacher quelque chose, mais il soutenait que c'était faux.

Elle n'était pas sûre de pouvoir le croire.

Les choses traînaient en longueur. Le chef s'impatientait et les tensions dans l'hôtel étaient à leur paroxysme. Gray et Derek la surveillaient comme des oiseaux de proie.

Elle ne pouvait pas continuer comme ça, partagée entre sa vie de femme et sa vie de policier. Non seulement la situation n'était pas saine, mais elle était loin d'être productive. Il fallait qu'un des deux gagne : la femme ou le policier. Mais pour cela, elle devait trouver des preuves. Des preuves de l'innocence de Derek, ou de sa culpabilité.

Elle pénétra dans l'ascenseur pour se rendre au penthouse. Derek avait quitté l'appartement plusieurs heures auparavant, probablement pour sa superbe demeure au nord de la ville. Cass comprenait qu'il préfère passer ses nuits là-bas. Et cela lui donnait l'opportunité de fouiller son bureau une fois de plus.

Comme toujours, elle s'obligea à ignorer les regards des ancêtres qui la suivaient dans le corridor. Ces gens étaient morts, ils ne pouvaient plus lui faire de mal. Le seul homme susceptible de lui en faire n'était plus là.

La serrure ne lui résista pas plus de quelques secondes et elle désactiva l'alarme immédiatement. Le vaste bureau était plongé dans une ombre épaisse, mais Cass crut distinguer la haute silhouette de Derek se découpant devant la fenêtre. Il n'était pas là. Seul persistait le parfum de santal de son eau de toilette. L'impression fut si puissante que la jeune femme s'interrompit et sentit son cœur battre à grands coups. Jamais un homme n'avait eu autant d'effet sur elle. Pas même Randy.

Le fait de se trouver dans le domaine de Derek à son insu la mit mal à l'aise. C'était un peu trahir sa confiance. Une confiance qui n'avait pas lieu d'être entre eux. Elle se mit néanmoins au travail avec méthode, passant en revue le bureau, les classeurs, le mini-bar, le canapé de cuir, la lourde tapisserie d'Aubusson accrochée au mur. Elle ne savait pas ce qu'elle cherchait. De l'argent, des notes, un plan ? Elle le saurait quand elle aurait trouvé.

— Vous ne manquez pas d'audace, Cassadra Le Blanc.

Cass sursauta. Afflux d'adrénaline, battements de cœur affolés.

— De-rek…

— J'aime lorsque vous prononcez mon nom comme ça, avoua-t-il avec un sourire qui dévoila ses dents blanches et régulières.

Il se tenait à l'autre bout de la pièce, dans l'ombre. Immobile. Un félin qui venait de coincer sa proie et le savait.

Elle ne l'avait même pas entendu approcher.

— Que se passe-t-il, ma jolie ? s'enquit-il en traversant sans bruit le bureau moquetté. Le chat vous a mangé la langue ?

Elle ouvrit la bouche mais ne put articuler un seul mot. Des excuses, elle n'en avait pas. Elle avait été inconsciente, de s'introduire ici sans prendre de précautions. Même un novice aurait su que c'était une pure folie. Elle le savait, mais n'avait pas pu s'empêcher de le faire quand même.

Derek s'arrêta à quelques pas. Elle demeura accroupie sur le sol. Il la regarda de toute sa hauteur, les mains négligemment fourrées dans les poches de son pantalon.

— Je vous avais prévenue. Il fallait partir avant qu'il ne soit trop tard.

Contre toute attente, elle parvint à reprendre sa respiration et à balbutier :

— Il est déjà trop tard, Derek. Nous le savons tous les deux.

138

Il contempla ses yeux d'ambre, ses lèvres rouges. Elle ressemblait à une déesse grecque se préparant à la bataille, impatiente de se rendre au vainqueur. Et il était tout prêt à la posséder.

Le problème, c'était qu'elle se trouvait dans son bureau, au milieu de la nuit, alors qu'il était censé être absent. Cette évidence tempéra le feu qui bouillonnait en lui. Quand il l'avait vue sur les écrans de sécurité se faufilant dans le corridor pour pénétrer dans son bureau, son sang s'était glacé. Les implications de cette attitude étaient abominables. Il aurait préféré ne pas y penser. Mais il était avant tout un homme prudent, pris dans un jeu dangereux. Le fait de ne pas donner suite à ses soupçons ne pouvait le mener qu'à un seul résultat. La catastrophe.

Cela, la vie le lui avait appris.

Cass changea de position, faisant passer ses longues jambes sur le côté. Sa jupe étroite remonta sur ses cuisses…

Derek réprima un gémissement. Tirant les mains de ses poches, il les posa sur ses hanches. Il se savait intimidant dans cette attitude, et avait impressionné ainsi plus d'une femme et même plus d'un homme. Mais Cass se contenta de soutenir tranquillement son regard.

— Cette fois, ce n'est pas ton sourire qui te tirera d'affaire, ma jolie. L'entrée de ce bureau est strictement interdite. Tu le sais.

Elle jeta un regard à la ronde sur le tapis, puis releva les yeux vers lui et lui montra la paume de sa main où se détachait une pierre couleur de rubis, comme une goutte de sang.

— J'ai perdu une boucle d'oreilles, expliqua-t-elle. J'y tiens beaucoup et…

— Et ça ne pouvait pas attendre demain ?

Les doigts de la jeune femme se refermèrent sur le bijou.

— Il n'y avait personne. J'ai pensé que ça te serait égal.

— Je vois.

Même un aveugle aurait vu où elle voulait en venir !

— Ce n'est pas parce que tu possèdes un passe, que tu as le droit d'entrer dans mon bureau quand tu le veux et d'en désactiver l'alarme.

Il lui prit les bras et la releva. Leurs regards se croisèrent et l'expression de peur et de défiance qu'il vit dans celui de Cass lui serra le cœur.

— Tu n'imagines pas que je vais croire cette histoire ?

— Pourquoi ? rétorqua-t-elle avec candeur.

— Employée de l'hôtel ou pas, tu n'as pas le droit d'entrer ici. Je t'avais pourtant prévenue, mais tu n'écoutes jamais. Tu sais ce qui va se passer à présent, n'est-ce pas ?

Les yeux écarquillés, les lèvres entrouvertes, elle hocha la tête lentement. D'un air provocant. Derek posa une main sur son épaule, la faisant remonter jusqu'au col de la veste rouge.

— La vérité, Cass. C'est tout ce que je te demande.

— C'est… tout ?

Il prit conscience de l'inévitable. Il avait pourtant essayé. Dieu lui était témoin qu'il avait essayé. Mais le destin était inscrit sur les murs en lettres de feu. Il ne pouvait que s'y plier. Ses doigts glissèrent sur un bouton de la veste. D'un geste vif, il l'eut défait, exposant la peau crémeuse de Cass.

— Tu es une femme intelligente. Tu sais que personne ne peut entrer ici sans que je le sache, précisa-t-il avec un bref regard à la caméra de surveillance. Tu savais que tu serais découverte. C'est cela que tu voulais ?

Ses yeux s'écarquillèrent, elle sembla troublée, un instant. Puis la confusion s'effaça, cédant la place à un regard enflammé. Elle s'humecta les lèvres avant de murmurer :

— Oui.

Le corps de Derek se tendit, comme celui d'un guerrier se préparant à l'assaut. En même temps, une pensée surgit dans un recoin éloigné de son esprit. Voilà, il recommençait. Malgré lui, il allait entraîner quelqu'un dans son univers. Mais il n'envisageait

140

même plus de rester éloigné de Cass. Il la pressa contre son corps, sentant avec délices la souplesse de ses courbes. Avec fougue, il posa la main sur son cou et l'embrassa.

Alors, le torrent de la passion se déversa dans ses veines. Il lui arracha les boutons de sa veste. C'était la deuxième qu'elle perdait dans la soirée, mais cela n'avait aucune importance.

Ses mains, puis ses lèvres, cherchèrent les seins de la jeune femme. Ses doigts tremblants, comme fiévreux, rencontrèrent la bretelle d'un soutien-gorge de dentelle noir. D'un geste habile, il le dégrafa, et regarda les deux seins nus se découvrir avant de poser ses mains sur eux. Il caressa du bout des doigts la pointe des tétons, avant d'y poser sa bouche.

Cass gémit et se renversa entre ses bras. Son corps était tendu comme un arc. Elle chercha la fermeture du pantalon de Derek. Tout allait trop vite. Mais, quand elle referma les mains sur lui et le caressa, Derek sut qu'ils avaient atteint le point de non-retour.

— Cass…

Des yeux d'ambre croisèrent les siens.

— Toi, murmura-t-elle dans un souffle. C'est toi que je cherchais.

— Tu mérites mieux…

— Il n'est pas question de ça, chuchota-t-elle, les lèvres contre les siennes. Il s'agit de ce que je veux… de ce que je ressens.

Des sentiments trop forts pour qu'il les repousse. Elle était si fascinante, ainsi. Nue jusqu'à la taille, avec ses seins dressés qui s'offraient. Et lui… il n'était qu'un homme.

Il glissa les mains sur sa taille et défit la fermeture de sa jupe, qui tomba gracieusement en s'enroulant autour de ses chevilles. Le froissement de l'étoffe sur son collant de soie fit monter la température de son corps : il brûlait, oui, il brûlait de contempler, d'arpenter de ses deux mains ses deux jambes longues et charnelles, aux courbes enivrantes… Puis, de remonter vers l'antre tiède recouvert d'un minuscule slip noir.

Il s'agenouilla devant elle et fit rouler la soie le long de ses jambes, lui entoura la taille de ses bras et pressa son visage contre sa peau brûlante.

Elle tremblait. Son *intrépide* Cassandra tremblait.

Il approcha la tête un peu plus, et prit la dentelle noire entre ses dents, pour la faire glisser lentement jusqu'à terre. Elle fut alors nue et splendide devant lui.

Ses lèvres douces se promenèrent sur sa peau ambrée, pour trouver enfin le cœur de sa féminité, lui prodiguant la plus intime des caresses, goûtant le suc secret et délicieux de son corps. Avec un gémissement sourd, elle tomba à genoux et le fit rouler avec elle sur le sol.

— Oublie-tout, Cass. Je veux te faire oublier.

Elle posa les mains sur lui, le guida vers la moiteur de sa chair.

— Fais-moi oublier, Derek. Fais-moi l'amour…

Il aurait voulu du champagne, des draps de soie, leurs corps nus enlacés dans un lit. Mais, quand elle ouvrit les jambes pour le recevoir, il oublia tout. Un désir sauvage, primitif, se saisit de lui et il s'enfonça en elle avec fougue.

— De-rek…

Renversant la tête, elle s'abandonna à cette blessure exquise… Il y avait si longtemps qu'elle avait envie qu'il soit là, enfin, en elle ; elle voulait se donner à lui… Plongeant les doigts dans ses cheveux noirs, elle referma les cuisses autour de son bassin.

Et ils n'eurent plus conscience que de leurs corps profondément unis, du désir qui le transperçait et le poussait en elle comme si leurs vies en dépendaient.

Un tourbillon de sentiments s'empara de Cass. L'ivresse, le plaisir… Les regrets.

Les regrets. Deux semaines auparavant, ces deux mots lui auraient fait l'effet d'une douche glacée. Comptait-elle renaître à la vie dans les bras d'un criminel ? Quelle blague !

Mais non, il n'y avait pas de quoi rire. Car au fond de son cœur, elle ne croyait pas que Derek Mansfield fût un criminel. C'était un homme. Un homme doux et farouche à la fois. Possessif, violent peut-être, mais loyal. Fiable.

Et, pour un court moment encore, un moment de perfection totale, il était à elle.

Demain...

Son corps fut parcouru d'un frémissement d'extase. Etroitement enlacés, ils basculèrent ensemble dans un océan de jouissance. Les jambes de Cass se nouèrent plus fort encore sur ses reins.

Demain...

Elle n'alla pas jusqu'au bout de sa pensée.

Avec un peu de chance, demain ne viendrait peut-être jamais.

10.

Sa vie entière défila devant ses yeux, les triomphes comme les tragédies. Son mariage avec Randy. La naissance de Jake. L'enterrement. Elle les avait aimés de tout son cœur et n'avait pas su les mettre à l'abri. Ils avaient payé pour ses péchés, pour ses décisions, pour sa loyauté envers son insigne de police.

Elle avait payé aussi, et au prix fort.

Maintenant, la vie d'un homme reposait entre ses mains. Elle savait que la rédemption pouvait se présenter sous l'aspect le plus étrange, le visage le plus inattendu. Mais jamais elle n'avait imaginé cela.

Mansfield se tenait face à elle, devant un ciel d'azur. L'eau du lac, sillonnée de voiliers, scintillait sous le soleil. Mais il ne regardait qu'elle.

Impossible de lui rendre son regard sans sentir la vie refluer en elle comme un torrent bouillonnant. Il avait cette façon de la contempler, comme si elle était la seule femme au monde. Quand elle regardait au-delà de ses yeux bleus et durs, de ses lèvres fermes, de ses longs cheveux noirs, elle trouvait plus encore. Elle trouvait la profondeur, l'intensité. L'éternité. L'amour.

Peut-être était-elle la seule femme au monde à pouvoir le sauver. Non seulement de la loi, mais de lui-même.

— Derek…

— Je suis là, ma chérie.

— Derek…

— Chut, dit-il en lui posant une main sur la joue. Tu n'es plus seule désormais.

Sa voix était aussi douce que la caresse de sa main. Mais une autre main se posa sur l'épaule de Cass, tentant de l'arracher à l'étreinte de Derek.

— C'est le moment, Cass, annonça Gray avec gravité. Le moment de choisir.

Le soleil brillant de l'après-midi se ternit. Un vent froid se leva.

— Non ! s'écria-t-elle. Je ne peux pas. *Ne m'oblige pas !*

— Il le faut, dit Gray avec détermination.

Des années de loyauté et de confiance la poussèrent vers Gray. Mais une seule nuit de passion la retint. Son regard se fondit dans celui de Derek, elle y lut la confusion, la peur de la trahison.

— Cass, ma chérie…

— Il faut choisir, répéta Gray.

— Je te ferai oublier, promit Derek.

— Cass, tu as une mission à terminer. Fais-le.

— Ma chérie, tu n'as qu'une vie. Vis-la pleinement.

Et tous deux déchiraient consciencieusement les lambeaux de sa vie qu'elle avait mis si longtemps à raccommoder.

— Je ne peux pas faire ça ! cria-t-elle. Je ne veux pas ! Je…

Le son devint plus clair.

— Cass, ma chérie, c'est moi. Je suis là.

Deux mains la secouèrent doucement, mais elle protesta.

— Non.

— Cass, réveille-toi.

La chaleur, la sécurité. Des bras qui l'encerclaient, un corps qui se pressait contre son corps tremblant. Tout lui revint à la mémoire pêle-mêle, mais dans les moindres détails. Elle alla vers lui, le tint aussi étroitement que possible contre elle.

— Cass, tu te sens bien ?

145

L'inquiétude jetait une ombre dans son regard. Elle aurait voulu pouvoir dire oui, pouvoir se perdre dans ses bras et se débarrasser de la vérité qu'elle traînait dans son sillage. Les dominos tombaient de plus en plus vite, les uns derrière les autres. Le jeu touchait à sa fin. Alors, tout serait démoli, en ruines. Le trajet soigneusement prévu des dominos, la compassion que Derek lui avait offerte, les rêves qu'il avait fait naître. Leur vie. Celle de Derek et la sienne.

Mais le chef serait content. Elle aurait accompli sa mission.

Non, elle ne se sentait pas bien. Elle n'était pas sûre de pouvoir de nouveau se sentir bien un jour. Toutefois, elle hocha la tête, car elle n'avait pas le choix. Les lèvres de Derek se plissèrent en un sourire incrédule.

— Tu peux me dire ce qui ne va pas ?

Ce qui s'était passé aux premières heures du matin lui revint à la mémoire. Le désir ardent, la passion. Un mélange subtil d'enfer et de paradis.

— Ce n'est pas important, fit-elle, la voix rauque.

— C'est important, puisque ça t'a fait pleurer.

— C'est fini.

Il l'observa un moment, la reprit dans ses bras et la berça doucement, lui offrant la chaleur de son corps.

Le temps sembla s'arrêter. Pendant un instant d'éternité, le monde perdit tout son sens. Seul Derek existait, avec les sentiments merveilleux qu'il lui apportait.

Les sentiments… En réfléchissant bien, c'était la seule chose qui comptait. Derek la faisait renaître à la vie, il faisait battre son cœur.

Et, pendant un instant fabuleux, seuls ces sentiments eurent un sens.

*
* *

146

Un rayon de soleil s'infiltra entre les tentures et tomba sur le corps nu de Cass. La poitrine de Derek se soulevait régulièrement sous sa joue. Néanmoins, au lieu de s'échapper pour aller explorer la chambre secrète dans laquelle ils se trouvaient, elle se blottit plus étroitement contre lui.

Elle était submergée de sentiments délicieux, auxquels elle n'avait aucune envie d'échapper.

Comment un homme qui la touchait si profondément, qui lui offrait tant de compassion et de soutien, pouvait-il aussi être un homme sans scrupules, dénué du sens du bien et du mal ?

La question la taraudait sans qu'elle puisse trouver de réponse.

Elle était allongée sur Derek, telle une concubine en adoration pour son maître. Une jambe posée sur la sienne, la tête sur sa poitrine. Ils étaient unis dans une étrange intimité, recouverts d'un voile de sérénité. Non, elle ne voulait pas que la réalité vienne briser ce moment de béatitude.

La première fois, ils avaient fait l'amour très vite, dans une explosion de passion trop longtemps contenue. Dès l'instant où il l'avait découverte dans son bureau, elle avait su ce qui allait se passer. Un jour, elle prendrait le temps de se demander si ce n'était pas justement pour cela qu'elle s'était rendue clandestinement dans cette pièce, ce soir-là.

Il l'avait prise dans ses bras et s'était approché du panneau de chêne dans un angle du bureau. Etourdie, stupéfaite, elle avait vu le panneau coulisser et s'ouvrir sur une chambre obscure dont elle ignorait l'existence. Une chambre qui détenait probablement la clé du mystère de l'enquête.

Mais tout cela semblait n'avoir plus aucune importance.

Ce qui s'était passé ensuite se fondait dans une sorte de brouillard. La lueur des bougies, le long bain dans une immense baignoire de marbre rose, les heures passées à faire l'amour. Cass s'était laissé emporter dans une nouvelle dimension. Les sensations étaient trop intenses, trop éblouissantes pour n'être qu'un rêve. Tout ce qui s'était passé était bien réel.

— As-tu idée de l'effet que tu me fais ?

La voix ensommeillée de Derek la surprit et elle se sentit envahie d'une onde électrique.

— Nous n'allons peut-être jamais pouvoir quitter ce lit.

— Je n'y vois pas d'inconvénient, répondit-il en riant.

Le suc brûlant du désir se remit à couler dans ses veines.

— Si tu n'avais pas désactivé tes caméras, ce que nous venons de faire pourrait être considéré comme illégal... Et sévèrement puni... Tu le sais ?

— Eh bien, fais-moi arrêter ! rétorqua-t-il avec un sourire coquin.

Les mots frappèrent la jeune femme comme un coup de poing. Elle se raidit, repoussant farouchement une réalité qu'elle ne voulait pas reconnaître. Derek se glissa sur le côté et s'accouda face à elle.

— Qu'y a-t-il ? Pourquoi es-tu soucieuse ?

— Pour rien.

— Je ne te crois pas, dit-il en s'asseyant brusquement.

Elle s'assit également et remonta le drap devant sa poitrine.

— Je vois bien dans tes yeux que ça ne va pas, reprit-il. Tu as des doutes, des regrets. Tu penses que tu mérites mieux.

— Mieux ? Mieux que quoi ?

— Mieux que moi. Mieux que ce que je t'ai donné la nuit dernière. Je n'aurais pas voulu que ça se passe comme ça, sur le tapis de mon bureau. Je voulais des draps de soie pour toi, du champagne.

— Mais... tu m'as donné la perfection, murmura-t-elle, abasourdie. Nous étions deux hier soir, toi et moi, ajouta-t-elle avant qu'il ait pu reprendre la parole. Et nous étions aussi impatients l'un que l'autre de faire l'amour.

— Cass...

— Cela devait arriver. C'était aussi inévitable qu'un tremblement de terre.

Ce qui signifiait qu'elle avait franchi la limite infranchissable. Elle l'avait fait en toute connaissance de cause, de son plein gré. Derek lui repoussa doucement une mèche de cheveux derrière l'oreille.

— Alors pourquoi as-tu l'air d'avoir envie de pleurer ?

Parce qu'elle en avait envie. Comment faisait-il pour déceler le vrai sous les apparences ? Que verrait-il d'autre, s'il continuait de l'observer, se demanda-t-elle, en proie à une soudaine anxiété.

Il pouvait tout découvrir, tout comprendre. Tout guérir aussi. Mais elle ne le laisserait pas faire. Elle n'en avait pas le droit.

Il n'y avait pas d'avenir possible entre eux. Néanmoins, elle ne pouvait le laisser dans le doute. Trop de gens lui avaient jeté la pierre.

— Tu es bon, dit-elle. Tu es fort et affectueux, attentionné.

— Je crains que tu ne me prennes pour un boy-scout, répliqua-t-il, le visage assombri.

Un petit rire se brisa au fond de sa gorge et elle dit :

— Tu m'as aidée à affronter une douleur que j'essayais de repousser. Je ne veux pas que tu regrettes ce qui s'est passé entre nous. C'était… fatal.

— Mais ?

— Mais j'ignore où ça va nous mener.

— Là où nous le déciderons, il me semble.

Cass eut un sourire triste.

— Ce que tu m'as offert était merveilleux. Plus intense que dans tous mes rêves. Mais ça ne change rien à la réalité, à ce que nous sommes.

Derek fronça les sourcils, intrigué.

— Tu es une femme provocante et moi, un homme en pleine santé. Où est le problème ?

— Tu es le patron de cet hôtel.

— Et alors ? fit-il dans un rire.

— Il ne faut pas mélanger la vie professionnelle et le plaisir. Il y a des frontières qu'il vaut mieux ne pas franchir. Cela ne peut créer que des problèmes.

Elle se rendit compte que ses mots avaient un double sens, qu'ils valaient principalement pour elle. Son cœur se serra.

— Les frontières sont temporaires, protesta Derek, en laissant sa main glisser sur la taille de sa compagne. Ces limites sont conçues pour les faibles, les timorés. Nous pouvons changer les règles à notre gré.

Cass sentit son corps fondre sous une douce chaleur.

— Ce n'est pas si facile.

— Pourquoi pas ? Tu viens de dire que ce qui s'est passé était fatal, non ?

Et voilà, il venait encore de retourner ses propres paroles contre elle. Impossible de jouer franc-jeu avec lui.

Elle n'était pas plus franche que lui, d'ailleurs. En tant que flic, elle savait qu'il faudrait qu'elle trouve un moyen de fouiller la chambre secrète. Mais la femme qu'elle était commençait à se dissocier du flic. Elle fit un effort pour échapper à l'étreinte de Derek, mais plus elle se débattait, plus il la maintenait contre lui.

— Il ne peut pas y avoir juste toi et moi, sans amis, sans fantômes du passé, dit-elle pour se justifier. Je... je ne peux pas te donner ça.

Il s'écarta, choqué.

— Que veux-tu dire ? Que nous n'étions pas seuls, hier soir ? L'ombre de Randy était entre nous ?

Du coup, il relâcha son étreinte et elle se retrouva libre. Mais l'expression atterrée de Derek l'empêcha de saisir l'occasion.

— Non, ce n'est pas ce que je voulais dire. N'y pense plus, fit-elle, submergée par la culpabilité.

Elle ne pouvait pas se servir de la mort de Randy pour dissimuler ses intentions. Quel genre de femme était-elle pour descendre aussi bas ? En revanche, elle pouvait livrer à Derek une partie de la vérité.

— Je désirais autant que toi ce qui s'est passé. Mais cette attirance entre nous est si intense que cela m'effraie. Avec Randy, je… je n'ai jamais connu ça, avoua-t-elle.

Sa relation avec Randy avait été… Confortable. Et en tout point prévisible. Derek lui, c'était la flamme, l'imprévu qui vous embrase et vous déchire, tout en vous prodiguant une douceur infinie.

Derek se rembrunit.

— Que veux-tu dire ? Vous avez eu un fils ensemble.

— Nous étions plus amis qu'amants, expliqua-t-elle. C'était un homme généreux, solide. Nous formions des projets ensemble. Mais l'amour avec lui était un acte banal.

— Banal ?

— Comme une routine confortable. Il ne…

Les mots s'éteignirent sur ses lèvres. Son cœur battait si fort qu'elle parvenait à peine à articuler.

— Quoi donc ? marmonna Derek.

— Il ne me regardait pas de la même façon que toi.

— C'est-à-dire ?

Cass hésita. Elle ne savait comment exprimer cela, n'était pas sûre de devoir aller au bout de son aveu. Cela créait entre eux une intimité plus profonde, dangereuse. Mais, poussée par une force plus puissante qu'elle, elle continua :

— Comme si j'étais la seule femme au monde, murmura-t-elle. Comme si tu devais cesser d'exister si je disparaissais.

Derek jura entre ses dents, le souffle coupé.

— Un regard peut remplacer toutes les paroles du monde, c'est cela ?

Cass ravala un sanglot. La vérité. *Une* vérité. C'était tout ce qu'elle pouvait lui offrir.

— Je n'arrive même pas à aligner deux idées quand tu me regardes comme ça, quand tu me touches. Mais je ne peux pas être cette femme pour toi, Derek.

— Trop tard, tu l'es déjà.

— Derek…

Il la prit dans ses bras, la serra contre lui.

— Je sais que tu as peur, Cass. Moi aussi, j'ai peur. Mais je vais te faire une promesse. Aussi longtemps que j'aurai un souffle de vie, je ne te ferai pas le moindre mal.

Elle saisit dans ses yeux toute la sincérité et la vulnérabilité que contenaient ses paroles. Et elle sut que cela pouvait la détruire.

— Il me faut du temps, Derek, je t'en prie. Du temps pour comprendre ce qui se passe.

Du temps pour réfléchir, pour respirer, pour se préparer au désastre. Assumer ses mensonges, la vérité à laquelle elle ne pouvait absolument pas échapper.

Derek fronça les sourcils, comme si elle venait de lui demander la lune, le soleil et les étoiles en supplément.

— Du temps, c'est la seule chose que je ne peux pas t'accorder.

— Derek…

— L'instant présent, Cass. Donne-moi l'instant présent.

Avant qu'elle ait pu protester, il l'embrassa. Et elle s'abandonna. Tout son corps s'alanguit instantanément.

Impossible de revenir en arrière. Derek ne le lui permettrait pas.

Et, s'il fallait regarder la vérité en face, elle était exactement où elle avait envie d'être. Dans ses bras. Dans son lit.

Elle était follement amoureuse.

*
**

La maison du grand-père Stirling se dressait dans un ciel pur et dégagé, donnant une impression d'élégance et de majesté malgré les arbres nus. Enfant, Derek croyait que la demeure était enchantée. Il se voyait comme le seigneur des lieux, tenant les êtres et les choses sous son contrôle absolu.

Il avait cru qu'un jour la maison magique lui appartiendrait.

Aujourd'hui, il savait qu'une fois ses affaires réglées il partirait et ne remettrait jamais les pieds à Chicago. C'était une chose inévitable, qu'il ne pourrait jamais changer, même s'il le voulait. Il ne pourrait pas avoir la maison de son grand-père, ni l'avenir qu'il avait imaginé : jamais il n'en franchirait le seuil avec son épouse. Jamais il ne vivrait ici avec elle, ni n'entendrait le rire de leurs enfants résonner dans les couloirs.

Pour la première fois, Derek remit en question ce qui était établi depuis longtemps. Peut-être n'était-il pas trop tard. Peut-être pouvait-il encore faire un choix différent. Peut-être ne devrait-il pas s'entêter à faire les choses à son idée. Et tant pis pour les conséquences.

Peut-être, peut-être, peut-être…

Peut-être pourrait-il conduire Cass ici, la prendre dans ses bras, l'emmener dans la chambre du premier étage et l'aimer avec autant de passion que la nuit précédente. Peut-être un jour entendraient-ils les rires de leurs enfants dans le hall…

Peut-être… n'était-il qu'un imbécile.

Son cœur se serra. La place de Cass n'était pas ici. Il savait ce qui arriverait, s'il la faisait entrer dans cette maison, ne fût-ce qu'un jour, ou même une heure. Ils se créeraient des souvenirs. Des souvenirs qui le hanteraient bien après qu'ils se seraient quittés.

Car il faudrait qu'ils se quittent. C'était ainsi.

Une bourrasque secoua les arbres. Derek se pencha pour ramasser une brindille qu'il fit tourner entre ses doigts, tandis que les souvenirs et les doutes tourbillonnaient dans sa tête.

— Espèce de salaud !

Derek pivota sur lui-même. Il vit Brent se diriger vers lui d'un pas lourd, ses cheveux blonds emmêlés par le vent, les yeux rougis par la colère.

— Je te souhaite une bonne journée également, petit frère.

— J'ai toujours su que tu n'avais pas de scrupules. Mais bon sang, je pensais que tu avais au moins le sens de la famille !

Le coup porta et Derek détourna les yeux pour ne pas montrer à son frère avec quelle facilité il pouvait le blesser.

— Qu'est-ce qui t'a mis de si mauvaise humeur ? demanda-t-il d'un ton plat.

— C'était très malin, d'éteindre la caméra de surveillance dans ton bureau. Mais tu as quand même commis une erreur.

Derek devina ce qui allait suivre. Il ne voulait pas faire de mal à son jeune frère. Mais pour une fois, il avait fait passer son propre désir avant tout le reste.

— Oh ? fit-il en serrant la brindille entre ses doigts. Quelle erreur ?

— La caméra du couloir. Tu l'as oubliée.

En effet. Mais il n'avait pas songé que quelqu'un d'autre surveillerait les enregistrements. Il aurait dû y penser. Chaque fois qu'il considérait Brent comme quelqu'un d'inoffensif, son frère le lui faisait regretter.

— Viens-en au fait, dit-il d'un ton sec. Je n'ai pas de temps à perdre en mélodrames.

Brent se jeta sur lui, ce qu'il n'avait plus fait depuis le temps de leur adolescence. Il agrippa Derek par le col de son polo.

— J'aurais dû le deviner quand j'ai posé les yeux sur elle ce matin. Mais je ne t'aurais jamais cru capable de faire une chose pareille. Et puis je l'ai vue sur la bande vidéo, entrer dans ton bureau hier soir. Elle n'en est pas ressortie avant midi aujourd'hui. Maintenant je te vois tel que tu es.

Derek posa les mains sur celles de son frère et les écarta.

— Je te vois aussi, Brent. Mais j'aimerais savoir où tu veux en venir.

— Tu vas le savoir. Tu as attiré une femme innocente dans ton univers dépravé. Tu l'as prise parce que tu en avais envie, sans une pensée pour ce qu'elle est. Comment as-tu pu lui faire cela ? Tu ne respectes donc rien ?

Si l'accusation avait émané de quelqu'un d'autre, de n'importe qui, Derek aurait réglé cela à coups de poing. Mais c'était Brent qui venait de lui lancer ces mots à la figure. Le frère que Derek avait aimé et protégé toute sa vie, même s'ils n'avaient cessé de se chamailler. Et tout au fond de lui, il savait que la colère de Brent était justifiée. Il avait bien entraîné Cass dans son monde à lui, ce qui ne pouvait apporter à la jeune femme que de la peine et des déceptions.

A moins qu'il ne change la direction qu'il avait lui-même donnée aux événements.

Quoi qu'il en soit, il ne laisserait pas Brent jouer le petit saint. Son frère avait commis des erreurs, lui aussi. Des erreurs dangereuses. Si bien que Ryan avait failli être privé de père, comme Derek l'avait été dans son enfance.

— Ne fais pas semblant de vouloir protéger Cass, Brent. Ton monde n'est pas meilleur que le mien et tu n'es pas un chevalier en armure censé défendre la demoiselle en péril. Ce qui te rend furieux, c'est que tu la désires, et que c'est moi qu'elle préfère.

Sensible à un certain sens de culpabilité, il ajouta cependant :

— J'ai essayé. J'ai essayé de me tenir à distance, mais ça n'a pas marché.

— Tu parles ! Tu finiras par te retrouver au fond du lac, tu sais !

Sur ces mots, Brent lui tourna le dos et regagna sa décapotable rouge vif. L'herbe sèche crissait sous ses pas, le vent violent lui fouettait le visage. Il ne jeta pas un regard en arrière.

— Merde, marmonna Derek en brisant la brindille.

Il suivit des yeux la voiture de son frère qui s'éloigna dans l'allée de gravier bordée d'arbres aux troncs nus et sombres.

— Enfin, te voilà ! Je pensais que tu n'arriverais jamais, s'exclama Ruth.

Cass ôta son large chapeau de feutre et secoua sa longue chevelure noire. A cause du froid exceptionnel, elle avait hésité à dégager son cou et ses oreilles et n'avait pas fait sa tresse habituelle. Cela n'avait rien à voir avec le fait que Derek aimait qu'elle porte ses cheveux longs, bien sûr.

— Il y a un problème ? s'enquit-elle en suspendant son manteau dans le bureau. Quelque chose ne va pas ?

— Il ne s'agit pas de *quelque chose,* mais de *quelqu'un*.

Cass se figea. Elle pensa tout d'abord à Derek. Lui était-il arrivé quelque chose ? Puis le flic reprit le dessus et ses pensées allèrent à Gray. Sa mission d'infiltration avait-elle été découverte ?

— Quelqu'un ? répéta-t-elle, tendue.

— *Lui,* précisa Ruth. Il te cherche.

— Oh ? fit-elle d'un air innocent. Je me demande ce qu'il veut.

— Il a appelé toutes les dix minutes. Il voulait savoir pourquoi tu étais en retard.

— Il faudrait sans doute que j'aille le voir.

— Bonne idée. On ne fait pas attendre M. Mansfield.

Cass contourna posément le bureau de la réception et traversa le hall en contenant à grand-peine son impatience. Elle aurait voulu courir, fuir la réalité. Mais elle résista à la tentation. Et elle ne jeta pas un coup d'œil au miroir en passant. Son apparence n'avait aucune importance. Elle n'était qu'une employée qui allait voir son patron… Un flic qui surveillait son principal suspect.

Et aussi une femme qui allait vers son amant.

156

Cette vérité-là était terrifiante. Il fallait qu'elle trouve un moyen d'effacer ce qu'elle avait fait. Dès l'instant où Derek découvrirait la véritable nature de ses activités à Stirling Manor, leur relation volerait en éclats.

Leur relation. Le mot résonna dans son esprit tandis qu'elle pénétrait dans la cabine d'ascenseur. Derek lui avait fait l'amour toute la nuit… cela ne voulait pas dire qu'ils étaient destinés à vivre une vraie relation.

Et ça ne voulait pas dire non plus que cet homme était innocent.

Pourtant, dans un recoin de son cœur, elle était persuadée que c'était le cas.

Elle traversa le long corridor d'un pas vif, sous le regard sévère des ancêtres qui semblaient la juger, la jauger, et vouloir préserver Derek du mal qu'elle allait lui faire.

La porte du bureau coulissa au moment même où elle l'atteignit. Elle comprit qu'il avait suivi ses mouvements sur les moniteurs de sécurité. Comme la veille. Grâce au ciel, il avait cru à l'histoire de la boucle d'oreille.

Il fallait qu'elle fasse attention.

— Tu es en retard.

Il traversa le bureau avant qu'elle s'en soit rendu compte, la prenant dans ses bras avant qu'elle ait pu lui opposer la moindre résistance. Sa bouche prit avidement possession de la sienne. Elle répondit instinctivement à son baiser et sentit son corps fondre de plaisir. Elle se pressa contre lui, comprimant un gémissement lorsqu'il enfouit les doigts dans ses longues boucles brunes.

— Où étais-tu ? demanda-t-il en s'écartant légèrement.

— Chez moi, répondit-elle dans un souffle. Pourquoi me regardes-tu comme ça ? Qu'est-ce qui ne va pas ?

— Ne me raconte pas d'histoires. Tu aurais dû prendre ton service il y a une demi-heure. Où étais-tu ?

Le ton soupçonneux irrita la jeune femme. Elle se dégagea et fit un pas en arrière.

— J'ai une demi-heure de retard et tu m'accuses de raconter des histoires ? Tu n'as pas pensé qu'il aurait pu m'arriver quelque chose ? J'aurais pu être malade, avoir un accident !

Le sang se retira du visage de Derek. Il tendit les mains vers elle, comme pour vérifier qu'elle allait bien.

— Un accident ? Quelqu'un t'a agressée ? Dis-moi qui, je le…

Le brusque changement d'attitude de Derek la toucha plus profondément qu'elle n'aurait voulu. Elle se jeta dans ses bras et lui rendit son baiser.

— Je vais bien, murmura-t-elle. Embrasse-moi.

Ses mains viriles parcoururent son corps, faisant surgir un brasier sous sa peau.

— Derek… Que se passe-t-il ? Pourquoi me cherchais-tu ?

— Tu le demandes ? fit-il avec un sourire malicieux.

— D'après Ruth, tu étais en colère. Est-il arrivé quelque chose ?

— Oui, confirma-t-il en la serrant dans ses bras. Et ça va arriver encore, et encore, et encore.

— Derek ! Je suis censée travailler.

— Oui, mais je suis le patron, lui rappela-t-il en couvrant son visage de baisers. Je t'avais prévenue que je ne me contenterais pas d'une seule fois.

L'éternité même ne suffirait pas à la combler. Elle trouvait chez Derek ce qu'elle n'avait jamais cru retrouver un jour : l'envie de vivre, de savourer chaque instant et d'attendre le jour suivant avec impatience pour être encore et toujours à ses côtés.

Ses mains glissèrent comme malgré elle sur les hanches de son compagnon, puis sur la fermeture de son jean. Elle le caressa doucement, tout en murmurant :

— Pas ici… pas ici.

158

Un grognement rauque s'échappa de la gorge de Derek. Il la souleva dans ses bras et traversa le bureau à grandes enjambées. Ses yeux brillaient comme des saphirs.

— Tu mérites mieux que de faire l'amour sur un tapis, dit-il en pénétrant dans la chambre avec elle.

Celle-ci avait retrouvé une apparence d'ordre parfait. Soit Derek laissait les femmes de ménage y entrer, ce qui signifiait qu'il n'avait rien à cacher, soit il avait rangé la chambre lui-même.

— Le fait de te retrouver ici, à l'hôtel, me met mal à l'aise, avoua-t-elle spontanément.

Derek la regarda sans comprendre et elle expliqua :

— C'est mon lieu de travail. Tout le monde sait que je suis montée dans ton bureau. Je ne peux pas disparaître pendant des heures et...

— Tu t'inquiètes pour ta réputation ?

— Non. Mais il s'agit de ma dignité. Je ne veux pas être une aventure de passage pour toi, Derek. Je veux quelque chose de spécial. Pas seulement me faufiler en secret dans ta chambre pour faire l'amour à la va-vite.

Pendant un long moment, il la regarda sans dire un mot. Puis il ferma les yeux. Mais elle eut le temps de voir l'expression amère qui passa dans ses prunelles.

— Tu crois que c'est ça, qui se passe entre nous ? Une occasion de faire l'amour vite fait ?

— Pour moi non, ce n'est pas ça, répondit-elle d'une voix étouffée.

— Et pour moi, sais-tu ce que ça représente ?

— Non, je ne sais pas.

— Tu... ne sais pas ? Bon sang, c'est quoi, cette réponse ?

— C'est une réponse franche, dit-elle avec un douloureux serrement de cœur.

Derek se passa une main dans les cheveux. Tout à coup, une idée surgit dans l'esprit de Cass. Le moyen de faire d'une pierre deux coups.

— Partons d'ici, Derek. C'est vrai, tu es le patron, tu peux m'accorder une nuit de liberté si tu le veux.

Elle avait jeté sa ligne et se demanda s'il allait mordre à l'hameçon. Le besoin de prouver son innocence la poussa à insister :

— Ne perdons pas notre temps ici. Allons dans un endroit spécial. Emmène-moi là où tu t'évades chaque soir.

— De quoi parles-tu ? s'enquit-il, perplexe.

« Le domaine » aurait-elle voulu hurler. *Son* domaine. Son repaire. La splendide maison qui abritait ses secrets.

— Je t'ai souvent vu partir tard le soir. Tu ne reviens pas de la nuit. J'ai passé des heures à te guetter, à t'attendre quand je travaille de nuit. Mais tu ne reviens jamais.

Elle eut l'impression qu'il se retirait en lui-même. Il recula de quelques pas, lui tourna le dos et alla se camper devant la fenêtre.

Le cœur de Cass se glaça. Son plan était pourtant d'une merveilleuse simplicité. Elle n'avait rien découvert ici, à l'hôtel. Mansfield n'avait jamais été vu en compagnie de Vilas. La demeure de son grand-père était le seul endroit où elle découvrirait des preuves. Si Derek acceptait de l'emmener là-bas, elle, sa maîtresse, cela voulait dire qu'il n'avait rien à cacher.

S'il refusait… il faudrait qu'elle considère l'affaire sous un autre angle. Malgré l'appréhension, l'angoisse qu'elle éprouvait, elle se décida à faire basculer encore un domino.

— Où vas-tu le soir, Derek ? Pourquoi ne reviens-tu pas ici ?

11.

Devant la fenêtre, Derek contemplait la ville. Partout des lumières clignotaient, scintillaient, comme pour le narguer. Fallait-il qu'il soit égoïste, pour avoir cru qu'il pourrait tenir Cass à l'écart de sa vie ! Après les instants d'intimité qu'ils avaient partagés, quoi de plus naturel que de poser ce genre de questions ?

Mais il ne pouvait lui répondre. Du moins, pas encore.

Peut-être ne le pourrait-il jamais.

— Mon grand-père possède une maison au nord de la ville, dit-il d'un ton détaché. J'y ai passé beaucoup de temps quand j'étais enfant.

Et il s'y rendait encore lorsqu'il voulait oublier le danger dans lequel il vivait, pour n'être plus qu'un homme ordinaire.

— J'aimerais la voir, dit Cass en se glissant derrière lui et se pressant contre son dos.

— Un jour. Peut-être.

La jeune femme vint se planter devant lui.

— Ce soir. Rien que nous deux. Pourquoi es-tu si secret ? Nous sommes amants !

Il lui prit le visage à deux mains, observa la lueur d'espoir dans ses yeux bruns, les cheveux superbes qui tombaient en cascade autour de son visage. Comme il serait facile de l'emmener là-bas, loin du monde et de cette vie. Là-bas, il pourrait tenir le destin à distance, faire comme si tout était possible.

161

Mais la réalité les attendrait au tournant. Et leur rêve idyllique serait détruit en un instant.

Personne n'avait jamais voulu voir en lui ce qu'il était réellement. Ni ses parents, ni Marla. Il n'était pas certain de savoir ce que voulait Cass. Toutefois, il pressentait le danger qu'il y aurait à attiser la passion qu'il sentait naître entre eux.

— Ce n'est pas parce que nous avons partagé une nuit d'érotisme torride que je suis prêt à t'emmener dans la maison de ma famille, ma jolie, s'obligea-t-il à dire.

Cass recula en chancelant.

— Nous avons fait l'amour, Derek. Nos corps et nos cœurs se sont liés en parfaite harmonie. Je croyais…

— Que nous formions un couple ? rétorqua-t-il avec cynisme. Que nous allions nous promener main dans la main ? Que…

La douleur s'inscrivit dans les prunelles ambrées. Le sentiment d'avoir été trahie. Des larmes perlèrent sous les paupières de la jeune femme et elle s'exclama :

— Va au diable, Derek.

Il demeura impassible, résistant vaillamment au désir de la prendre dans ses bras pour la rassurer.

Tournant sur ses talons, elle quitta la chambre sans un mot.

Il n'avait pas l'intention de la suivre.

Trois jours passèrent. Trois longs jours, pendant lesquels Derek et Cass n'échangèrent pas un seul mot. Seulement des regards. Des regards ardents, intenses, douloureux. Des regards de colère aussi, parfois.

Cass tint bon.

Et puis le troisième soir, alors qu'elle arrangeait des roses blanches dans un vase, à la réception, tout changea. Les portes de l'hôtel s'ouvrirent et une femme entra dans le hall d'un pas dansant. Cass la reconnut sur-le-champ. Elle avait observé tant de photos que les traits de la jeune femme étaient restés gravés dans son esprit.

Marla Fairchild. La femme que Derek avait demandée en mariage. Celle qu'il avait choisie pour être la mère de ses enfants.

— Ça alors, dit Ruth à mi-voix. Qui voilà…

Cass était trop préoccupée pour répondre. La femme qui s'avançait vers elle avait de longs cheveux blonds, un teint sans défaut, des pommettes saillantes, de grands yeux en amande et des lèvres sensuelles. Des diamants brillaient à ses oreilles, à son cou, à ses doigts. Un manteau en fourrure dansait autour de ses chevilles.

— Je parie qu'elle est nue sous sa fourrure, décréta Ruth à voix basse.

Cass avait eu la même pensée au même moment.

— Et moi qui espérais que nous allions passer une soirée tranquille…

— Attends que le patron la voie. Tu pourras dire adieu à ta tranquillité !

Cass savait que Derek se trouvait dans son bureau. La dernière fois qu'elle l'avait vu, il se dirigeait à grands pas vers l'ascenseur, sans même daigner jeter un coup d'œil à ceux qui avaient l'audace de le saluer. Ses cheveux retenus sur la nuque accentuaient ses traits virils et la profondeur de son regard. Son costume noir, dessiné par un styliste italien, complétait parfaitement le tableau.

— Dites à Derek que je monte, annonça la jeune femme en minaudant.

Cass sortit du brouillard qui l'environnait et dévisagea Marla Fairchild. Celle-ci lui jeta à peine un coup d'œil méprisant.

— Désolée, M. Mansfield a demandé à ne pas être dérangé.

Ruth, qui savait mieux que personne que ce n'était pas le cas, lui lança un coup d'œil en coin.

— Ça ne fait rien. Je ne le dérangerai pas, je ne le dérange jamais.

Cass se raidit. Elle n'avait jamais eu de mal à garder son sang-froid en toutes circonstances. Ce n'était pas le moment de flancher.

— Désolée, répéta-t-elle. Il nous a donné des consignes précises. Il tient à être seul.

C'était du bluff bien sûr, mais il fallait qu'elle sache si Derek avait invité Marla à passer à l'hôtel.

— Je sais qu'il voudra me voir, rétorqua Marla avec un rire de gorge. Enfin, *voir* n'est sans doute pas le mot approprié. Trop passif pour mon Derek.

Le cœur de Cass se brisa. Naturellement, Derek devait désirer Marla. Elle était bien placée pour savoir que sur le plan sexuel il avait un appétit féroce. Ce qu'elle savait aussi, c'est qu'elle l'avait délibérément éloigné. Mais que s'était-elle imaginé ? Qu'il viendrait lui manger dans la main ? Qu'il la prendrait dans ses bras, lui dirait qu'il avait eu tort, l'emmènerait dans la maison familiale et lui prouverait qu'il était innocent ?

De fait, elle s'était persuadée qu'au moment où elle poserait le pied dans le domaine familial, elle tiendrait la preuve de son innocence. Mais il avait gâché ses plans et réduit à néant ses espérances. Il avait refusé de l'y emmener, sans même avancer une raison valable. Il avait refusé. Un point c'est tout.

Voilà pourquoi elle l'évitait. La dernière chose à faire, c'était de retomber dans son lit. Car il y avait toutes les chances pour que d'ici quelques jours, elle soit obligée de lui passer les menottes aux poignets.

En attendant, Marla était toute prête à prendre sa place.

— Je ne peux rien faire pour vous. Quand M. Mansfield donne un ordre…

— Marla…

La voix grave résonna dans le hall désert. Il avança vers elles. Les caméras… Il l'avait encore piégée grâce aux caméras de surveillance. Elle avait espéré se débarrasser de Marla avant qu'il ait posé les yeux sur elle. Mais de toute évidence, il avait repéré son ex-fiancée sur les moniteurs de sécurité.

Et maintenant il ignorait Cass, concentrant toute son attention sur la blonde éblouissante qui minaudait devant lui. La jeune femme avait adopté une pose déhanchée, une main ornée de diamants sur sa taille, bien en évidence. Pas de doute, il s'agissait d'une bague de fiançailles. Celle que Derek lui avait offerte.

Contre toute attente, il ne s'approcha pas de Marla. Il s'immobilisa à trois mètres d'elle et demeura là, arquant les sourcils d'un air interrogateur. La jeune femme n'eut pas une seconde d'hésitation. Elle se précipita vers lui et se jeta dans ses bras.

— Oh, Derek… il y a si longtemps !

— Très longtemps, en effet.

Dans un brouillard oppressant, Cass les vit se diriger vers l'ascenseur. A chaque pas qu'ils faisaient, elle avait l'impression qu'une lame s'enfonçait dans son cœur.

La douleur faillit la terrasser.

Marla était allongée sur le canapé. Son manteau de panthère était enroulé autour de ses cuisses, laissant apercevoir des jambes interminables. C'était bien la beauté glacée que Derek avait gardée à la mémoire. Celle qui l'avait ébloui au point de l'aveugler.

— Je vois qu'en six mois rien n'a changé, dit-il, curieux de connaître le motif de cette visite.

Elle esquissa une moue boudeuse.

— Comment peux-tu dire ça, Derek ? Tout a changé. Nous devrions célébrer nos six mois de mariage. Et, au lieu de cela, tu ne me regardes même pas !

Derek s'arrêta à côté de la fenêtre et jeta un coup d'œil distrait à l'extérieur.

— Qu'est-ce qui te contrarie le plus, Marla ? Le fait que nous ne soyons pas mariés, ou que je ne sois plus à tes pieds ?

— Comme tu es cruel !

— Je suis honnête, tout simplement. Peux-tu en dire autant ?

— Oh, Derek ! Tu ne vas quand même pas recommencer ? Je t'ai déjà dit que j'étais désolée.

— Je sais.

Marla bondit sur ses pieds et se jeta au cou de Derek.

— C'est vrai ? Tu veux bien oublier le passé ?

Derek demeura rigide.

— Ma chère, j'ai oublié le passé dès l'instant où j'ai franchi ta porte.

La jeune femme recula, désarçonnée.

— Qu'essayes-tu de me dire ?

— Je n'essaye pas, répliqua-t-il en faisant un pas de côté. Je te le dis tout net : rien de ce que tu feras ne pourra effacer ce que tu as fait.

C'était ainsi, avec lui. Il n'y avait pas de deuxième chance. Jamais.

— Tu t'es servie de moi. Je n'ai jamais été pour toi qu'un jouet, grâce auquel tu espérais gagner le respect de ton père.

Les lèvres de Marla se mirent à trembler.

— Ce n'est pas vrai.

— Tu me prends donc pour un idiot ? J'étais là ! J'ai vu les plans.

Elle écarta l'argument d'un geste nonchalant.

— Des dessins sans importance. Des idées, des fantasmes. Des rêves.

Pour lui, une trahison.

— Ne mens pas, Marla, nous connaissons tous deux la vérité. Ces plans d'une extrême précision concernaient la rénovation de l'établissement d'Edimbourg. Tout était prêt à fonctionner.

166

— Mon père dirige un cabinet d'architectes. Tu l'as toujours su, non ? Qu'y a-t-il de choquant dans le fait qu'il s'intéresse aux établissements Stirling et qu'il désire les restaurer ?

Derek la considéra en silence. Dire qu'il s'était cru amoureux de cette femme, qu'il avait souhaité qu'elle soit la mère de ses enfants !

— Tu connais le pire, Marla ? Si tu n'avais pas été si pressée, tout aurait été à toi. C'était mon cadeau de noces, j'avais préparé les contrats chez le notaire. Tous les établissements Stirling te revenaient. Mais tu n'as pas pu attendre, tu voulais être sûre. Et au dernier moment, tu as tout gâché. Stirling t'est passé sous le nez.

— Ce n'est pas vrai. Enfin, peut-être au début, concéda-t-elle. Mais, quand je t'ai connu, je suis tombée amoureuse de toi. Comment peux-tu en douter ?

Il en avait assez entendu. Ils avaient déjà eu la même scène, la veille de leur mariage, quand il avait découvert les plans. Ils étaient rangés dans la maison qu'il avait fait construire pour elle, dans un placard, avec le trousseau qu'il avait commandé pour leur voyage de noces en Europe. Il se rappela sa blessure, son incrédulité devant une telle trahison.

Ce n'était pas *lui,* que Marla voulait épouser, mais l'héritier de Stirling Manor. Il aurait dû s'en douter, mais sa sensualité, le désir qu'il avait éprouvé pour elle l'avaient aveuglé. La pilule avait été amère… Ce n'est que plus tard, quand il s'était retrouvé seul dans les Hautes-Terres d'Ecosse, que sa colère s'était dissipée, faisant place à une totale indifférence qui perdurait depuis.

— Rien n'a changé, Marla. Et rien ne changera désormais. Cesse de me faire perdre mon temps et sors de chez moi. Pour de bon, cette fois.

Les yeux de la jeune femme s'embuèrent avec beaucoup d'à-propos.

— Je suis une idiote d'être venue te voir, geignit-elle entre deux sanglots à peine contenus. Moi qui croyais que tu avais changé ! C'est mon père qui a raison, tu n'as pas de cœur et tu n'en auras jamais.

— C'est justement ce qui me permet de survivre. Tu devrais savoir ça.

— Je t'aimais, chuchota-t-elle.

— Tu sais quoi ? Je pense que tu es sincère. Tu crois vraiment ce que tu dis. Je suis désolé pour toi, Marla. En réalité tu n'aimes qu'une seule personne au monde : ton cher papa.

— Ce n'est pas vrai.

Elle se redressa et d'un geste sec du poignet ouvrit son manteau. Les soupçons de Derek se confirmèrent. Elle ne portait rien en dessous, excepté un porte-jarretelles noir et des bas.

— Je sais que tu me désires toujours, murmura-t-elle d'une voix veloutée. Laisse-moi te montrer comme je regrette notre séparation, Derek. Tu te rappelles quand nous faisions l'amour ? C'était si bon… Rien qu'une nuit, Derek. Une nuit et nous verrons bien si tu as encore le cran de me repousser.

Cass s'interdit de penser à ce qui devait se passer dans le bureau de Derek. Elle se rendit dans le salon pour y observer Santiago Vilas. Assis dans un fauteuil, un verre de whisky déjà presque vide à portée de main, celui-ci fumait une longue cigarette. Cass ne l'avait pas vu depuis plusieurs jours. De fait, si elle n'avait pas eu accès aux registres, elle aurait pu croire qu'il avait quitté l'hôtel.

« *Appelle Gray.* » Ce fut sa première pensée. Mais Gray n'était pas sur place ce soir. Elle aurait pu lui téléphoner, mais Vilas risquait d'avoir disparu avant qu'il n'arrive.

La brume amoureuse qui l'enveloppait commençait de se dissiper. Le policier refaisait surface. Elle était là pour accomplir une mission, faire un métier qu'elle exerçait depuis des années et qu'elle exercerait encore quand Derek serait sorti de sa vie.

Dans un élan d'énergie, elle s'avança vers Vilas.

— Bonsoir, monsieur Vilas. Tout se passe bien ?

Les lèvres fines, surmontées d'une moustache noire, se plissèrent en un sourire intrigué. L'homme observa longuement la jeune femme qui venait de l'aborder.

— De mieux en mieux, à ce qu'il me semble, énonça-t-il enfin.

Au bout de quelques instants, ils se retrouvèrent engagés dans une conversation animée sur la ville de Chicago.

— Vous résidez chez nous depuis déjà deux semaines. Combien de temps aurons-nous encore le plaisir de vous compter parmi nos hôtes ?

— Ah... Une jolie femme comme vous peut avoir ce plaisir aussi longtemps qu'elle le souhaitera.

Les mots la transpercèrent comme une dague.

— Je faisais allusion à l'hôtel, monsieur Vilas. J'espère que nos services vous conviennent ?

Le regard de Vilas s'assombrit.

— Puisque vous abordez le sujet, *querida*... J'ai justement découvert ce matin quelque chose qui n'allait pas, dans ma chambre.

Il marqua une pause, laissant délibérément son regard s'attarder sur le corps élancé de Cass.

— Voulez-vous venir jeter un coup d'œil vous-même ?

— Pourquoi pas ?

C'était peut-être Vilas lui-même qui l'aiderait à découvrir une preuve pour innocenter Derek ? Il posa une main sur le creux de ses reins et lui fit traverser le bar enfumé. Il avait le pas vif et la démarche assurée de l'homme qui sait ce qu'il veut. Cass marcha à la même allure que lui, ses talons claquant sur le parquet comme pour annoncer le début du combat. Parvenue à la hauteur du bureau de réception, elle ralentit le pas et demanda à Ruth :

— Rien de neuf ?

— Rien, répondit Ruth avec un sourire complice. Personne n'est encore ressorti du bureau.

Cass en éprouva un profond dépit, mais cela ne fit que renforcer sa détermination.

— M. Vilas a un problème dans sa chambre. Je vais voir de quoi il s'agit.

— Il vaudrait peut-être mieux appeler un agent de maintenance ? suggéra Ruth.

Vilas pressa la main contre le dos de Cass et déclara d'un ton péremptoire :

— Ce ne sera pas nécessaire.

L'appréhension surgit, faisant tourbillonner en elle un flot d'adrénaline. Il y avait des années que Cass prenait des risques sans se soucier des conséquences. Elle avait déjà perdu ce qu'elle possédait de plus cher au monde. Cependant, la nuit qu'elle avait passée avec Derek avait tout changé, et elle redouta soudain ce qui allait suivre. Il se pouvait en effet qu'elle découvre quelque chose dans cette chambre. Par exemple, le chaînon qui relierait son amant à cette grande figure de la mafia qu'était Vilas.

Son cœur se révulsa à cette pensée. Mais elle était flic et voulait aussi en avoir le cœur net.

— Un des chasseurs désirait avoir un entretien avec moi, dit-elle à Ruth en espérant que celle-ci comprendrait et ferait signe à Gray de passer à l'hôtel. Sois un amour, Ruth, ajouta-t-elle en souriant à Vilas. J'en ai peut-être pour un moment avec M. Vilas. Essaye de contacter John Dickens entre-temps.

« Comprends-moi à demi-mots, supplia-t-elle intérieurement. Appelle mon ami, dis-lui de venir avant qu'il ne soit trop tard. »

— Au fait, Ruth, ma chérie, tu veux bien me passer mon sac à main ?

Toujours souriante, elle prit le petit sac en cuir noir que Ruth lui tendit.

— On ne sait jamais de quoi une femme peut avoir besoin, ajouta-t-elle d'un ton mystérieux.

— Nous y sommes, *querida,* déclara Santiago Vilas en s'arrêtant devant la porte de sa chambre. J'ai la chance d'avoir toute votre attention, n'est-ce pas ?

— Je ne fais que mon métier, répondit-elle avec une douceur étudiée.

Vilas glissa la clé dans la serrure et fit entrer la jeune femme. Des années d'entraînement et une connaissance parfaite de l'hôtel lui donnèrent le courage de pénétrer sans hésiter dans la suite obscure. Sachant qu'elle allait trouver une lampe Tiffany sur sa droite, elle tendit le bras et l'alluma avant que Vilas ait eu le temps de refermer la porte, les privant ainsi de la lumière du couloir.

Mais elle eut beau appuyer sur l'interrupteur, rien ne se passa. Vilas repoussa le battant et l'obscurité les enveloppa.

— C'est cela, le problème ? s'enquit-elle en l'entendant approcher d'elle. Une ampoule grillée ?

— Une bagatelle, rétorqua-t-il en craquant une allumette. Ne perdons pas de temps. Nous savons tous les deux pourquoi vous êtes là, d'accord ?

— Naturellement, acquiesça-t-elle.

— Très bien.

La flamme de l'allumette se reflétait dans ses yeux noirs. Il contempla Cass quelques secondes, puis alla allumer des bougies, mettre un disque et servir du vin.

Cass en profita pour jeter un regard circulaire sur la pièce.

— Voilà, mon petit, dit-il en lui tendant un verre. Buvez.

Elle leva son verre et déclara :

— A notre rencontre.

Il fit tinter son verre contre le sien.

Le faire boire le plus possible, songea Cass. Les sens engourdis par l'alcool, son temps de réaction serait plus long. Elle avait une arme dans sa poche et assez d'amphétamines dans son sac pour assommer un taureau.

— Vous êtes très belle, murmura-t-il en la prenant dans ses bras.

Elle sentit un frisson de dégoût lui parcourir le corps. Un seul homme au monde avait le droit de la toucher. Et il était enfermé dans sa chambre avec sa fiancée !

— Si belle…, répéta Vilas en se penchant vers elle.

Cass se raidit et se déroba.

— Monsieur Vilas… je crains que vous ne fassiez erreur.

Le regard de l'homme se durcit et il resserra les doigts sur ses bras.

— Il n'y a pas d'erreur, *querida*. Je vous ai invitée dans ma chambre et vous avez accepté. Nous savons tous les deux ce qui va suivre.

— Vous m'aviez parlé d'un problème, lui rappela-t-elle. Je suis adjointe à la direction, c'est pourquoi je suis venue voir ce qui se passait.

Il sourit, l'air entendu.

— Et vous allez être très coopérative, j'en suis certain.

12.

Marla était là, dans son bureau, lui offrant son corps. Derek savait qu'elle ne reculerait devant rien pour se retrouver de nouveau dans son lit. Elle était prête à se vendre pour récupérer les établissements Stirling. Son ultime vengeance aurait pu être de coucher avec elle cette nuit, pour la renvoyer au matin sans ménagement.

Mais ses pensées étaient toutes dirigées vers Cass. Il ne s'était plus abandonné ainsi dans les bras d'une femme depuis… depuis quand ? Cela faisait des années maintenant qu'il prévoyait, planifiait, élaborait des plans en oubliant qu'il était un homme et qu'il avait aussi des sentiments.

Des sentiments ? Non, il ne pouvait s'autoriser à en avoir. Cela ne menait qu'à la déception, à la souffrance.

— Ne me fais plus attendre, chéri. Tu as les yeux brillant de désir, je le vois bien.

Il s'approcha si près qu'il perçut la chaleur qui émanait de son corps pulpeux. Ses lèvres rondes abandonnèrent leur moue boudeuse pour s'entrouvrir et s'offrir à son baiser.

— Je te le dis une dernière fois, déclara-t-il en agrippant brutalement les pans du manteau pour les refermer. Ensuite, j'appellerai la sécurité. Tu vas sortir de cet hôtel et ne plus jamais y remettre les pieds. Tu n'as plus rien à faire dans ma vie.

Avec un mouvement de recul, Cass dégagea sa main.

— C'est une erreur, monsieur Vilas. Quand vous avez parlé d'un problème, j'ai cru…

La sonnerie du téléphone l'interrompit au milieu de sa phrase. Elle tendit instinctivement la main pour décrocher, mais la voix glaciale de Vilas l'en dissuada.

— Permettez ? L'appel est pour moi.

— Je voulais juste me rendre utile, répondit-elle avec un sourire doucereux.

— Vous vous rendrez utile, *querida*. Quand j'aurai réglé mes affaires.

Arrachant le récepteur des mains de Cass, il annonça d'un ton sec :

— Vous êtes en retard, mon ami. Je suis occupé.

Cass comptait profiter de cet appel providentiel pour prendre la fuite, mais la conversation de Vilas la cloua sur place. Bien que l'homme fît son possible pour dissimuler ses propos, elle comprit qu'il était question d'un rendez-vous.

Feignant la nonchalance, elle attendit qu'il ait terminé. Son interlocuteur était un homme, mais c'est tout ce qu'elle parvint à deviner.

— Vous m'avez fait attendre assez longtemps, dit Vilas avec hargne. Maintenant, c'est moi qui vous demande d'attendre un jour de plus.

Après un autre silence, l'homme au bout du fil reprit la parole. Puis Vilas eut un sourire victorieux.

— C'est bien ce que je pensais, dit-il.

Il reposa le récepteur sur son support et se retourna vers Cass. Ses yeux brillaient d'une lueur inquiétante.

— Ah, *querida*. N'ayez pas l'air si triste, voyons.

— Je suis de service, je ne peux pas rester.

Il l'attira à lui et la fit tournoyer au rythme de la musique.

— Votre travail, c'est justement de vous occuper des clients.

174

— Vous avez raison. Le confort des clients est une de nos priorités. Mais, pendant que je suis avec vous, je néglige les autres, à qui je dois également apporter mes services.

D'un mouvement habile, elle se glissa hors de ses bras.

— Je dois retourner à mon bureau. Sinon, nous risquons d'être interrompus.

— Je veux bien courir ce risque.

— Moi non, dit-elle en se dirigeant vers la porte à reculons. Si je reste, nous aurons, au mieux, dix à quinze minutes à passer ensemble. Mais le moment viendra. Soyez tranquille, nous nous reverrons.

Du moins, elle l'espérait. Et ce serait pour l'envoyer derrière les barreaux.

La déception déforma les traits de Vilas.

— Eh bien, allez-y, *querida*. Mais n'oubliez pas que nous avons commencé quelque chose ce soir… Et que nous devrons le terminer.

Son regard, sa voix se firent menaçants quand il prononça ces paroles. Cass sourit néanmoins d'un air languissant, puis se glissa dans le couloir. Elle dut faire appel à toute sa volonté pour ne pas se mettre à courir. Cet homme était répugnant. Les épaules bien droites, le menton levé, elle gagna d'un air serein l'ascenseur, à l'autre extrémité du corridor.

Seuls les aristocrates dont les portraits ornaient les murs semblèrent entendre les battements de son cœur. Ils la considéraient avec mépris, comme s'ils savaient à quel jeu elle se livrait et ne l'approuvaient pas.

A dire vrai, elle n'était pas très fière d'elle.

— John Dickens n'est pas de service ce soir. Je me suis dit que votre conversation pourrait attendre demain.

Cass sourit à Ruth avec lassitude.

— Très bien, je le verrai plus tard.

— Tu te sens bien ? interrogea Ruth, l'air inquiet.

— Je ne me suis jamais sentie mieux.

Ruth ne put réprimer un petit reniflement d'incrédulité. Cass considéra avec dépit les braises qui s'éteignaient lentement dans la cheminée, alors que, quelques heures plus tôt, des flammes magnifiques s'élevaient dans l'âtre. Il en allait de même pour son plan : il était réduit à l'état de cendres.

— Tu es pâle comme un fantôme et tu n'as pas dit un mot depuis que tu es redescendue de chez Vilas, reprit Ruth. Il t'a manqué de respect ? Ce n'est pas parce que c'est un client qu'il a le droit d'être incorrect. M. Mansfield est très…

— Non.

Cass se retourna vers Ruth.

— Ne souffle pas un mot de ça à qui que ce soit.

Par deux fois déjà, Derek était intervenu alors qu'elle s'était laissé entraîner trop loin par son enquête. Jusqu'ici, elle avait pu mettre en avant ses responsabilités au sein de l'hôtel pour se justifier. Mais, tôt ou tard, cette excuse ne suffirait plus à contenir les soupçons de son patron.

— Tout va bien, ajouta-t-elle avec un sourire pour rassurer son amie. Je suis fatiguée, c'est tout.

— Nous avons eu une soirée agitée, admit Ruth en la dévisageant. Qui aurait cru que Marla Fairchild aurait l'audace d'entrer ici comme si l'hôtel lui appartenait ?

Cass ne s'était pas encore remise de la petite scène qui s'était déroulée quelques heures plus tôt.

— Cela a failli être le cas, non ?

— Peut-être, si elle avait épousé M. Mansfield. Mais ce n'était pas l'hôtel qu'elle voulait.

Cass avait rassemblé peu de renseignements au sujet des fiançailles brisées de Derek et Marla. Ils avaient été le couple le

176

plus en vue de Chicago ; puis, le jour du mariage, Derek avait disparu.

Au même moment, les trafiquants avaient cessé leurs activités.

Nul besoin d'être un génie pour faire le lien entre les deux événements… Ou le fait que le retour de Derek coïncide avec l'apparition de Santiago Vilas.

Mais, quelquefois, les choses n'étaient pas ce qu'elles avaient l'air d'être. Cass le savait. Plus une situation paraissait évidente, moins il y avait de chances pour qu'elle le soit.

— D'après ce que je sais, Derek et Marla ne…

Ruth s'éclaircit bruyamment la gorge et Cass se tut. Suivant le regard de son amie, elle vit que Derek venait d'apparaître dans le hall. Il était toujours vêtu de son costume sombre, mais ses cheveux défaits retombaient autour de son visage, accentuant ses pommettes saillantes et l'éclat féroce de ses yeux enfoncés dans leurs orbites.

Cass sentit une boule se former dans sa gorge. En même temps, elle eut l'impression que son cœur allait s'arrêter de battre.

Il avança vers les deux femmes au pas de charge. Cass demeura sur place, comme paralysée.

Cours ! Va-t'en ! lui enjoignit une voix. Sa voix de femme ? Sa voix de flic ? Elle n'en savait plus rien. Le monde aurait pu s'écrouler sans qu'elle trouve la force d'esquisser un mouvement.

— B… bonsoir, monsieur Mansfield, bredouilla Ruth.

Il ne lui accorda pas un regard. Ses yeux furibonds étaient rivés sur Cass. On eût dit un guerrier prêt à fondre sur l'ennemi.

Il s'arrêta devant le bureau et la regarda en silence. Les mots étaient inutiles. Elle savait que c'était pour elle qu'il était venu.

Le monde qui les entourait s'effaça, le temps demeura en suspens. Comme s'il l'y avait obligée par sa seule volonté, Cass contourna le comptoir et se dirigea vers lui à pas lents. Quand elle fut à portée de main, il lui prit le poignet, tourna le dos et l'entraîna vers l'ascenseur.

Elle entendit le bruit de ses propres talons résonner sur le sol. Elle était envoûtée par le parfum d'eau de Cologne qui flottait autour de Derek, par la puissance de ses doigts sur son poignet. Elle sut qu'elle avait atteint un tournant de sa vie. Celui qu'elle espérait depuis des mois. Des années.

Cloyd les fit entrer dans la cabine et se mit à bavarder aimablement. Mais Cass n'entendait que les battements de son propre cœur.

L'amour et les mensonges, songea-t-elle. Tout cela était incompatible.

Derek ne prononça pas un mot. Il ouvrit la porte de son bureau, la referma posément, puis alla se servir un verre d'eau. Il l'avala d'un trait, s'en servit un autre, qu'il avala également. Alors seulement, il se tourna vers elle.

— Viens ici.

C'était un ordre. *Il savait.*

Encore les caméras. Elle l'avait cru trop occupé avec Marla pour se soucier de ses allées et venues. Mais elle s'était trompée. Il savait exactement où elle s'était rendue, et nourrissait probablement d'horribles soupçons sur ce qu'elle avait fait.

Il n'était pas simplement en colère. Il était en proie à une rage froide. Terrible.

Elle s'arrêta devant lui, s'efforçant de dissimuler son malaise.

— Ne refais plus jamais, *jamais,* ça, dit-il d'une voix dure, menaçante. Tu ne sais pas quel genre d'homme est Vilas ? Ce qui aurait pu t'arriver dans sa chambre ?

Etait-il inquiet pour elle ? Jaloux ? Cass n'aurait su le dire, mais son sang-froid la quittait, vite, trop vite.

— Il ne m'est rien arrivé. Qu'est-ce que ça peut te faire, de toute façon ? Cela fait des jours que tu ne m'adresses plus la parole.

178

Il eut un sourire inattendu, ravageur.

— C'est cela que tu voulais ? Te venger ? Tu m'as vu avec Marla et…

— Non. Vilas m'a dit qu'il avait un problème dans sa chambre.

— Et toi, tu l'as cru ? fit-il d'un ton railleur.

Elle le dévisagea crânement, sans un mot.

— Ah, c'est comme ça…, marmonna-t-il en la poussant contre le panneau de chêne qui fermait un côté de son bureau.

Elle aurait voulu le repousser, le gifler et le planter là. Il le méritait… Mais ce qu'elle voulait plus que tout, c'était lui céder, laisser son corps s'embraser pour lui.

N'y tenant plus, elle l'agrippa par le cou, l'attira vers elle et l'embrassa passionnément, tandis qu'il pressait son corps contre elle.

Elle s'offrit. Totalement. Gémissant sous ses baisers, se donnant désespérément à ses caresses. Il fit remonter sa jupe sur ses hanches, fit glisser son collant noir, tandis qu'elle défaisait la fermeture de son pantalon, prenait son sexe dans sa main. Elle avait l'impression d'être une droguée, sevrée pendant des jours de la seule substance qui lui était vitale. Derek. C'était lui qu'elle voulait, lui qu'elle désirait en dépit de tout. Ces trois derniers jours, sans lui, elle avait vécu une véritable torture. Et cela avait été pire encore ces dernières heures, quand elle l'avait imaginé avec Marla. L'enfer.

— Viens… maintenant… je t'en supplie, murmura-t-elle.

— Regarde-moi, ordonna-t-il, la voix rauque.

Elle obéit et sentit son cœur se gonfler d'amour et de passion.

— Tu es à moi, marmonna-t-il en la pénétrant d'un puissant coup de reins. A moi seul. Je te veux, maintenant…

— Oui, chuchota-t-elle entre deux soupirs d'extase.

Il était en elle, la remplissait totalement, la possédait... pour toujours.

Jamais ils n'avaient été plus avides l'un de l'autre, plus proches. Toute leur âme s'unissait à l'élan de leurs corps embrasés. Ensemble, ils sentirent une spirale de plaisir s'élever en eux. Cass s'arc-bouta contre le mur pour mieux le recevoir en elle... Et ils basculèrent ensemble dans l'extase. Epuisée, haletante, Cass noua les bras autour de lui et le tint contre elle avec toute la force dont elle était capable.

Puis, Derek se dégagea. Il la considéra d'un regard fiévreux, empli de confusion. Comme abasourdi. Sans un mot, il ragrafa son pantalon, marcha vers la porte et sortit.

Cass se laissa glisser le long du mur et s'assit sur le sol, les yeux fixés sur la porte fermée. Elle portait encore sur elle son odeur, les traces de sa sueur, de sa semence... mais il l'avait laissée seule.

Que s'était-il passé ? Comment la colère de Derek avait-elle pu aboutir à... à... A quoi, en fait ? A cette fusion désespérée entre deux êtres qui ne pouvaient vivre séparés...

Des larmes surgirent. Elle les refoula, sachant qu'elles ne servaient à rien. Les larmes ne lui avaient pas ramené son mari et son fils, elles ne changeraient rien à ce qu'elle éprouvait pour cet homme. Cet homme dont la haine allait peut-être s'abattre bientôt sur elle.

L'amour ne pouvait croître sur le mensonge. Tandis que l'amour guérissait, les mensonges, eux, détruisaient.

Mais toutes ces réflexions ne purent arrêter les sanglots qui surgissaient du plus profond d'elle-même. Elle avait répondu à cet homme dans un élan puissant, primitif, qui l'avait poussée à oublier toute prudence et à n'obéir qu'à ses sentiments.

Les sentiments. On en revenait à ça.

Bientôt, tout serait fini. Le dernier domino tomberait, la vérité apparaîtrait et Derek ne voudrait plus jamais poser la main sur elle.

— Il n'y en a plus pour très longtemps, maintenant.

Derek fit glisser la lame d'un coupe-papier en argent sur les pages d'un magazine où apparaissait la photo de Stirling Manor.

— Je sais, je sais, dit-il avec impatience. Encore quelques jours et tout rentrera dans l'ordre.

Il reposa le récepteur sur son support et se renversa dans son fauteuil en posant les pieds sur son bureau. Bientôt, il serait libre de partir. Bientôt, il ne se soucierait plus de Cass, de ce qu'elle faisait, des personnes qu'elle rencontrait.

Il pensait contrôler la situation, lorsqu'il avait découvert le comportement de Cass. Tout d'abord, quand Ruth l'avait appelé, il avait cru à une blague. Cass et Vilas ? Impossible. Mais il avait eu la preuve irréfutable qu'elle se trouvait chez lui. Aussi en avait-il oublié sa résolution de rester loin d'elle.

Le sexe. Leur relation devait s'arrêter là. Tant qu'il n'était question que de sexe, il maîtrisait. Et il se moquait que Cass soit blessée ou souillée par le jeu auquel il se livrait.

Le sexe, un point c'est tout. Elle pourrait partir quand elle voudrait, ça n'avait aucune importance.

Le problème, c'est que leur relation n'était pas uniquement sexuelle. Il y avait plus que cela entre eux. Beaucoup plus. Il en avait pris conscience à la seconde où il avait été mis au courant de sa visite chez Vilas. Tout en lui s'était révulsé. Il avait cru devenir fou, jusqu'au moment où il avait pu la tenir entre ses bras et la posséder.

Elle était à lui, bon sang ! Elle lui appartenait, corps et âme. C'était la seule femme pour qui il ait eu envie de changer, de devenir meilleur.

— Coucou, oncle Derek ! s'exclama Ryan en surgissant dans le bureau comme un petit diable. Pourquoi t'as l'air en colère ?

— Je ne suis pas en colère, bonhomme. Je réfléchis.

Ryan fit la grimace. Puis son sourire radieux réapparut et il annonça, les yeux brillants :

— Tu sais quoi ? Papa a dit qu'on allait à la maison de grand-père, aujourd'hui. Tu veux venir ?

L'invitation était tentante. Cela lui permettrait d'échapper à ses soucis, à l'hôtel, à Cass… Et surtout, à lui-même.

— Tu es sûre de le vouloir ?

Cass regarda l'ours en peluche qu'elle tenait à deux mains.

— Le moment est venu, dit-elle à Dawn, la femme de Gray.

Pendant des années elle avait vécu dans un monde imaginaire où elle se protégeait. A présent, il était temps de rejoindre le monde des vivants.

Elles étaient assises dans la chambre de Jake, entourées de jouets, de peluches, de vêtements. Tout ce dont avait besoin un enfant de quatre ans. Barney était là aussi, contemplant la scène avec ses grands yeux tristes, comme s'il n'était pas plus décidé que Cass à dire au revoir.

Mais le moment était venu.

— Je ne peux pas continuer de vivre dans le passé, dit Cass en caressant distraitement une peluche rose. Jake restera toujours dans mon cœur, mais je ne peux plus me faire croire que je le trouverai un soir dans sa chambre.

— Oh, Cass… je suis si triste pour toi, dit Dawn en la prenant dans ses bras.

— Je sais. Mais ne t'en fais pas, je vais mieux. Nous allons transformer cette pièce et tu pourras la décorer comme tu en as eu l'idée il y a longtemps. Peindre sur le mur cette fameuse fresque représentant une maison du Sud. J'imagine déjà les fauteuils en rotin, la fenêtre ouvrant sur le parc…

— Les chênes s'élevant au loin, poursuivit Dawn, rêveuse.

— Une allée sinueuse menant vers la maison…

Cass s'interrompit. Ce qu'elle avait eu devant les yeux à l'instant, c'était la demeure du grand-père de Derek. Celle-ci était aussi déplacée dans les forêts du nord de l'Illinois que l'était Derek lui-même, parmi les gratte-ciel écrasants de Chicago.

Derek. Comment en était-elle arrivée là ? Elle n'avait pas dormi la nuit précédente. Chaque fois que ses yeux se fermaient, elle voyait surgir son regard de braise. Ce qui s'était passé la veille aurait dû la mortifier ; or, elle se sentait au contraire plus vivante que jamais. Malgré une sorte de désespoir qui lui serrait le cœur.

— Cass ?

La voix de Dawn la fit sortir du long tunnel sombre dans lequel elle s'était aventurée.

— Cass ? répéta son amie en lui touchant le bras.

Cass battit des paupières, surprise par la nuance de panique dans la voix de Dawn.

— Quoi ? Qu'y a-t-il ?

Dawn lui désigna la porte. Cass se retourna et se figea. La peluche rose lui tomba des mains.

Derek se tenait dans l'embrasure, adossé au chambranle. Comme la veille, ses cheveux noirs encadraient son visage. Elle n'aurait su dire quel sentiment jetait cette lueur ardente dans ses yeux bleus, mais elle se sentit irrémédiablement attirée, chavirée par son regard. Il jeta un regard circulaire dans la chambre, regarda le lit défait, les jouets entassés dans des cartons, les étagères vides.

— Il faut que nous parlions, dit-il.

183

— Nous nous sommes déjà tout dit, protesta-t-elle, l'estomac noué à l'idée de tous les non-dits et les mensonges qui flottaient entre eux.

— Tout ce que je te demande, c'est de m'écouter.

— Fais vite, alors.

Il posa les yeux sur Dawn, revint vers Cass et dit :

— Seuls.

Cass hésita. Une partie d'elle-même aurait préféré que Dawn reste. C'était l'assurance que la situation ne pourrait pas dériver. Mais… quelle blague ! Les choses avaient déjà tellement dérivé qu'elle ne contrôlait plus du tout la situation. Elle regarda la femme de Gray, son expression figée, perplexe.

— Ne t'inquiète pas. Tout ira bien.

Elle se leva et aida son amie à en faire autant. Dawn céda à contre-cœur.

— D'accord, mais appelle-moi s'il le faut. Si je n'ai pas de nouvelles, c'est moi qui t'appellerai.

Derek l'observa attentivement.

— Votre visage m'est familier, dit-il au bout d'un moment. Je vous connais ?

L'hôtel. Dawn était venue à l'hôtel pour voir Gray. Cass eut l'impression que tout vacillait autour d'elle, mais elle rétablit vivement la situation.

— Cela m'étonnerait, Derek. A moins que tu ne fasses partie de l'association des parents d'élèves de maternelle ?

Il ne répondit pas. Dawn lui lança un dernier regard de méfiance avant de sortir. Cass ferma la porte sur elle et se retourna vers Derek.

— Quelle surprise, dit-elle. Après ce qui s'est passé hier…

— Je suis désolé. J'étais hors de moi, avoua-t-il avec une nuance de remords. Quand Ruth m'a appelé…

— Ruth t'a appelé ?

— Elle était inquiète parce que tu étais seule avec Vilas. A ce moment-là, j'ai vu rouge. Tout ce que je savais, c'était qu'il fallait que je te fasse sortir de chez lui.

— Je n'étais pas montée chez lui pour…

Derek l'interrompit en posant une main sur sa joue.

— Je sais.

— Vraiment ? Comment le sais-tu ?

— Parce que, si tu étais montée chez lui pour *ça,* tu n'aurais pas pu te donner à moi comme tu l'as fait.

Elle ne s'attendait pas à une réponse si directe et s'en trouva déstabilisée. Puis, un doute douloureux s'insinua en elle.

— Alors, c'était ça ? Une sorte de test pour découvrir si…

— Non.

Avant qu'elle ait pu réagir, il la prit fermement par les bras et chercha son regard.

— Ce n'était pas un test, Cass. J'ai perdu mon sang-froid, je me suis battu pour défendre ce qui est à moi. C'était…

— Fatal, termina-t-elle à sa place.

La colère et l'incertitude qu'elle avait nourries jusqu'ici se dissipèrent en un instant. Elle se lova contre lui, noua les bras autour de sa taille et le tint solidement contre elle, comme pour empêcher toute force extérieure de le lui enlever.

Puis elle se mit à trembler, autant de peur que de soulagement.

— Tu as raison, c'était inévitable, murmura Derek, la voix rauque. Mais ça n'excuse pas mon comportement. Et nous sommes dans une situation terrible. Je ne sais pas ce que je dois faire, Cass. Je n'ai jamais connu quelqu'un comme toi, tu es si douce, si honnête…

Les mots lui firent l'effet de coups de poignard s'enfonçant dans sa poitrine. Elle se sentit mortifiée. L'amour ne devait pas croître sur le mensonge. C'était pourtant ce qui s'était passé.

— Il y a des choses que tu ignores, s'entendit-elle répondre. Je ne suis pas celle que tu crois.

— Moi non plus, avoua-t-il en lui caressant la joue. J'ai fait des choses dont je ne suis pas fier.

— Chut…, murmura-t-elle en posant une main sur la sienne. Le passé ne compte pas.

Elle savait ce qu'il avait fait, mais elle l'aimait malgré tout.

— Si, ça compte, déclara-t-il. Le passé ne disparaît jamais, Cass. C'est la raison pour laquelle j'ai voulu te garder à distance, t'éloigner de moi. Je ne veux pas que mon passé te fasse souffrir.

— Nous ne pouvons pas laisser le passé nous dérober le présent. C'est tout ce que nous avons, dit-elle en effleurant ses lèvres de ses doigts, puis de sa bouche.

— Je prends ce qui s'offre aujourd'hui, dit-il. Mais je me battrai pour avoir aussi demain et chaque jour qui suivra. Tu as ma parole.

13.

— Je n'ai pas été honnête avec toi.

Ils étaient assis sur le sol, devant la cheminée. Derek était adossé au canapé, Cass entre ses jambes, blottie contre lui.

— Nous avons tous des secrets, Derek. C'est même parfois tout ce que nous avons.

— Je veux partager les miens avec toi, Cass, dit-il en défaisant la longue tresse de cheveux noirs. Il est temps que tu saches ce que je suis en réalité et que tu décides si tu peux ou non le supporter. Je ne suis pas fier de tout ce que j'ai accompli dans ma vie. Mais cela fait de moi ce que je suis aujourd'hui, un homme dont le seul désir est de te protéger.

— Tu me protèges déjà de moi-même, du passé.

— Je veux plus que cela. Je veux qu'il y ait aussi un avenir entre nous. Mais il faut que tu saches par quoi je suis passé. Ce que j'ai fait.

Il garda le silence un moment, ses doigts mêlés aux boucles sombres.

— Quand j'étais dans la marine marchande, j'ai connu une femme. Elle s'appelait Sasha. Elle est tombée enceinte.

— Je ne savais pas que…

— Elle n'a pas gardé l'enfant. C'était il y a longtemps. J'étais jeune, naïf, je croyais qu'elle m'aimait. Je croyais que c'était *moi* qu'elle voulait. J'avais l'intention de l'épouser. Mais elle s'est moquée de moi quand je lui ai fait cette proposition. C'est là qu'elle m'a avoué s'être débarrassée de l'enfant. Pourquoi s'encombrer, se compliquer la vie ?

Cass chercha son regard.

— Tu le voulais, cet enfant ?

— Mon père est mort quand j'étais petit. Je n'ai guère de souvenirs de lui, mais je me rappelle son sourire quand il me prenait dans ses bras et me faisait tournoyer. Son rire, quand il jouait avec moi. Je sentais qu'il m'aimait.

— Et tu voulais partager cela avec ton enfant.

— Oui.

Cet aveu serra le cœur de la jeune femme.

— Et ta mère ? demanda-t-elle.

— Remariée. Brent est né un an plus tard. Ils n'ont eu que cet enfant.

Il n'en dit pas davantage, mais Cass comprit. Cela expliquait la différence entre les deux hommes. Brent avec son aspect poli, sociable, son caractère égoïste d'enfant gâté.

Derek, avec son allure rebelle et rude, sa vulnérabilité secrète, sa solitude.

— Je suis désolée, Derek. J'imagine ce que tu as dû vivre.

— Je préfère ne pas en parler. N'y pense pas. Et toi, tu as eu une enfance heureuse ? Tu étais choyée ?

— Oui. Bien que le fait d'avoir quatre frères aînés rende parfois les choses difficiles.

Derek eut un éclat de rire inattendu. C'était si rare d'entendre ce rire sonore, sans arrière-pensée.

Ils demeurèrent ainsi un long moment, blottis l'un contre l'autre dans la chaleur du feu, se racontant des histoires du passé. Derek fit habilement dévier la conversation sur Cass, sur son enfance à La Nouvelle-Orléans.

Ils perdirent la notion du temps. La lune argentée remplaça les rayons pourpres du soleil sans qu'ils s'en rendent compte. Cass était abandonnée dans les bras de Derek, pensive. Des souvenirs… elle se fabriquait des souvenirs auxquels elle se raccrocherait quand tout serait fini.

Derek lui parla de Marla. Il lui raconta comment elle s'était servie de lui pour impressionner son père, lui fournir de nouveaux contrats avec Stirling Manor.

Finalement, aucune femme n'avait vraiment voulu connaître sa nature profonde. Ni sa mère, ni Sasha, ni Marla. Elles s'étaient toutes servies de lui pour une raison ou pour une autre. Lui prouvant que l'amour n'existait pas, que c'était une notion inventée par les contes de fées.

Cass se rendit compte avec effroi que, très bientôt, son travail serait accompli, et que sa vie serait en lambeaux. Derek découvrirait la vérité. Ses yeux, au lieu d'exprimer l'adoration, ne refléteraient plus que mépris.

L'amour et le mensonge avaient poussé à tort et à travers, tel le bon grain se mêlant à l'ivraie. Quand on les séparerait, ils se détruiraient mutuellement.

Comment survivrait-elle à cette épreuve ? Elle avait l'intime conviction que Derek n'était pas un trafiquant de drogue, et elle le prouverait. Mais le mal serait fait. Il apprendrait sa véritable identité et saurait qu'elle l'avait trompé. Certes elle pourrait lui dire qu'elle avait appris à l'aimer, comme Marla. Mais, comme avec Marla, cela ne ferait pas de différence pour lui.

Les mensonges auraient détruit l'amour.

— Cass, ma chérie. J'ai envie de te faire l'amour.

Elle se tourna vers lui, sentit son corps se durcir à son contact. Une onde de chaleur se propagea en elle et elle souhaita se fondre contre lui.

— De faire l'amour *avec moi,* Derek.

Des flammes se reflétèrent dans les yeux bleus de son compagnon. Il sourit et la serra tendrement contre lui. Puis ils s'allongèrent devant le feu et il la déshabilla.

Les doigts tremblants, elle l'aida aussi à se débarrasser de ses vêtements. La lenteur, la patience, la délicatesse avaient pris le relais de la fougue des jours précédents.

Elle fit glisser le jean de Derek le long de ses jambes et s'immobilisa en découvrant une coloration bleu argentée sur son mollet. Un hématome, songea-t-elle d'abord. Puis elle comprit. Il ne s'agissait ni d'un bleu ni d'une cicatrice. C'était un tatouage. Il représentait une dague et s'étalait tout le long de sa cheville et sur sa jambe. Le symbole d'une arme prête à servir.

— Oh, Derek, murmura-t-elle en posant les lèvres sur la dague. Derek… Derek…

— Je sais tout, Cass. Je suis au courant pour Mansfield.

Cass prit le temps de fermer le dernier carton avant de lever les yeux. Gray était en face d'elle, vêtu d'un pull ample à l'allure décontractée qui ne collait pas avec l'expression sévère de son visage.

— Que sais-tu, Gray ? Que crois-tu savoir ?

Le soleil déversait ses rayons dans la chambre maintenant dépourvue de rideaux.

— Je t'avais recommandé de ne pas dépasser les limites.

— Ecoute, mon grand, si tu as quelque chose à dire, dis-le franchement, rétorqua-t-elle en se redressant. Sinon…

— Tu couches avec Mansfield.

L'affirmation la cloua sur place. Voilà, le problème était là, entre eux, sur la table. Cass savait qu'elle aurait dû éprouver des remords, même un peu de honte. Mais non. Elle ne pouvait pas. Ce qu'elle vivait avec Derek était trop spécial pour qu'elle ait une seule seconde de regret. Il avait passé la nuit avec elle, ils avaient fait l'amour, tantôt avec tendresse, tantôt avec passion. Dès les premières lueurs de l'aube, ils étaient entrés dans la chambre de Jake et il l'avait aidée à empaqueter les affaires de l'enfant, la

190

soutenant quand les souvenirs devenaient trop pesants et qu'elle fondait en larmes. Ensemble, ils avaient repoussé les fantômes qui assaillaient Cass.

Mansfield n'était pas l'homme qu'ils recherchaient. Son comportement rebelle dans sa jeunesse, les divers petits délits dont il avait été accusé alors ne faisaient pas de lui un criminel. Ils traduisaient simplement un esprit de rébellion.

Consciente que seule une contre-offensive pouvait déstabiliser Gray, elle lança :

— Je couche dans mon lit. Dans ma maison. Comment peux-tu savoir ce qui se passe ici, à moins de m'avoir suivie et épiée ?

Le visage de Gray perdit sa dureté et elle y décela une empathie à laquelle elle ne s'attendait pas.

— Cass... n'essaye pas de retourner la situation contre moi. C'est moi qui t'ai appris toutes les ficelles du métier.

— Je couche avec qui je veux et ça ne te regarde pas.

— Si, ça me regarde, puisqu'il s'agit d'un suspect.

Cass passa une main dans ses cheveux humides. C'était Derek lui-même qui lui avait fait un shampooing le matin même, et elle avait découvert à quel point cette routine ennuyeuse pouvait devenir érotique.

— Il est innocent, lâcha-t-elle d'un ton brusque. Je ne sais pas ce qui se trame au juste, mais je sais que Derek n'est pas l'homme que nous recherchons. Il est victime d'un coup monté. Mais j'ignore encore qui lui a tendu un piège et pourquoi.

— Cass, dit doucement Gray en lui prenant le menton. Si tu avais les idées claires, tu verrais que ce que tu dis est irrationnel. Mansfield est notre homme, nous le savons. Il ne faut pas croire que les coïncidences existent.

Elle avait toujours ressenti une profonde affection pour son coéquipier. Mais là, il lui rappelait un père essayant de raisonner un enfant désobéissant. Elle recula et lui lança un regard noir.

— Je sais ce que je fais. Restons-en là.

— Ce que tu fais ? J'appelle cela vivre dans le mensonge, refuser la vérité. Tu dois rompre toute relation avec lui.

— Tu crois que je n'ai pas essayé ? Il est trop tard pour revenir en arrière. Et, même si je voulais rompre, Derek ne me croirait pas. Il suffirait qu'il pose la main sur moi pour que je sois perdue et que je me jette dans ses bras.

— Cass, reprit Gray avec plus de dureté, tu as enfreint toutes les règles de notre métier. Si tu ne reviens pas à la raison, il faudra que je…

Elle se jeta sauvagement contre lui.

— Salaud ! Est-ce que je me suis dressée contre toi quand tu es tombé amoureux de Dawn ? Tu as mis ta vie en jeu, Gray ! Celle de Dawn, la mienne. Mais jamais je n'ai été contre toi. Jamais.

— C'était différent. Dawn n'était pas suspecte et…

— Et c'était *toi*. Aujourd'hui c'est de ma vie, que nous parlons. *Ma vie*. Si tu oses te mettre en travers de ma route…

— Je ne veux pas te barrer le chemin, Cass. J'essaye seulement de t'aider, de t'épargner encore du chagrin. Si Mansfield est impliqué aussi gravement que nous le pensons…

— Il ne l'est pas. Mais, même s'il l'était, je m'en moquerais. Maintenant, tu peux me soutenir ou me condamner, Gray. C'est ton choix. Le mien est déjà fait.

Il flirtait avec le danger. Le musée d'Histoire naturelle n'était pas l'endroit le plus retiré que l'on puisse trouver, mais ce lieu l'avait toujours irrésistiblement attiré. Quoi de plus naturel que de le choisir comme décor pour cette rencontre, qui annonçait le début de la fin ?

Bientôt minuit. Le parking était vide. De temps à autre une rafale de vent envoyait une canette vide rouler sur le trottoir. Les nuages passaient devant la lune, obscurcissant ses rayons l'espace de quelques secondes. L'air était glacial.

Non loin de là, des vagues s'écrasaient au bord du lac, contre les rochers gris qui les rejetaient brutalement.

Un bruit de pas résonna sur le pavé. Il se retourna ; deux fois déjà il avait cru entendre quelqu'un approcher, mais ce n'était que son imagination qui lui jouait des tours. Des ombres s'enroulaient autour des colonnes du bâtiment, rendant difficilement discernable une silhouette humaine. On aurait pu le traiter de fou pour avoir fixé le rendez-vous en ce lieu étrange, à quelques pas seulement de Lakeshore Drive. Mais le défi le séduisait.

Ces dernières semaines, il avait perdu de sa combativité. Ce soir, il était décidé à retrouver sa hargne habituelle.

C'est alors qu'il le vit, sortant de l'ombre.

— Bonsoir, *amigo*.

Santiago Vilas s'immobilisa à quelques pas de lui. Entièrement vêtu de noir, il se fondait dans l'obscurité. Seul le bout incandescent de sa cigarette permettait de le repérer.

— Bonsoir, mon ami.

Il avait longtemps attendu ce moment et tenait à le savourer. Ce soir, la dernière pièce du rouage allait se mettre en place.

Il discerna un renflement sous l'imperméable de Vilas. Un paquet.

— Belle soirée, n'est-ce pas ? lança-t-il, faussement affable.

Vilas jeta un coup d'œil au parking désert avant de répondre :

— Elle sera plus belle encore quand notre marché sera conclu.

— En effet. Après, il n'y aura plus de retour en arrière possible. Vous en êtes bien conscient ?

— Vous m'insultez, mon ami ! Après tout, il y a très longtemps que vous me faites attendre.

Il ne répondit pas et se contenta d'observer le ciel dans lequel se dressaient les gratte-ciel, sublimes monstres de pierre et de verre.

Il savait que l'idée était morbide, mais cela évoquait toujours pour lui des pierres tombales monumentales s'élevant depuis le sol.

Enfin, il glissa une main dans sa poche et en sortit une épaisse enveloppe de papier kraft.

— Eh bien, concluons cette affaire, dit-il.

Vilas sourit en grimaçant. Sa main gantée passa sous son manteau et il en retira un paquet.

— Il y a longtemps que j'attendais ce moment.

— En effet.

Ils échangèrent le paquet et l'enveloppe. Tandis que Vilas recomptait les billets de banque, il inspecta les échantillons qu'il venait de lui donner.

L'ivresse de la réussite lui fit tourner la tête. Enfin ! Après des mois d'attente, de prévisions, d'excessive prudence, le jeu venait enfin de commencer. Il laissa le plaisir le gagner, et apparaître ostensiblement sur son visage épanoui.

— Vous avez été bien avec moi. Je savais que vous le seriez, dit-il.

Cass demeura figée de stupeur, aussi raide et immobile que la colonne de ciment sur laquelle elle était perchée. Le passé et le futur, le bien et le mal, la femme et le flic, tout se confondit en une masse brumeuse et confuse. Deux jours. C'était le délai que Gray lui avait accordé pour prouver l'innocence de Derek. Cela lui avait paru ridiculement court. Mais, de fait, quelques heures à peine lui avaient permis de découvrir la vérité.

Elle se sentit écrasée par l'incrédulité, par l'horreur de sa découverte.

Elle l'avait suivi, croyant qu'il se rendait encore dans la maison de son grand-père. C'était là-bas que se trouvaient les réponses à toutes ses questions, elle le savait. Il s'était bien dirigé vers le nord, comme elle s'y attendait. Mais à mi-chemin il avait obliqué vers le lac. A présent, elle savait pourquoi.

D'un bref hochement de tête, Derek salua Santiago Vilas. Le petit homme brun sourit, avant de tourner le dos et de s'éloigner. Derek demeura à sa place encore un moment, observant les buissons derrière lesquels l'homme avait disparu. De toute évidence, il ne lui faisait pas entièrement confiance. Un rayon de lune tomba sur sa chevelure noire, lui donnant l'air aussi féroce et dangereux qu'il l'était en réalité. Elle le savait, à présent.

Malgré tout, elle éprouva un frisson de désir.

Assommée par le choc, elle ne sentait plus la morsure du vent glacial. En revanche une boule d'angoisse lui tordait l'estomac. Elle s'était laissé aveugler par l'amour et le désir. Elle avait volontairement occulté tout ce qu'elle savait sur Derek Mansfield.

Elle avait voulu se convaincre de son innocence.

Et maintenant, la vérité allait fondre sur elle et la détruire. Derek Mansfield était bien ce qu'elle avait cru au départ : un criminel.

Et le pire de tout, c'est qu'il était aussi l'homme de sa vie.

— Tout s'est passé comme je l'espérais, dit Derek au téléphone, d'une voix assurée. Pas la moindre anicroche. Demain…

Cass apparut sur l'écran de surveillance, traversant le corridor pour se rendre chez lui. Il l'avait envoyé chercher une heure auparavant. Toutefois, il ne décela aucune impatience dans sa démarche, aucune excitation dans son regard. Ses yeux étaient vides de toute expression.

— Je te rappellerai, dit-il brièvement avant de raccrocher.

La jeune femme entra dans son bureau mais n'avança pas jusqu'à lui. Elle demeura près de la porte, les épaules rejetées en arrière, le menton levé, dans une attitude de froideur et de réserve.

Une foule de sentiments explosèrent dans le cœur de Derek. La prudence se mêla à l'inquiétude. Cass n'avait jamais été aussi distante. Il marcha vers elle, l'attira de force dans ses bras et effleura ses lèvres.

Il la sentit flancher sous son baiser. Sa bouche pulpeuse se pressa contre la sienne, sans pourtant s'entrouvrir pour le recevoir.

— Tout va bien ? s'enquit-il, presque affolé.

Tout s'était si bien passé entre eux, la dernière fois ! Ils avaient fini par faire tomber les barrières qui les séparaient et se confier l'un à l'autre. Cassandra Le Blanc était une femme exceptionnelle. A l'opposé de Sasha et de Marla. Elle ne se servait pas de lui pour un motif obscur. Ce n'était pas le genre à le laisser tomber quand elle n'aurait plus besoin de lui.

Et ces certitudes le laissaient augurer un monde nouveau, un monde dans lequel l'amour saurait effacer tous les mensonges qu'il avait dû lui raconter.

— Cass, ma chérie ?

— Je n'ai pas beaucoup dormi la nuit dernière, dit-elle avec un pâle sourire.

— La nuit précédente non plus. Tu devrais aller dans la chambre et faire une petite sieste.

— Je suis de service.

— Et moi, je suis le patron. Tu dois m'obéir, d'accord ?

Il espérait la faire rire, mais il fut déçu.

— Non, vraiment, Derek. Ça ira.

Il n'en crut pas un mot. Quelque chose n'allait pas. Cette réserve était tout à fait inhabituelle.

Il prit ses mains glacées dans les siennes et les approcha de ses lèvres.

— Veux-tu partir avec moi ?

— Où ça ? demanda-t-elle, interdite.

— En Ecosse. Je veux te faire découvrir ce pays, la vie que je m'y suis construite. Loin d'ici.

196

L'espoir qui pointait sous ses paroles eut raison du peu de volonté qui restait à Cass. Ses folles illusions sur l'innocence de Mansfield avaient été balayées, emportées. Mais son cœur n'en avait cure. Il battait tout de même vaillamment, l'exhortant à ne pas renier les sentiments qu'elle éprouvait pour cet homme.

Une partie d'elle-même aurait voulu s'arracher à son étreinte et s'enfuir le plus loin possible. L'autre, au contraire, ne tendait qu'à se jeter dans ses bras et se laisser submerger par sa chaleur.

Cependant, elle ne pouvait se libérer de la chape de plomb qui pesait sur son cœur.

— Cass ? Qu'y a-t-il ? Quel est le problème ?

Je t'aime, aurait-elle voulu dire.

Mais les mots ne purent franchir ses lèvres.

— J'ai beaucoup de choses en tête, répondit-elle d'un ton vague. Pourquoi…

La sonnerie du téléphone l'interrompit. Elle retentit une fois, deux fois, trois fois… Derek ne fit pas mine de décrocher le récepteur.

— Tu ne réponds pas ?

— Ce n'est pas important. Il n'y a que toi qui comptes.

— Derek, ne me fais pas ça.

— Te faire quoi ?

Ne me fais pas oublier qui je suis et ce que j'ai à faire.

— Ne me tente pas. J'ai du travail, laisse-moi.

Encore une vérité enveloppée dans un mensonge. Le regard sombre de Derek se dissipa, et il eut un sourire amusé.

— Je me jette à tes pieds, je te supplie de partir avec moi en Ecosse et toi, tu ne penses qu'à ton travail et à l'hôtel ?

Elle voulut répondre, mais à ce moment la porte du bureau coulissa et Brent surgit, visiblement dans tous ses états.

— Bon sang, Derek ! J'ai essayé de t'appeler, en vain ! Il y a une bombe ! A l'hôtel !

Derek agrippa la main de Cass.

— Calme-toi. Que veux-tu dire ?

— A l'hôtel de San Francisco… Une alerte à la bombe… Le bâtiment… va exploser…

Derek se tourna vers sa compagne. Ses yeux exprimaient un calme parfait.

— Il faut que je m'occupe de ce problème. Reste là. Nous reprendrons cette conversation à mon retour.

Des souvenirs surgirent. Elle revit son mari lui faire un petit signe d'adieu et sortir pour ne plus jamais revenir. Elle aurait voulu hurler. *Ne pars pas !* Mais elle demeura muette.

— Nous allons tout perdre ! s'exclama Brent, paniqué. Tout !

Derek embrassa Cass et murmura :

— Je reviens, ma chérie. N'aie pas d'inquiétude.

Il disparut dans le corridor, Brent sur les talons.

Cass les suivit des yeux, en proie à mille interrogations. Une alerte à la bombe. Cela pouvait venir de n'importe où. Mais elle fit immédiatement le lien avec la transaction qui avait eu lieu la veille. Pourquoi ? Etait-ce un jeu que jouait Vilas ? Pour prendre le dessus sur Mansfield ?

Quand le téléphone se mit à sonner, elle l'ignora. Puis elle songea à Derek et alla décrocher.

— Ici le bureau de M. Mansfield.

— Vous avez trente minutes pour évacuer l'hôtel, annonça une voix de dément. Au-delà, ce ne sera plus qu'un tas de pierres.

14.

Ce fut comme une explosion dans le cœur de Cass. L'horreur. Une bombe. Ici, au Stirling Minor. Ses années d'entraînement l'aidèrent à ignorer les émotions dont elle était la proie, et à agir avec efficacité. Un appel au commissariat, un autre à l'équipe de déminage, un autre à Gray. Puis la sécurité. Ordonner l'évacuation de l'hôtel et celle du quartier, dans un périmètre de sécurité d'au moins un kilomètre.

Peut-être n'avaient-ils affaire qu'à un mauvais plaisant, mais on ne pouvait courir de risque.

Le cœur battant à toute allure, elle dévala l'escalier, puisque il avait bien fallu arrêter les ascenseurs également. Très vite les portes des chambres s'ouvrirent et les clients paniqués se précipitèrent dans l'escalier pour fuir le bâtiment. Cass s'efforça de les aider en conservant son calme.

Quand elle atteignit le rez-de-chaussée, elle vit que le chaos régnait dans le hall. Une foule dense se pressait vers les portes, tandis que des policiers tentaient de contenir le mouvement de panique. Elle ne vit pas trace de Gray, mais reconnut quelques hommes appartenant à l'équipe de déminage.

— L'appel a été passé il y a six minutes, dit-elle à Bud Summers, un ancien du bureau des narcotiques.

Le genre d'homme solide comme le roc et sur lequel on pouvait compter en cas de crise.

199

— Où est Mansfield ? s'enquit-il.

— Parti à San Francisco. Ils ont reçu une menace, là-bas aussi.

— Comme c'est pratique !

— Tu ne crois pas que…

— Pour l'instant, je ne crois rien. Pas le temps, répliqua-t-il avec un calme étonnant. Faisons d'abord sortir ces gens.

Elle était tentée de prendre la défense de Derek, mais se rendit à la raison. Les minutes passaient.

Ruth émergea soudain de la foule.

— Cass, Dieu merci, tu es là ! Je me demandais où tu…

— Sors ! ordonna Cass avec autorité. Tout de suite.

Ruth parut déconcertée, mais Cass la poussa vers la porte et elle obéit sans ajouter un mot.

La cacophonie des sirènes dominait le vacarme. Les camions de pompiers, les voitures de police, celles de l'équipe médicale et de l'équipe de déminage convergeaient toutes vers l'hôtel et s'arrêtaient devant la porte dans de grands crissements de pneus. Une foule, attirée par la tragédie imminente, se rassembla à bonne distance du bâtiment.

Plus que vingt minutes. Plus que quinze. Plus que dix.

Cass refusa de quitter son poste dans le hall et continua de diriger les opérations d'évacuation. Enfin, Vince Fettici, le chef de la sécurité, vint la voir.

— Tout le monde est sorti. Nous avons vérifié toutes les chambres, il n'y a plus personne.

Elle poussa un soupir de soulagement. L'hôtel serait peut-être anéanti, mais pas ses occupants.

Fettici se dirigea vers la porte pour sortir à son tour.

— Vous ne venez pas ? s'enquit-il en se retournant.

— Il faut que je vérifie quelque chose. J'arrive.

L'homme lui lança un regard hésitant, puis sortit.

200

— Cass, sors d'ici, ordonna Bud en s'avançant dans le hall. Nous n'avons plus beaucoup de temps.

Moins de huit minutes, en fait.

— Vous avez trouvé quelque chose ? voulut-elle savoir.

— Rien.

— C'est peut-être un canular.

« Mon Dieu, faites que ce soit un canular », ajouta-t-elle en elle-même.

— Ou alors, la charge est bien cachée, suggéra Bud, les traits tendus. Nous avons amené les chiens, mais il faudra bientôt les faire sortir s'ils ne trouvent rien non plus.

— Laisse-moi juste…

— Rien du tout, Cass, dit-il en lui prenant le bras. Je ne veux pas prendre de risques inutiles. Sors et attends, comme tout le monde. Tu ne peux rien faire d'autre.

Ils se connaissaient depuis huit ans et s'étaient toujours fait confiance. Cass jeta un regard dans le superbe hall et songea à toutes les merveilles qui allaient être détruites. Mais Bud avait raison, elle ne pouvait rien faire de plus.

Le cœur lourd, elle rejoignit la foule à l'extérieur. Les cris poussés par les policiers et les hurlements stridents des sirènes ajoutaient encore à l'impression de chaos qui se dégageait de la scène.

— Cass ! cria Gray en s'élançant vers elle. Tu es là !

— Comment cela a-t-il pu se produire ? fit-elle à mi-voix. Nous n'avons rien vu venir.

— Nous ne pouvons rien nous reprocher, Cass. Il n'y a eu aucun signe avant-coureur. Bud m'a dit que tu avais eu une conduite exemplaire. Une héroïne ! Désolé de ne pas avoir été là pour t'aider.

Elle eut un sourire amer.

— Nous formons une équipe formidable, toi et moi, Gray. N'oublie pas cela.

Il lui rendit son sourire, puis disparut dans la foule, sans doute pour aller proposer son aide ailleurs.

Cass demeura sur place, abattue. Vingt-quatre heures auparavant, elle était encore soutenue par un espoir fou, convaincue que Derek Mansfield était innocent et qu'elle allait pouvoir le prouver.

Elle avait échoué. Et du même coup, elle avait mis la vie de tous ces gens en danger. Elle balaya la foule du regard, reconnaissant là des clients, plus loin des femmes de chambre. Certains pleuraient, d'autres semblaient horrifiés.

Elle n'avait pas vu Ryan.

Soudain, elle se rappela l'existence du petit garçon. Il se trouvait à l'hôtel cet après-midi. Et maintenant, elle ne le voyait nulle part.

— Ryan ! Ryan ! cria-t-elle en se frayant un passage dans la foule. Où es-tu ?

L'enfant avait dû se trouver dans le penthouse, dans l'appartement de Brent. Quelqu'un avait-il vérifié que cet étage avait bien été évacué ?

— Ryan ! hurla-t-elle en retournant vers l'hôtel. Ruth ! Ruth, je ne trouve pas Ryan. Tu l'as vu ?

Les yeux de Ruth s'écarquillèrent d'horreur.

— Non. Je sais qu'il était en haut avec Brooke…

Brooke. Une autre personne que Cass n'avait pas vue sortir. Fendant la foule, elle franchit les limites fixées par l'équipe de policiers.

— Madame ! cria quelqu'un. Vous n'avez pas le droit…

Elle sortit son insigne de sa poche et le brandit devant elle, sans cesser de courir vers l'escalier de service qui, elle le savait, serait désert. Ryan. Le neveu de Derek.

Un enfant innocent. Il fallait qu'elle le sauve. Elle ne pouvait laisser un autre enfant mourir parce qu'elle n'avait pas vu l'avertissement écrit en lettres de feu sur le mur.

Le souffle commençait à faiblir, mais elle continua de courir et monta l'escalier quatre à quatre. Deux étages… Trois. Quatre… Huit…

Elle ne sentait plus ses jambes. Ses poumons étaient en feu. Le visage de Jake se superposa à celui de Ryan. Les vieilles plaies se rouvrirent. La douleur lui donnait la force de poursuivre.

Elle atteignit l'étage du penthouse, elle…

Une formidable explosion secoua le bâtiment. Tout se mit à vaciller autour d'elle. Elle agrippa la rampe mais ses mains moites glissèrent sur le métal froid. Elle voulut hurler, mais aucun son ne franchit ses lèvres. Elle fut projetée contre le mur puis s'effondra et roula le long des marches avant de sombrer dans un trou noir.

Les volutes de fumée grise se dissipèrent, cédant la place à une grisaille qui recouvrit toute la ville. Des nuages lourds s'insinuèrent entre les gratte-ciel, maculant le ciel, lui dérobant peu à peu son éclat.

Derek se demanda ce qui se passait. Il quitta l'autoroute et s'engagea dans les rues engorgées du centre-ville. Des volutes épaisses apparaissaient entre les immeubles, puis disparaissaient presque aussitôt. Il y avait certainement un problème en ville, se dit-il. Un incendie, sans doute.

Puis il n'y pensa plus. Il avait trop de choses en tête.

Une alerte à la bombe à l'hôtel de San Francisco. Il était parti comme un fou, puis la raison avait repris le dessus, alors même qu'il roulait vers l'aéroport. Le moment était mal choisi pour quitter Chicago. Cela pourrait faire surgir des questions, éveiller les soupçons. Et son plan risquait fort…

Il tourna dans une rue et sa curiosité se transforma en un sentiment beaucoup plus sombre. Il dépassa une voiture, fit une queue de poisson à un taxi et s'approcha autant qu'il put de

Stirling Manor. Les rues étaient de plus en plus encombrées, mais il parvint à se frayer un chemin, ignorant les insultes et les menaces des autres conducteurs.

Il était parti en négligeant le principal. Il avait laissé Cass seule, sans protection, à la merci de Vilas.

Il fut accueilli par une armée de camions de pompiers, de voitures de police et d'ambulances. C'est alors qu'il prit conscience de ce qui se passait. *De ce qu'il avait laissé arriver.*

Un sentiment d'horreur le terrassa. Puis il bondit hors de sa voiture et se mit à courir dans l'allée menant vers le bâtiment. Parvenu au premier tournant, il se figea.

L'hôtel construit par son grand-père. C'était de là que s'échappait la fumée ! Devant lui, un spectacle apocalyptique : du verre brisé, des pompiers vêtus de lourdes vestes noires courant dans tous les sens, des flics qui hurlaient des ordres, des chiens policiers qui aboyaient.

Et des badauds. Partout. Certains criaient, pleuraient, d'autres regardaient en silence. Des passants, des hommes d'affaires logés à l'hôtel et… des employés.

Il les repéra sur-le-champ. Le concierge, les chasseurs, les femmes de chambre, tous serrés dans un coin, les yeux fixés sur l'hôtel.

Cela ressemblait à une scène sortie tout droit d'un film catastrophe. Sauf que, cette fois, c'était vrai.

Il reprit sa course, jurant entre ses dents, poussant les spectateurs. Il se trouva alors face à un mur de policiers qui luttaient pour maintenir la foule à distance.

— Laissez-moi passer ! Cass ! Cass !

Il ne l'avait pas vue parmi les employés et espérait qu'elle entendrait ses cris, et se précipiterait dans ses bras.

Rien ne se produisit. Elle n'était nulle part.

— Désolé, monsieur, dit un policier avec autorité. Personne n'a le droit de passer.

204

— Je suis le propriétaire de l'hôtel ! Que se passe-t-il ?

Un homme s'approcha de lui. Un homme qu'il avait vu des centaines de fois à l'hôtel. John Dickens, le chasseur. Celui que Cass appelait « Gray ».

— Bonne question, Mansfield, dit-il. Justement nous voulions vous la poser.

— Cessez de jouer et dites-moi plutôt ce qui s'est passé ici, que diable !

— Une bombe a explosé, précisa le chasseur. Il y a deux minutes.

— Seigneur ! Où ça ?

— Dans le garage, dit le policier en uniforme. Les chiens l'ont repérée, mais nous n'avons pas eu le temps de la désamorcer. Les dégâts sont…

— Où est Cass ? hurla Derek en essayant une fois encore de franchir le barrage des policiers.

— Cass ? répéta l'homme.

— *Cass ?*

Dickens agrippa Derek par le col de sa chemise. D'un mouvement fluide, Derek se libéra.

— Cassandra Le Blanc. Vous vous souvenez peut-être d'elle ? Elle était de service.

Le chasseur se retourna, scrutant la foule.

— Je l'ai vue il n'y a pas cinq minutes.

Mais elle n'était plus nulle part à présent. Profitant de ce moment de trouble, Derek franchit la ligne de policiers et s'élança vers le manoir. Dickens courut après lui.

Quatre pompiers au visage noirci sortirent en trébuchant du hall de réception.

— Faites venir l'équipe médicale ! hurla l'un d'eux. Nous avons trouvé quelqu'un dans l'escalier. Une femme, ajouta-t-il, haletant.

Derek eut l'impression que ses poumons s'enflammaient.

— Est-elle...

— Oh, non ! entendit-il Ruth crier derrière lui. Mon Dieu, non !

Il se retourna et saisit le bras de la femme qui hurlait, hystérique.

— Cass est retournée à l'intérieur ! Pour chercher Ryan !

Derek crut que son cœur allait s'arrêter. Ryan ? Mais il n'était pas dans l'hôtel. Il se trouvait à la campagne, avec Brooke.

Dickens poussa une sorte de rugissement et se précipita à l'intérieur. Derek voulut le suivre, mais une main s'abattit sur son épaule et le retint.

— Désolé, Mansfield, vous ne pouvez pas entrer.

— Mais c'est mon hôtel !

— Justement. Nous avons quelques questions à vous poser.

Une impression de vide lui broya le cœur. Cass. Son regard profond, sensuel. Cass qui pleurait dans ses bras, Cass qui l'aimait.

— Vos questions attendront, grommela-t-il.

Deux autres mains se posèrent sur lui, le ramenèrent en arrière.

— Désolé, ce n'est pas possible.

— Ma fem... Une de mes employées est restée à l'intérieur.

— Je crains que vous ne puissiez pas grand-chose pour elle.

Les minutes parurent interminables, devinrent des heures. Des policiers en civil emmenèrent Derek au poste de police et l'enfermèrent dans une salle d'interrogatoire. Il demeura là, prostré, fou de douleur. Cass était dans l'hôtel quand la bombe avait explosé.

On ne voulait rien lui dire. Ni au sujet de la bombe, ni au sujet de l'hôtel. Rien non plus sur la femme qui occupait toutes ses pensées.

Tout ce qu'ils voulaient, c'était qu'il fournisse des réponses aux questions qu'ils se posaient, *eux*.

La lumière vive se réverbérait sur les murs, l'éblouissait. Il comprit qu'il n'aurait pas dû entraîner Cass dans son monde glauque. Mais rien n'avait pu l'empêcher de posséder cette femme.

A cause de cela, elle était peut-être morte aujourd'hui.

Une rage brûlante le déchira. Une douleur telle qu'il n'en avait jamais connue. Il fallait qu'il sache pourquoi on avait déposé cette bombe dans son hôtel. Et par-dessus tout, il voulait savoir si Cass était vivante.

La porte s'ouvrit, livrant passage à deux flics agressifs.

— Cass… dites-moi comment elle va.

— Nous n'avons pas à vous dire quoi que ce soit, rétorqua le plus petit des deux hommes, d'un air mauvais. C'est vous, qui allez parler.

— Vous avez eu de la chance, dit le médecin en lui tendant un certificat médical.

Gray lui avait expliqué que la bombe était de faible puissance, avant de lui faire un sermon en règle. Son corps était couvert de coupures et de légers hématomes, mais c'est à peine si elle en était consciente. On l'avait retenue une éternité à l'hôpital, pour presque rien.

Au poste de police, on refusa de lui laisser voir Derek.

— L'affaire n'est plus de ton ressort à présent, avait dit Gray.

Elle craignait fort qu'il n'ait raison.

On lui dit aussi que Ryan allait bien, qu'il se trouvait dans la maison de sir Maximillian avec Brooke au moment de l'explosion.

Il ne lui restait plus qu'à rentrer chez elle. Mais une force inconnue la poussa à retourner à l'hôtel. Celui-ci était complètement déserté ; seuls quelques policiers étaient restés sur place pour en surveiller les abords.

Le rêve de gloire de sir Maximillian n'était plus qu'une scène de crime ordinaire.

Pourtant, c'était là qu'elle se sentait le plus proche de Derek. Elle pouvait presque se faire croire que demain n'arriverait jamais.

Vers le matin, peu après que la pendule du salon eut sonné 2 heures, une silhouette surgie de l'ombre vint se planter devant elle.

Cass fit la seule chose qu'elle eût encore la force de faire. Elle se leva et alla se blottir entre ses bras. Il la tint serrée contre lui, comme si elle était ce qu'il possédait de plus précieux au monde.

Quand il s'écarta pour la regarder, elle lut une immense angoisse dans ses yeux. Il lui prit la main, lui embrassa le bout des doigts sans rien dire. Puis calmement, avec douceur, il la fit sortir dans l'air froid de la nuit et l'emmena vers sa voiture. Ils s'éloignèrent de l'hôtel sans avoir échangé un seul mot.

Laissant les rues grises de Chicago derrière eux, Derek prit la route du nord qui longeait le lac. L'espace d'un bref instant, Cass retrouva son esprit de policier sur la défensive : un suspect dangereux l'emmenait sans que personne ne le sache.

Presque aussitôt, elle redevint femme et oublia sa méfiance.

La demeure s'éleva devant eux, ses murs blancs perçant l'obscurité. La maison de son grand-père, le lieu où il cachait ses secrets, où il n'avait jamais voulu emmener Cass.

Il arrêta la voiture au bout de l'allée, sortit, alla ouvrir à la jeune femme et la souleva dans ses bras. Tout en la serrant contre lui, il gravit les marches de la véranda. La porte d'entrée s'ouvrit et le majordome s'effaça devant eux.

Derek le salua d'un hochement de tête et, toujours sans prononcer un mot, s'engagea dans l'escalier arrondi. Ils se retrouvèrent dans une chambre occupée en son centre par un immense lit de merisier.

Derek la déposa sur l'édredon sombre. Face à elle, elle découvrit une cheminée dans laquelle s'élevaient de hautes flammes qui semblaient vouloir la dévorer.

Derek l'avait emmenée dans la maison de son grand-père. Ils étaient amants et, pourtant, elle n'était pas sûre qu'il soit innocent. Néanmoins, cela n'avait pas d'importance, car elle était décidée à le soutenir. Ce qu'elle éprouvait pour lui était trop profond pour être rejeté, sous prétexte que la vie leur jouait un mauvais tour.

L'amour était plus fort que les mensonges.

Elle se rendit compte, mais trop tard, que ce que Derek cachait ici, c'était quelque chose de bien plus précieux que son trafic avec Vilas. C'était son cœur.

Ici, il pouvait être lui-même. Retrouver l'innocence de l'enfance, lorsque le futur était encore éclairé par l'espoir.

La vérité se déploya devant elle, aussi brillante et inévitable que la première lumière du matin. Cet homme n'était ni un monstre ni un criminel. C'était un homme qui dissimulait la meilleure partie de lui-même, tout simplement pour se protéger.

Et maintenant, Derek s'ouvrait à elle, lui révélait sa vulnérabilité. En retour, elle lui devait la vérité. Tôt ou tard, l'amour et les mensonges se heurteraient. Alors, elle serait comme morte aux yeux de Derek.

Il vint vers elle, les yeux embrasés de passion. Ils ne prononcèrent pas un mot. Les mots étaient inutiles.

Les dominos s'effondraient les uns après les autres, en cascade, plus vite que Cass ne s'y attendait. Cette chute tourbillonnante, où se mêlaient la vérité, les mensonges, l'amour, n'annonçait qu'une seule chose : c'était la fin.

*
**

Derek lutta contre le sommeil. Il ne voulait pas perdre une minute du temps passé avec la femme qu'il aimait. Elle était vivante. Allongée nue sur lui, la tête sur son torse, les jambes croisées avec les siennes. Il jouait du bout des doigts avec ses longs cheveux noirs répandus sur ses épaules.

Une impression de bien-être l'envahit. Il n'avait vécu jusqu'ici que pour trouver cette sérénité, cette fusion avec un autre être.

Pendant les heures où on l'avait retenu au commissariat pour l'assommer de questions, son inquiétude pour Cass l'avait rongé. Quand on l'avait libéré, il s'était précipité chez elle. Mais il n'y avait trouvé que Barney qui aboyait derrière la fenêtre. Désespéré, il avait roulé un moment au hasard, avant d'être attiré comme malgré lui vers l'hôtel. Il l'avait trouvée là, le regard vide, rivé sur la cheminée. Tout s'était alors évanoui et il n'avait plus pensé qu'à l'emmener loin de la bâtisse en partie détruite.

Aucun mot ne pouvait traduire les émotions qui l'avaient traversé. Il lui avait fait l'amour longuement, tendrement, avec une avidité que rien ne semblait pouvoir tarir.

Elle avait failli mourir. Son ange *intrépide* avait failli mourir, à cause de lui.

L'obscurité se dissipa et les premiers rayons roses de l'aurore apparurent. Une lueur timide se glissa entre les tentures, comme pour lui rappeler que le jour arrivait, inexorablement. Il y aurait des questions, qui appelleraient des réponses et des explications. Mais il voulait tout lui révéler, en espérant que l'amour serait plus fort que les mensonges.

Il déposa un baiser sur ses cheveux bruns et l'entendit soupirer. Elle se lova contre lui avec délices.

— Cass…, murmura-t-il. Pourquoi maintenant ? Pourquoi ?

Elle leva la tête et le regarda. Ses yeux d'ambres étaient brillants de bonheur. Derek sourit.

— Je ne voulais pas te réveiller.

Elle posa une main sur sa joue, le contempla longuement, puis dit :

— Tu ne m'as pas réveillée. Derek… il faut que nous parlions.

Quelque chose à l'intérieur de lui se contracta. La bulle de tranquillité dans laquelle il flottait se perça, et il comprit qu'elle nourrissait elle aussi des doutes à son sujet.

— Cass, s'exclama-t-il, en proie à une terreur sourde. Ce n'est pas moi.

La confusion s'inscrivit dans le regard de la jeune femme, puis elle parut en proie à un sentiment qui ressemblait à du chagrin.

— Derek…

— Non, attends. Je n'ai pas été tout à fait franc avec toi. Il y a des choses que tu ignores, des choses…

Elle le réduit au silence par un baiser très doux, avant de l'enlacer, et de l'embrasser longuement. Ses mains étaient sur son visage, son corps nu sur le sien. Elle le tenait prisonnier et l'embrassait comme si sa vie était en jeu.

— C'est important, marmonna-t-il en glissant sur le côté.

Il s'assit et l'obligea à se redresser également. Des larmes lui brouillaient les yeux. Il ne lui avait jamais vu l'air si triste, si effrayé.

— La police pense certaines choses, dit-il. La presse va écrire des choses sur moi. Il faut que tu y sois préparée.

Les larmes roulèrent sur le visage de la jeune femme.

— J'ai fait mon choix, Derek. Je ne te quitterai pas. Il faut que tu me croies. Quoi qu'il arrive, quelle que soit la tournure que prendra la situation, aie confiance en moi. Crois-moi.

Il eut l'impression que la situation était inversée et que c'était elle qui lui demandait pardon.

— Cass…, dit-il en lui caressant les cheveux.

— Tu es un homme si exceptionnel. Tu ne mérites pas ça, murmura-t-elle à travers ses larmes.

— Ce que je ne mérite pas, c'est toi.

Elle vacilla, comme si une lame invisible lui tranperçait le cœur.

— Mais grâce au ciel tu es là, poursuivit-il en la soulevant au-dessus de lui.

Cette attirance était plus forte que tout. Ils firent l'amour, longuement, avec une alternance de fougue et de tendresse. Quand elle le prit en elle, le plaisir fut d'une intensité presque insupportable… Elle sentit la passion lui brûler les yeux, chassant la peur et le chagrin. Derek posa les mains sur ses seins fermes et se laissa emporter dans un tourbillon de volupté sans fin.

Un peu plus tard, alors qu'ils reposaient dans les bras l'un de l'autre, on frappa à la porte de la chambre.

— Monsieur Mansfield ? appela le majordome.

Derek l'ignora.

— Monsieur Mansfield, répéta Montford. Il y a un homme, en bas. Il dit qu'il montera si vous refusez de descendre le voir.

Un homme ? Et qui voulait le voir ? Cela ne présageait rien de bon. Jurant rageusement, il se dégagea des bras de Cass encore endormie.

— Que se passe-t-il ? murmura-t-elle en battant des paupières.

— Attends-moi ici. J'en ai pour une minute.

— Il y a un problème ?

— Je m'en occupe, ma chérie, dit-il en enfilant son jean. Reste ici.

Elle sortit du lit, entièrement nue.

— Jamais de la vie.

— Cass… Il y a des choses que tu ne sais pas. Je ne veux pas que tu les découvres comme ça.

— Comment ?

212

— Quelqu'un m'attend en bas. Je pense que c'est un flic.

Ses yeux s'élargirent de stupeur.

— Quoi ? A cause de la bombe ?

Derek comprit qu'il n'avait plus le choix. Il ne pouvait continuer de dissimuler.

— Entre autres, avoua-t-il.

Elle blêmit et posa une main sur sa poitrine.

— Oh, non. Pas maintenant.

Il ne comprit pas le sens de ses paroles, mais il n'avait pas le temps de la questionner.

— Donne-moi quelques minutes, lança-t-il en traversant la chambre. Je t'expliquerai tout en revenant.

— Je viens avec toi.

— Cass…

— Cette affaire nous touche tous les deux. Je ne vais pas rester lâchement cachée ici.

Elle s'habilla à la hâte et le rejoignit à la porte. Ses cheveux étaient emmêlés, son visage rouge comme celui d'une femme qui vient de passer la nuit dans les bras de son amant. Leur visiteur ne s'y tromperait pas.

Derek lui prit la main pour descendre. En bas, un homme les attendait. Il le reconnut instantanément, car il avait déjà discuté avec lui. Il avait même signé sa fiche de paye.

John Dickens. Celui que Cass appelait Gray. Il portait un pantalon kaki, une veste de sport et son visage était fermé. Il regardait droit devant lui, mais ne semblait pas voir Derek. Toute son attention était concentrée sur la femme à ses côtés. Derek vit qu'elle lui rendait son regard, ses jolies lèvres pincées en une sorte de grimace douloureuse.

Ses soupçons s'éveillèrent.

— Derek Mansfield, dit John Dickens en faisant un pas en avant.

Il sortit un étui noir de sa poche. Avant même qu'il l'eût ouvert, Derek sut ce qu'il contenait. Un insigne de police.

— Mitch Grayson, Police de Chicago.

— Gray…, murmura Derek, comprenant l'origine de ce surnom.

— C'est exact. Cass ? ajouta Gray en tendant la main à la jeune femme. Il est temps.

Elle se crispa, mais ne dit rien.

— Cass… la comédie est finie, dit Gray en lui prenant une main.

Elle demeura là, une main dans celle de Derek, l'autre dans celle de Grayson. Pâle comme une morte.

Alors, Derek comprit.

La vérité le poignarda comme une arme mortelle. Depuis des jours, il se torturait à l'idée d'avoir entraîné une innocente dans les méandres de sa vie. Mais ce n'était pas le cas. Loin de là. C'était elle qui l'avait pris au piège !

Il regarda son visage pâle, tendu, et lui lâcha lentement la main. Il n'aurait su dire si son propre cœur battait encore. Il avait l'impression que tout en lui était mort.

Elle le regarda avec de grands yeux suppliants.

— Derek… je vais tout t'expliquer.

214

15.

— Ne perds pas ton temps, dit Derek en tendant ses poignets à Grayson. Allons-y. Je pense avoir le droit de garder le silence ?

— Assez ! cria-t-elle en donnant un coup sec sur ses bras tendus. Gray, tu fais fausse route. Il n'a rien à voir avec l'explosion de l'hôtel.

— Ce n'est pas à cause de l'explosion que je l'arrête.

— Alors pourquoi ?

Gray se rembrunit.

— Trafic de drogue. C'est ce que nous pensions. Nous avons trouvé les preuves dans les gravats, à l'hôtel.

— Ce ne sont que des preuves indirectes, protesta-t-elle. Rien qui l'implique formellement. C'est un coup monté, tu ne comprends pas ?

Elle savait que Derek ne lui pardonnerait jamais d'avoir effectué cette mission d'infiltration chez lui. Mais elle ne pouvait pas le laisser arrêter sous de fausses accusations. Gray, lui, demeura d'un calme olympien.

— Cet homme est coupable, Cass. Cela fait six mois que nous le surveillons, et maintenant, nous tenons enfin une preuve contre lui.

Cass se sentit accablée de honte et de colère. Elle avait toujours aimé son partenaire comme un frère. Mais, en ce moment, elle le détestait de toutes ses forces.

215

— Salaud ! s'écria-t-elle en levant la main pour le gifler.

Mais Gray prévint son geste en lui attrapant le poignet au vol.

— Tu devrais me remercier, Cass. Bud et les autres sont sur mes talons. Dans dix minutes ils seront là.

— C'est pour ça que je dois te dire merci ?

— Et comment ! Si je n'étais pas arrivé ici le premier, ce sont eux qui t'auraient découverte. Au lit avec un criminel ! Tu aurais pu dire adieu à ta carrière.

— Je me fiche de ma carrière !

— C'est ce que tu dis ! Mansfield t'a complètement fait perdre la tête. Mais moi, je vois clair, et je ne vais pas te laisser jeter aux orties tout ce pourquoi tu as travaillé pendant des années, uniquement parce que tu déraisonnes en ce moment.

— Hypocrite ! s'exclama-t-elle en essayant de retirer sa main. Comment oses-tu me juger alors que tu as toi-même franchi la ligne avec Dawn ?

— Ce n'est pas toi que je juge, c'est Mansfield.

Elle se tourna vers Derek. Celui-ci se tenait raide comme une statue, le regard sans expression. Elle aurait eu beaucoup de choses à lui dire, mais elle savait qu'il ne la croirait pas.

Ni maintenant ni jamais.

Derek Mansfield n'était pas du genre à pardonner. A donner une seconde chance. Il n'y avait qu'à voir les angles durs de son visage, son allure farouche, sur la défensive, pour comprendre. Derek Mansfield avait trop souvent été trahi.

Elle tendit la main, mais il se déroba. Un sourire insolent tordit ses lèvres.

— Je dois avouer que tu es une sacrée actrice, ma jolie. Je n'aurais jamais cru que tu vendais ton corps pour ton job.

Ce commentaire cruel lui fit l'effet d'un coup en plein cœur. Cependant elle ne dit rien, car il avait raison. Elle ne valait pas mieux qu'une prostituée.

— Derek Mansfield, commença Gray. Vous avez le droit de garder le silence…

— Cass, parle-moi.

Elle se tenait debout dans la véranda, une main crispée sur la rampe. Bud et les autres venaient d'emmener Derek, menottes aux poings. Seul un nuage de poussière tout au bout du chemin témoignait de leur passage. Hormis cela, le parc semblait plongé dans une immobilité surnaturelle.

— Cass ?

Elle ravala un sanglot. Tout cela, c'était sa faute. En voulant protéger Derek, elle avait tout détruit.

— Cass, je suis désolé, dit Gray en essuyant les larmes qui roulaient sur ses joues.

— Je… n'arrive pas à… respirer, balbutia-t-elle en croisant les bras devant sa poitrine.

« Je n'aurais jamais cru que tu vendais ton corps pour ton job. »

— Il a… il a… raison, murmura-t-elle en pleurant. Je ne vaux pas mieux qu'une prostituée.

— Ne dis pas cela. Tu es une femme, Cass. Et tu es tombée amoureuse, c'est tout. Mais tu n'as pas choisi le bon numéro.

— Ce n'est pas cela, Gray. C'est clair pour moi, à présent. C'est nous qui nous sommes trompés. Terriblement trompés.

— Je vous avais pourtant dit de ne pas mettre les pieds ici.

— Du calme, mon ami. J'ai été très prudent. On ne peut pas en dire autant de vous.

Santiago Vilas déposa une boîte devant lui et ôta sa casquette de base-ball. Une camionnette portant le logo d'une importante société de messagerie attendait à l'extérieur.

Derek sentit sa fureur monter sous l'insulte. Libéré sous caution, il était rentré chez lui depuis moins d'une heure. Depuis, il n'avait cessé de travailler, mais il y avait encore beaucoup à faire. Bon sang, il était proche de la réussite. Sacrément proche. Pas question de laisser la situation lui échapper maintenant.

— Je ne vous servirai pas à grand-chose si on m'envoie derrière les barreaux.

— Les charges contre vous ne tiendront pas. Nous le savons.

— Mais qu'est-ce qui vous est passé par la tête ? s'exclama Derek dans un rugissement de colère. Il n'avait jamais été question de cette bombe !

Vilas éclata de rire.

— Nous avons obligé les rats à quitter leur cachette ! Vous reconstruirez l'hôtel. Le prix à payer aurait été bien plus élevé si les flics n'avaient pas été découverts et balayés de notre chemin.

Derek n'appréciait pas la désinvolture de Vilas. Cet homme s'était servi de lui et il aurait pu payer très cher pour le piège qu'on lui avait tendu. Son avocat, le meilleur et le plus cher de Chicago, lui avait exposé sans ménagement ce que la police possédait contre lui. C'était suffisant pour le faire plonger, même momentanément.

Par chance, les relations de son grand-père étaient assez nombreuses et solides pour qu'il ait pu obtenir une libération sous caution. Mais il n'était pas libre pour autant. Tous ses mouvements étaient surveillés, ce qui allait lui rendre la tâche plus difficile.

— La maison est sous surveillance, précisa-t-il. Je vous suggère de partir au plus vite. A moins que vous ne teniez à être mêlé de près à cette histoire de bombe ? Les livreurs ne restent jamais si longtemps dans une maison, ajouta-t-il avec un coup d'œil appuyé sur l'uniforme de Vilas.

— Je pensais que vous aviez compris *qui* donnait les ordres.

Derek baissa les yeux. Des images lui revenaient à la mémoire, pêle-mêle : l'hôtel de son grand-père, en partie détruit, Cass, le regard fixé sur les flammes de la cheminée… Allongée nue, sur le lit de sa chambre. Le visage rigide, les yeux vides, entourée par une armée de policiers bornés.

— Ne vous inquiétez pas pour ça, dit-il d'une voix sans expression. Je sais très bien où chacun de nous se situe.

— Voilà qui me rassure. Franchement, vos manières ont de quoi étonner, mon ami.

Derek saisit une lueur dans les yeux du petit homme et il comprit que celui-ci cherchait à le piéger.

— Je vous inviterais bien à prendre le thé, mais les Fédéraux qui attendent dehors pourraient trouver ça suspect. Cependant, si vous êtes prêt à prendre le risque…

— J'ai chassé les rats de l'hôtel, non ? lança Vilas avec arrogance. Maintenant, l'heure de l'extermination est venue.

Derek leva la main et lança le poignard contre le tronc d'arbre. Des morceaux d'écorce jaillirent sous l'impact et s'éparpillèrent dans l'herbe. Il fit un pas en arrière, lança une autre lame, puis une autre et encore une autre. Brent était passé le voir un peu plus tôt. Effondré. L'assurance refusait de payer les dommages causés à l'hôtel tant que l'enquête n'aurait pas prouvé l'innocence de Derek dans cette affaire.

Sir Maximillian venait de prendre l'avion pour Chicago. Derek avait vécu l'enfer à la perspective de lui annoncer ce qui s'était passé. Il ignorait comment son grand-père réagirait en apprenant qu'il avait été arrêté. Et il ne s'attendait pas du tout au soutien total que le vieil homme lui avait immédiatement accordé.

Il fit encore un pas en arrière pour lancer la lame une fois de plus contre l'arbre mort. Son corps était en sueur, ses vêtements trempés.

— Tu n'as pas soif ?

Le bras levé au-dessus de la tête, sa lame à la main, Derek tourna lentement la tête. Cass. Elle se tenait là, près de lui, une bouteille d'eau minérale à la main. Elle paraissait si fragile, si douce. Elle n'avait vraiment rien d'un flic.

— Désolé, ma jolie, mais je ne bois qu'avec mes amis.

L'espoir naïf qu'il avait décelé dans son regard s'évanouit.

— Il faut que nous parlions, dit-elle.

— Tu ne manques pas de cran, d'être venue ici ! rétorqua-t-il, rageur.

— Le cran, c'est tout ce qui me reste.

Elle resserra son long manteau de laine autour d'elle, frileusement. Derek remarqua qu'elle frissonnait, malgré son bonnet, son écharpe et ses gants. Pour une fois, ses cheveux n'étaient pas tressés. Ils retombaient souplement sur ses épaules et sa poitrine. L'envie de la serrer dans ses bras surgit tout à coup, le besoin de lui communiquer sa chaleur.

— Tu perds ton temps. Et tu me fais perdre le mien.

Ses yeux s'embuèrent de larmes, comme le jour où il l'avait trouvée à Grant Park, en train d'observer les enfants qui jouaient.

— Attends, fit-elle en esquissant un pas vers lui. Laisse-moi t'expliquer.

Il ne bougea pas et préféra ne rien dire. S'il commençait à parler, il n'était pas sûr de pouvoir s'arrêter. Jamais encore une femme ne l'avait blessé aussi profondément. Pas même sa mère. Ni Marla.

Toutefois, il dut faire appel à toute sa volonté pour ne songer qu'à tous ses mensonges, en ignorant obstinément le chagrin qu'il lisait dans ses yeux.

— Je dois te rendre justice, déclara-t-il avec un détachement qu'il était loin d'éprouver. Tu es une actrice hors pair.

La bouteille d'eau lui échappa des mains et tomba avec un bruit sourd sur le sol glacé. Elle ne baissa même pas les yeux.

— Derek, il faut que tu m'écoutes. Je ne voulais pas que ça se passe comme ça.

Elle fit mine de le toucher mais il recula vivement, la respiration hachée.

— Tu ne voulais pas te servir de moi ? T'empêtrer dans tes mensonges ? Tu ne voulais pas te servir de ton corps pour découvrir les preuves qui te manquaient ?

Cass fit un pas en arrière. Son visage devint aussi blême que s'il l'avait frappée.

— Tu te trompes. Tu ne veux voir que les mensonges, mais il y avait autre chose entre nous. Beaucoup plus. Je suis désolée…

— Inutile. Assez de mensonges, nous connaissons tous deux la vérité à présent. Tu avais un bon plan. Me rendre fou de toi, me faire perdre la tête jusqu'au moment où j'oublierais de me tenir sur mes gardes.

Le ton était cinglant. Mais Cass ne renonça pas à le rallier à son point de vue. Elle redressa les épaules et le toisa fièrement. C'était une battante, cette fille-là, il l'avait toujours su.

— Tu penses que c'est *ça* que je voulais ? Tu crois que je voulais tomber amoureuse d'un type que je considérais comme un criminel ?

— Je sais exactement ce que tu voulais, Cass, dit-il en laissant son regard courir sur le corps de la jeune femme. Ça n'avait rien à voir avec l'amour.

— Pas au début. Au début, je voulais seulement éclaircir une affaire sur laquelle je travaillais depuis des mois. Je suis un bon flic, Derek. Je finis toujours par arrêter mon coupable.

— Tu veux dire que je ne suis pas le premier à tomber dans tes filets ? Et dans ton lit ?

Une lueur meurtrière passa dans les yeux de la jeune femme.

— Alors ? C'est la vérité qui te dérange ?

— La vérité ? Tu ne voudrais pas la reconnaître, même si elle te perçait le cœur !

— Ça ne vous va pas très bien de parler de vérité et d'honnêteté, inspecteur.

Il regarda ses propres doigts serrés sur le poignet fin et délicat. Il aurait pu si facilement lui faire mal ! Troublé par cette pensée, il lui tourna le dos, prit une lame et la lança contre l'arbre mort.

— J'ai essayé de tenir mes distances, l'entendit-il dire avec colère. D'ignorer l'attirance que j'éprouvais. Je savais que ça ne pouvait nous mener nulle part. Au pire, nous attirer des ennuis. Mais toi, tu ne m'as pas laissé de répit.

— Tu veux dire que c'est ma faute ? répondit-il sans se retourner.

— Je ne cherche pas de fautif, Derek. Nous avons été obligés de mentir l'un comme l'autre, mais cela n'a pas empêché notre amour d'apparaître.

— Ne me parle pas d'amour, Cass. Il n'y a que des mensonges. Et les deux sont incompatibles.

— Tu n'aurais jamais dû me suivre ! Ni chez moi ni dans le parc. Tu aurais dû me laisser seule !

— Comment l'aurais-je pu ? Tu étais partout ! Je ne suis qu'un homme, Cass. Un homme qui croyait avoir affaire à une femme qui avait simplement besoin de lui. C'est un crime ? Alors, condamne-moi.

Il prit une longue inspiration, et savoura l'air glacé qui lui gonfla les poumons.

— Dis-moi une chose, Cass. Tu m'as menti sur toute la ligne ? As-tu vraiment eu un mari et un enfant, ou as-tu inventé cela pour mieux m'accrocher ?

Le sang reflua de son visage, elle vacilla. Il vit ses yeux s'embuer de larmes et revit aussitôt la femme fragile qu'il avait trouvée dans le parc. Celle qui s'était abandonnée entre ses bras. Très loin du flic qui l'avait trahi.

— Ce qui est arrivé à ma famille est bien réel. Comme les sentiments que j'éprouve pour toi, chuchota-t-elle d'une voix tremblante. Tu m'as aidée à rejeter le voile de douleur qui m'enveloppait, Derek. A sortir du passé, et à éprouver de nouveau des sentiments. C'est ce qui m'a fait comprendre que tu n'étais pas un criminel, mais un homme bon et généreux. Et c'est ce que j'essaye de prouver depuis.

L'émotion le gagna en dépit de sa méfiance. Il eut envie de la serrer dans ses bras et de faire semblant de la croire. Mais il se ressaisit et lâcha d'un ton sec :

— Continue comme ça et je proposerai ton nom pour l'oscar de la meilleure actrice de l'année.

— Bon sang, Derek…

— Tais-toi ! J'ignore comment j'ai pu être aussi obtus ! C'est bien toi qui prétendais qu'il ne fallait pas qu'il y ait de secrets entre nous ?

Cass essuya les larmes qui roulaient sur ses joues.

— Je n'avais pas le choix.

— Nous avons toujours le choix, inspecteur. Certains savent faire le bon, d'autres non.

Il espéra que la dureté de ses paroles la découragerait, mais il n'en fut rien. Elle s'élança vers lui et lui prit le bras.

— Derek…

Il se figea. Un courant de désir empoisonné se mêla à l'amertume de la trahison. Il posa les yeux sur les mains gantées de la jeune femme et martela :

— Ne me touche pas.

— Mais je veux te toucher, rétorqua-t-elle en le défiant du regard. Tu ne comprends pas ? *Je t'aime.*

Les mots, prononcés d'une voix ferme et claire, l'atteignirent en plein cœur. Il aurait tellement voulu la croire.

— Tu m'aimes ? répéta-t-il, narquois. Tu as une drôle de façon de me le prouver.

— Nous pouvons surmonter ce...

— Ne te fatigue pas, Cass, dit-il en la repoussant d'un mouvement brusque. Tu raconteras ça à qui voudra te croire.

Sur ces mots, il tourna les talons et se dirigea à grands pas vers la maison de son grand-père. Il ne voulait plus rien entendre.

Il ne voulait plus subir de tentation.

Derek Mansfield ne regardait jamais en arrière. Il n'allait pas commencer maintenant.

Derek repoussa ses cheveux trempés. Il était en train de prendre sa douche quand Montford avait frappé à la porte en lui annonçant un appel urgent sur la ligne privée.

A présent, une petite mare d'eau était en train de se former à ses pieds. Il n'avait pas pris la peine d'enfiler un peignoir de bain et n'était même pas sensible à la morsure du froid sur son corps nu.

— Nous étions si près de réussir cette fois, grommela-t-il. Je me serais fait un réel plaisir de terminer le travail.

— Tout n'est peut-être pas perdu.

— Un flic ! Tu te rends compte ?

Il jura à voix basse, sans cacher sa colère ni son amertume. Il y avait peu de personnes au monde pour lesquelles il n'avait pas de secret. Sir Maximillian, bien sûr. Brooke. Quant à Brent, bien qu'il lui fît parfois confiance, il ne l'avait pas mis dans la confidence. Son frère risquait de tout faire rater.

Et puis il y avait Lucas Treese. Ils avaient fait les quatre cents coups ensemble autrefois, dans la marine marchande. Depuis, la vie les avait entraînés dans des voies radicalement différentes. Mais leur amitié avait résisté au temps.

C'était encore ensemble qu'ils affrontaient cette affaire-là.

— Cette fille est un flic, répéta Derek, bien que Lucas le sache déjà, puisqu'il était lui-même agent du FBI. Et moi qui me sentais coupable de lui faire approcher ce monde glauque !

— Tu ne pouvais pas le deviner, vieux. D'après ce qu'on m'a dit, c'est un des meilleurs agents d'infiltration de Chicago.

— J'aurais dû m'en douter.

Tous les signes étaient là. Si seulement il avait réfléchi avec sa tête, au lieu d'écouter son cœur... ou plutôt non. Ses pulsions sexuelles. N'avait-il pas dit lui-même à Vilas qu'il avait l'impression d'être espionné ? Qu'il y avait *un rat,* autrement dit un traître, dans son entourage ? Eh bien, le rat en question, c'était dans son propre hôtel qu'il logeait !

— Combien de fois, Luc ? reprit-il, les yeux fixés sur le collant de soie noire abandonné au pied du lit. Combien de fois devrai-je me heurter au même mur ?

— Cesse de te torturer.

Luc avait toujours été là, aux côtés de Derek. Dès le début, quand Derek s'était engagé dans la marine marchande pour échapper à la colère de son beau-père. Après Sasha. Après Marla. Et il savait toute la vérité au sujet de Brent.

C'était lui qui avait refréné l'impatience de Derek, six mois auparavant, quand il avait appris que des agents du FBI se préparaient pour un assaut final. Lui qui refrénait les tendances suicidaires de Derek, comme si le maintenir en vie était devenu sa croisade.

— Ne pense plus à tout ça, dit-il. Concentre-toi sur ce qui reste à faire.

— Tout devrait être fini depuis longtemps, dit Derek en maîtrisant à grand-peine sa colère.

Lucas eut un soupir de lassitude.

— Il n'est pas trop tard pour laisser tomber. Tout ce que tu auras à faire, ce sera de leur expliquer. Je te soutiendrai.

Jamais. Ce serait d'une lâcheté totale. D'autres vies étaient en jeu, trop précieuses pour prendre des risques. Brent. Et surtout Ryan. Le gosse méritait de grandir près d'un père qui l'aimait. Ce que Derek n'avait jamais eu.

— Ne t'inquiète pas, dit-il à Lucas. Tiens bon et attends mon coup de fil. Je m'occupe de tout.

Cass regarda la camionnette de l'Armée du Salut disparaître au coin de la rue, avec les cartons contenant les affaires de Jake.

— Viens, Barn, dit-elle en souriant à travers ses larmes. Allons nous mettre au chaud.

Quelques minutes plus tard, elle était assise devant la cheminée. Le gros chien avait posé le museau sur ses genoux et quelques flammes maigres s'élevaient dans l'âtre.

En proie à la nervosité, elle se mit à refaire sa tresse. Elle avait commis une erreur en allant voir Derek. Certes, elle comprenait sa colère, mais elle ne s'attendait pas à rencontrer un tel mur d'hostilité.

Perdue dans ses pensées, elle n'entendit pas tout de suite les coups répétés frappés à sa porte. Une vague d'espoir fou la poussa à se lever d'un bond pour aller ouvrir.

— Cassidy Blake ? demanda un jeune homme inconnu vêtu de l'uniforme de la poste. J'ai une lettre à vous remettre.

Il lui tendit une enveloppe et regagna sa voiture sans attendre. Cass comprit sur-le-champ que le dernier domino venait de tomber. Elle referma la porte et se laissa glisser sur le sol. Elle demeura prostrée plusieurs minutes avant de se décider à ouvrir l'enveloppe. Celle-ci ne contenait qu'une feuille de papier sur laquelle étaient tracés quelques mots :

« Il faut que nous parlions. Musée d'Histoire naturelle. Minuit. »

226

Le musée était aussi désert que le soir où Derek et Vilas s'y étaient donné rendez-vous. Le parking était vide, exception faite d'une vieille voiture de sport et d'un minivan, visiblement abandonnés. Un vent vif soufflait en provenance du lac, faisant voleter sur le bitume des emballages de fast-food.

La lune était pleine et de légers nuages en obscurcissaient par instant les reflets d'argent.

Cass grelottait. Elle avait beau resserrer les pans de sa veste devant elle, le froid ne la quittait pas. Elle était pourtant sûre qu'il viendrait pour lui dire qu'il la croyait, qu'il savait qu'elle l'aimait et qu'il l'aimait aussi.

Elle s'était cruellement trompée. Derek Mansfield n'était pas homme à pardonner.

— Cass.

Elle se retourna et son cœur se mit à battre sur un rythme de staccato. Cette voix. Elle l'avait entendue des centaines de fois.

Vêtu d'un long trench-coat, un chapeau à larges bords dissimulant ses cheveux blonds, Brent approcha. Il faisait penser à un personnage de film noir des années cinquante. Son visage était grave.

Cass éprouva une vive déception.

— C'était toi.

— Je sais qui tu es, dit-il en s'immobilisant à quelques pas. Je sais ce que tu as fait. Je t'ai vue dans la maison et j'ai vu Derek après ton départ. Laisse-le tranquille, Cass. Fiche-lui la paix.

C'était une grande première. Depuis qu'elle avait pris son poste à Stirling Manor, elle avait toujours vu Derek prendre les responsabilités et Brent suivre dans son sillage. Cette intervention inattendue la mit sur ses gardes.

— Jamais de la vie.

— Il n'a pas besoin de toi. Ni du genre d'aide que tu peux lui apporter. Il s'en sortira, comme toujours. Mon frère est un dur, un battant. Il a sûrement ses raisons pour agir comme il le fait.

L'attitude de Brent cachait quelque chose. Ce n'était pas simplement un homme veillant sur la sécurité de son frère. Soit il savait quelque chose, soit il était inquiet.

Je veille sur ce qui m'appartient, avait dit Derek à plusieurs reprises. Ces paroles prenaient à présent un sens nouveau. Ce qu'il fallait mettre en doute, ce n'était pas l'authenticité des preuves matérielles découvertes à Stirling Manor, mais plutôt l'interprétation des faits par les enquêteurs.

Se pouvait-il que Brent ait été coupable depuis le début ?

— Il essaye de te protéger, dit-elle, réfléchissant à haute voix.

— Moi ? s'exclama Brent, l'air ébahi. Il n'y a rien à protéger. Plus rien.

La patience de Cass commençait à s'épuiser.

— C'est la vie de ton frère qui est en jeu, Brent. Cesse de tourner autour du pot. Soit tu es franc avec moi, soit...

— Soit ?

— Je te fais inculper.

Il la dévisagea avec méfiance. Puis, de but en blanc, ses épaules s'affaissèrent. Il murmura, la voix creuse :

— Tout a commencé il y a un an et demi. Derek était en voyage. Il est rentré à l'improviste, un soir. Il m'a trouvé...

Cass le considéra avec suspicion. Elle ne s'attendait pas à un tel revirement.

— Il t'a trouvé où ?

— A l'hôtel, dans mon bureau. J'étais inconscient.

— Inconscient ?

— Ma femme venait de me quitter en jurant que je ne reverrais jamais Ryan. J'étais terrifié, admit-il. Il n'y avait personne avec moi, pour m'aider. Je n'avais que l'héroïne.

L'héroïne. Les éléments de l'enquête défilèrent dans l'esprit de Cass. Une série de grosses pointures de la drogue, des personnalités toutes reliées d'une façon ou d'une autre à Stirling Manor.

228

L'hôtel, soupçonné d'être le point de ralliement des trafiquants. Mais Brent n'avait jamais été mis en cause. On avait pensé à l'autre frère, à celui qui détenait l'autorité. Celui qui « veillait sur ce qui lui appartenait ».

— Dis-moi ce qui s'est passé, dit Cass d'un ton encourageant.

Le petit frère de Derek, l'enfant choyé et irresponsable, se tenait devant elle, les yeux vides. Anéanti.

— Il est devenu comme fou, murmura-t-il. Je ne me rappelle la scène que par bribes. Je le revois en train de hurler, de me donner des coups sur la poitrine. Et puis les médecins sont arrivés. La salle des urgences. Derek ne m'a pas quitté, il me disait que tout irait bien, que ça allait s'arranger. Il faisait tout pour ça. Mais les choses étaient allées si loin…

— La drogue, interrompit Cass en dissimulant son impatience. D'où provenait la drogue ?

— Un de nos clients, marmonna Brent. J'ai commencé tout doucement, pour m'amuser un peu, me relaxer. Et puis les choses se sont gâtées avec Susan. Villy était là, il avait toujours quelque chose pour m'aider à me sentir mieux.

Cass sentit son pouls s'accélérer, mais elle demeura muette, attendant que Brent poursuive.

— Il voulait obtenir quelque chose de moi, mais je m'en suis aperçu trop tard. Seulement quand Derek est revenu et qu'il est devenu fou de colère. Il a tout vu clairement, sur-le-champ. Comme toujours. Villy se servait de moi comme d'une marionnette. L'hôtel était une couverture pratique pour son organisation. Quand j'ai compris, j'étais impliqué jusqu'au cou. Plus moyen de faire machine arrière. Je risquais de tout perdre, y compris mon fils.

— Que s'est-il passé alors ?

— Je l'ignore. Quand je suis sorti de la cure de désintoxication, Villy avait disparu de la circulation et j'ai appris que j'avais la garde conjointe de Ryan avec Susan.

Tout cela grâce à Derek, Cass n'en douta pas un instant.

— Villy avait disparu ? Comme ça ?

Brent hocha la tête en silence.

Cass réfléchit à toute allure. Brent avait été la marionnette de Vilas, l'homme qui avait fait entrer le trafic de drogue à l'hôtel. Mais, depuis son retour d'Ecosse, c'était Derek qui avait une attitude suspecte. Derek qui donnait rendez-vous à Vilas, qui dissimulait de la cocaïne et de l'héroïne dans sa suite.

— Seigneur, murmura-t-elle, alors que la vérité se faisait jour.

Derek avait fait tout cela. Mais pas parce qu'il était un criminel sans scrupules. Il l'avait fait pour venger son frère. Ce n'était pas le genre d'homme à attendre passivement que la machine judiciaire se mette en branle. Il avait accéléré le mouvement.

— Un piège, dit-elle à haute voix. Je comprends à présent. Il voulait attirer Vilas dans un piège.

Mais ensuite ? Qu'avait-il prévu de faire ensuite ? Même avec des preuves de son innocence, la police ne l'aurait pas suivi. On aurait pensé qu'il cherchait à se couvrir.

Le regard de Brent changea, se fit plus dur.

— Pas étonnant que Villy ait disparu, dit-il. Il m'a remplacé par Derek. Ce vieux Derek a dû le persuader qu'il avait mieux à offrir que moi. J'aurais dû m'en douter, c'était trop beau.

Derek avait joué les justiciers pour sa famille. C'était romantique, mais très dangereux. Il avait mis son avenir et sa vie même en jeu. Et maintenant, à moins que Cass ne puisse prouver qu'il était innocent, il risquait de tout perdre.

— Il faut le trouver ! dit-elle à Brent en l'agrippant par les revers de son manteau.

Tout se remettait en place. Mais, alors même que le flic et la femme se retrouvaient du même côté, une voix froide perça l'obscurité.

— Eh bien, eh bien… La jolie Cassandra Le Blanc. Ou devrais-je dire plutôt Cassidy Blake ?

Un homme sortit de l'ombre, auréolé d'un rayon de lune argenté. Il tenait une arme dans ses mains.

— Comme on se retrouve, dit-il.

16.

Un silence sinistre régnait dans le manoir. Derek ne l'avait jamais vu aussi vide. De tous temps, l'hôtel avait été le cœur de l'empire Stirling, un lieu où régnaient l'exubérance et la joie de vivre.

Aujourd'hui, seuls quelques flics ensommeillés arpentaient ses couloirs, à la recherche d'improbables indices. Ils avaient essayé d'empêcher Derek d'entrer, redoutant sans doute que celui-ci ne brouille les pistes. Mais il ne s'était pas laissé refouler. On avait donc établi un compromis : Derek serait admis dans l'hôtel, mais uniquement sous la surveillance d'un des inspecteurs.

Pas de problème. Il s'était rendu directement dans le garage, au troisième sous-sol, l'endroit le plus gravement endommagé du bâtiment. Les dégâts étaient moins considérables qu'il ne le craignait. Les occupants de l'hôtel avaient eu de la chance.

Il remonta dans le hall. Là, c'étaient l'eau et la fumée qui avaient provoqué les dommages les plus importants. Derek avait besoin de se rendre dans les étages, mais il fit d'abord un détour par le salon. Il se servit un verre de whisky et en avala une longue rasade qui lui brûla la gorge.

Cass. La pensé surgit de nulle part, avec une force renversante. Où qu'il aille, quoi qu'il fasse, elle revenait toujours le poursuivre. Il était hanté par son regard triste. Pourquoi était-elle venue le voir, alors qu'elle avait obtenu ce qu'elle voulait ? Ça n'avait pas de sens. A moins que…

Non. Pas de naïveté. Elle était venue chez lui poussée par la culpabilité. Voilà tout. Cherchant un pardon qu'il ne pouvait lui accorder.

Il l'avait aimée. Sans réserve, avec passion.

Et, quoi qu'il fît pour l'oublier, les images de Cass s'attardaient dans sa mémoire. Cass pleurant dans le parc. Cass le toisant d'un air de défi. Cass s'abandonnant entre ses bras. Son courage, son chagrin, sa force, sa vulnérabilité. Sa passion. Sa ténacité. Tout cela faisait d'elle une énigme. Un souvenir qui lui tenaillait le cœur.

Au début, leur attirance mutuelle l'avait simplement intrigué. Puis, quand elle s'était confirmée, il en avait éprouvé de l'agacement et, enfin, du réconfort. Une plénitude miraculeuse.

A présent, il n'y avait plus dans son cœur que destruction.

Il aurait fallu remonter le temps, rejouer la partie différemment. Se rencontrer à un autre moment, dans un autre lieu, dans des circonstances différentes. Tels un homme et une femme ordinaires. Pas de flic, pas de justicier. Juste deux êtres humains faits l'un pour l'autre.

Sans les mensonges qui les avaient poursuivis, l'amour aurait suffi.

Mais l'amour n'existait pas. Ce n'était qu'un jeu d'ombres et de miroirs.

Derek avala le reste de son whisky et se servit un autre verre. Tôt ou tard, l'alcool finirait par engourdir ses sens.

— Espèce de salaud !

Deux mains s'abattirent sur ses épaules et le firent sortir de son fauteuil. Avant qu'il ait pu réagir, on le fit pivoter sur lui-même et il se trouva face à l'inspecteur Mitch Grayson.

— Que se passe-t-il, *chasseur ?* lança Derek avec un sourire narquois. La comédie est finie, plus d'arnaque. Vous avez oublié ?

Les yeux du flic lancèrent des éclairs de fureur et il agrippa le col de Derek à pleines mains.

— Vous avez un sacré culot. Laissez-la tomber, mec. C'est compris ? Fichez-lui la paix.

— C'est exactement ce que j'essaye de faire.

Grayson relâcha la chemise de Derek mais les deux hommes demeurèrent face à face, dans une posture de combattants.

— Elle espérait tellement vous faire entendre raison. Je lui avais dit de ne pas aller vous voir. Je savais qu'il n'en sortirait rien de bon.

— Je croyais que vous la connaissiez bien ? Cass fait ce qu'elle veut, quand elle veut. Vous n'avez pas encore compris ça ?

— C'est un trait de caractère que rien n'effacera jamais, admit Grayson en fronçant les sourcils.

— Tant mieux, rétorqua Derek.

Car c'était justement cela qui lui plaisait le plus, chez elle.

— Vous n'avez pas de cœur, vous savez ? reprit Grayson en jetant un coup d'œil aux tables renversées du salon. Elle a vécu l'enfer… Elle méritait mieux que ça.

— Vous étiez là ? questionna Derek, entrevoyant la vérité. Quand elle a perdu son mari et son fils, vous étiez là, n'est-ce pas ?

— C'est moi qui suis allé lui annoncer la nouvelle. J'ai vu son regard s'éteindre, se ternir à jamais. Je l'ai tenue dans mes bras pendant qu'elle pleurait. Je l'ai vue se faner, se dessécher de douleur.

Le regard de Grayson se posa sur la bouteille de scotch. Il prit un verre derrière le bar et se servit un grand verre qu'il avala d'un trait.

— J'ai toujours su qu'elle finirait par tomber amoureuse de nouveau. Mais je ne pensais pas que ça serait d'une ordure comme vous.

— Elle ne m'aime pas, répliqua Derek.

— Si ça pouvait être vrai ! s'exclama Gray en reposant bruyamment son verre vide. Mais elle vous aime de tout son cœur ! Malheureusement. C'est un des flics les plus brillants de Chicago et, à cause de vous, elle refuse de regarder la vérité en face. Elle s'obstine à prétendre que vous êtes innocent, qu'on vous a tendu un piège. C'est pour ça qu'elle est allée vous voir ce soir au musée.

— Quoi ? Quel musée ?

— Il est tard, Mansfield, je suis fatigué. Je n'ai ni le temps ni la patience de jouer la comédie. Je l'ai suppliée de ne pas y aller, mais, quand il s'agit de vous, elle refuse d'écouter. Je ferais mieux de filer là-bas à présent. Je parie que Cass s'y trouve toujours, en plein froid, à attendre un type qui n'ira jamais la rejoindre !

Derek se sentit oppressé par un mauvais pressentiment. Son cœur cognait si fort que c'en était douloureux.

— Encore une fois, Grayson, de quel musée parlez-vous ? Et pourquoi Cass m'attendrait-elle là-bas ?

— A cause de la lettre que vous lui avez envoyée. Vous lui disiez d'aller vous rejoindre au Musée d'Histoire…

— Seigneur ! Ce n'est pas moi qui ai envoyé cette lettre.

— Quoi ? Comment…

Mais Derek n'écoutait déjà plus. Il traversa en trombe l'hôtel vide envahi par les ombres.

— Vous avez l'air étonné, *querida*. Ne me dites pas que j'ai réussi à tromper la méfiance d'un des plus fins limiers de Chicago ?

Un sourire se dessina sur les lèvres fines et cruelles de Santiago Vilas. Il approcha, son arme toujours pointée sur Cass. Celle-ci fouilla l'obscurité du regard. L'homme était-il venu seul, ou avait-il des complices dissimulés aux alentours ?

Elle ne s'était pas méfiée et s'était aventurée au musée sans appeler de renforts. Elle croyait que l'amour était au rendez-vous. Pas une seconde elle n'avait imaginé que c'était un piège qu'on lui tendait.

Elle se tourna vers Brent, furieuse, mais se figea de stupeur en croisant son regard. Si Derek pouvait cacher ses pensées et ses sentiments derrière un masque d'indifférence, Brent, lui, en était incapable. Elle vit le choc, l'indécision, la peur s'inscrire sur son visage.

— Si vous croyez qu'Ashford a orchestré cette rencontre, vous le surestimez ! dit Vilas. Il n'arrive pas à la cheville de son frère. Je pensais que vous étiez bien placée pour le savoir.

Cass s'exhorta au calme. La seule façon de s'en sortir, c'était d'endormir la méfiance du trafiquant.

— Je sais beaucoup de choses, monsieur Vilas. Posez votre arme et nous pourrons discuter tranquillement.

— Je sais que ça vous plairait, mais vous avez assez parlé pour ce soir. Si vous aviez gardé votre jolie petite bouche fermée, votre amant aurait eu une chance de vivre un jour de plus. Son stratagème était futé. Je n'ai rien soupçonné.

— Un stratagème ? s'exclama Brent. Laissez-moi rire ! Si mon frère se traîne dans la boue avec des types comme vous, c'est que ça lui plaît ! D'après lui, les lois sont faites pour être brisées. Tout ce qu'il cherche à faire, c'est humilier sa propre famille.

— Vous nous chantiez une autre histoire, il y a quelques minutes. Voyons, que disait l'adorable Cassidy ? N'a-t-elle pas parlé d'un piège ?

Il l'avait donc entendue ! Il savait tout.

Brent s'était approché. Il se tenait à côté d'elle à présent, formant un rempart entre l'arme de Vilas et elle.

— Elle est amoureuse de lui ! dit-il avec un rire narquois. Elle dirait n'importe quoi pour l'innocenter et le ramener dans son lit.

— Je t'ai convaincu, n'est-ce pas ? renchérit-elle en suivant la ligne qu'il lui traçait. Et je convaincrai aussi tous les autres. Personne ne me le prendra. Ni la police ni sa famille. Ni même vous, Vilas.

Un bruit métallique ponctua ses paroles. Vilas les tenait tous deux en respect.

— Dommage que vous ne soyez jamais allés à Broadway, dit-il d'une voix douce comme du velours. Vous formez un joli duo, mais vous perdez votre temps. Derek Mansfield me fait attendre depuis des mois. Il a toujours une bonne raison de remettre notre transaction. Par prudence, dit-il. Il voulait être sûr qu'il n'y avait pas de traître ou d'espion à l'hôtel. J'ai fini par perdre patience. Ce qui explique l'explosion...

Si Cass avait encore eu des doutes, ceux-ci se seraient dissipés sur l'instant. Derek avait voulu protéger son frère. Il avait préparé un piège pour Vilas afin de s'assurer que celui-ci ne s'attaquerait plus jamais à sa famille.

— La bombe, c'était vous ? s'écria Brent, stupéfait.

— Qui d'autre ? répondit Vilas, visiblement content de lui. Il fallait bien que je débarrasse l'hôtel des rats qui s'y dissimulaient. Et ça a marché, non ?

— Vous lui avez tendu un piège à votre tour, dit Cass.

— C'est ce qui me plaît chez les flics. Vous avez le don de découvrir l'évidence !

— Mais pourquoi ? reprit Cass, en espérant gagner du temps. A quoi vous servira-t-il quand il sera emprisonné ?

— Comme je vous l'ai déjà dit, je voulais chasser les rats du Manoir. Et j'ai réussi, puisque vous êtes là, n'est-ce pas ? Nous savons tous que vous ne vous êtes glissée dans le lit de Derek que pour lui passer la corde au cou.

— Et alors ? Pourquoi m'avez-vous suivie ?

— J'attendais ce moment depuis le soir où vous m'aviez plaqué dans ma chambre. A l'époque, j'ignorais ce que vous aviez derrière la tête. Mais maintenant je le sais.

Il s'était approché d'elle insensiblement. D'un geste vif, il lui saisit sa tresse et l'attira vers lui.

— Tu vas me payer ça, dit-il.

— Lâchez-moi. Je suis officier de…

— Epargne-moi ton laïus, dit-il en tirant sur sa tresse pour lui faire rejeter la tête en arrière. Quelqu'un qui a voulu se servir de moi ne vit pas assez lon…

Elle lui écrasa le pied de toutes ses forces et lui envoya un coup de poing dans l'estomac. L'homme se plia en deux, le souffle coupé.

— Laissez-la ! hurla Brent en accourant vers eux. Elle est…

Cass n'eut pas le temps d'intervenir. Vilas leva son arme et tira. Les yeux de Brent s'élargirent, ses mains se crispèrent sur son estomac et du sang surgit entre ses doigts. Il s'écroula sur le sol avec une expression étrange, ahurie.

Une onde de fureur parcourut Cass. Elle se tourna vers Vilas et se trouva confrontée à ses petits yeux noirs et cruels.

— Où en étions-nous ? demanda-t-il avec nonchalance.

Elle se libéra d'une poussée et courut s'agenouiller à côté de Brent.

— Brent ? Tu m'entends ?

Il leva vers elle des yeux vitreux. Aucun son ne sortit de ses lèvres. Elle pressa deux doigts contre son cou. Le pouls était faible.

— Vous ne vous en tirerez pas comme ça, dit-elle en se tournant vers Vilas.

Ce dernier sourit et éleva son arme à la hauteur de ses yeux. Il caressa le canon de sa main gantée et déclara d'une voix suave :

— Quand le musée ouvrira ses portes demain matin, la tragédie aura atteint son terme. Ce sera si triste… Un homme d'affaires et un flic héroïque seront découverts morts à côté de leur meurtrier. L'homme qu'ils avaient trahi.

Derek.

Vilas avait l'intention de le tuer, puis de maquiller son meurtre en suicide, non sans l'avoir fait passer pour l'assassin de Brent et d'elle-même. Tout le monde croirait que les choses s'étaient bien déroulées ainsi. Y compris Gray, qui avait essayé de l'empêcher de venir.

— Ça ne marchera pas, dit-elle dans la seule intention de gagner quelques secondes.

Il fallait faire quelque chose, et vite. Brent gisait à terre, dans une mare de sang. Les minutes étaient comptées.

Sa seule chance, c'était de désarmer Vilas. Elle avait déjà fait cela des dizaines de fois. Mais jamais la situation n'avait été aussi critique. Le film de sa vie se déroula dans sa tête, les joies, les peines, les victoires et les tragédies. Elle n'était pas prête à en rester là. Elle avait perdu son mari et son fils. Peur eux, il fallait qu'elle triomphe du mal et qu'elle continue à vivre.

Elle se redressa lentement, leva les mains au-dessus de sa tête et se dirigea vers son adversaire.

— Vous avez gagné, Vilas. Je me rends.

Désarçonné, il la regarda approcher et baissa son arme.

— Pas question !

La voix perça l'obscurité. Cass jeta un coup d'œil vers les colonnes, mais, avant qu'elle ait pu discerner quoi que ce soit, Vilas lui agrippa le bras et la propulsa devant lui. Le canon de son arme se posa sur la tempe de la jeune femme et il éclata d'un grand rire qui résonna dans la nuit.

— Il était temps que vous arriviez, mon ami. Quelques minutes de plus et vous manquiez le final !

Santiago Vilas se tenait raide comme une statue. Plaquée devant lui, Cass lui servait de bouclier vivant. Ses pupilles d'ambre étaient dilatées d'horreur.

Derek aurait aimé franchir les quelques mètres qui le séparaient d'eux et tuer Vilas de ses propres mains. Mais, pendant ces quelques secondes, il mettrait en jeu la vie de Cass. Pas question de prendre un tel risque.

Les remords se mêlèrent à la peur qui l'étreignit. Elle était en danger à cause de lui. Parce qu'il avait refusé de l'écouter quand elle voulait s'expliquer.

Il tint son arme pointée sur le salaud qu'il essayait de coincer depuis des mois. Ce n'était pas ainsi qu'il avait imaginé le dernier acte. Dans ses rêves, il pensait avoir le temps de savourer ce moment. Bien sûr, il n'avait jamais envisagé que la femme qu'il aimait serait entre eux.

— Libère-la, *amigo*. Tout de suite.

— Derek. Quelle bonne idée de vous joindre à nous.

— Je ne plaisante pas, Vilas. C'est une affaire entre toi et moi. Laisse-la en dehors de ça.

— C'est toi qui as parlé d'exterminer les rats. Je n'ai fait que suivre ta suggestion.

Derek fit quelques pas vers son ennemi.

— C'est moi qu'elle a trahi. Tu ne m'enlèverais pas l'opportunité de me venger ?

Le rire sardonique de Vilas résonna entre les colonnes. Il posa une main juste sous les seins de Cass.

— Tout a commencé comme ça dans le Jardin d'Eden, non ? La belle Cassidy t'a fait croquer la pomme.

Derek vit les yeux de Cass se poser sur sa droite. Elle essayait de lui montrer quelque chose, mais la lune était cachée par une masse de nuages. Qu'y avait-il là, sur le sol ? Juste un tas de…

Derek sentit tout à coup un grand froid l'envahir. Toute son enfance défila devant ses yeux, avec les déceptions, la solitude, et le seul être au monde qui lui ait donné une raison de vivre. Son frère. Celui sur lequel il avait toujours veillé.

Brent était allongé là. Malgré tous ses efforts pour le protéger, il était tombé… Une substance sombre s'étalait sous son corps.

La rage le saisit. Mais il n'en montra rien.

— Il est temps de se dire au revoir, annonça Vilas.

Sa main se posa sur la tresse de Cass, qu'il tira en arrière avec force.

— Jette ton arme, Mansfield, ou je lui fais éclater la cervelle.

— Ne fais pas ça, Derek, articula-t-elle d'une voix hachée. Il va me tuer de toute façon. Ne te laisse pas manipuler.

Elle avait raison. Mais il l'aimait plus que sa vie et il était prêt à tout pour repousser l'inévitable. Il eut l'impression que tout ce qu'il avait fait jusqu'ici lui servait maintenant à affronter cette épreuve. Tout convergeait à lui donner la force, le courage, l'inventivité pour aller jusqu'au bout.

Il était arrivé au tournant le plus important de son existence. Il s'apprêtait à jouer son va-tout.

— Ma patience n'est pas sans limite, dit Vilas sur le ton de l'avertissement.

— Bien, répondit Derek avec un sourire insolent. Fais ce que tu veux, *amigo*. J'ai attendu trop longtemps pour permettre que quelque chose vienne se mettre en travers de notre chemin maintenant. J'ai les relations, tu as la marchandise. Ensemble, nous pouvons obtenir tout ce que nous voulons. Personne ne nous arrêtera.

Mais ces paroles firent rire Vilas, qui dessina des cercles sur le front de Cass avec son arme, tout en parlant.

— J'ai déjà cru une fois à tes mensonges, mon ami. Je ne commettrai pas cette erreur une deuxième fois.

— C'est un flic. Tu ne vas pas croire tout ce qu'elle te dit ?

— Non ? Alors, tu vas me prouver que tu es sincère. Cette fille nous a trahis tous les deux. Montre-moi de quel côté tu es en réalité. Tue-la toi-même.

Le visage de Cass perdit toute couleur. Pour la première fois, Derek vit la peur dans ses yeux.

— Tu as le choix, continua Vilas. Ou bien tu vis ta dernière nuit, ou bien tout revient à sa place, comme avant. Tout ce que tu as à faire, c'est de…

Tout se passa très vite. Le regard de Cass était rivé sur Derek, son corps était parfaitement immobile. Sa jambe seule bougea et elle planta son talon dans le pied de Vilas tout en lui projetant son coude dans l'estomac.

Il la lâcha et se plia en deux. Profitant de sa confusion, elle lui agrippa le poignet et lui fit lâcher son arme qui tomba au sol avec un bruit métallique. Elle se précipita pour s'en saisir. Vilas se redressa et voulut sauter sur la jeune femme, mais Derek l'arrêta dans son élan.

— Sauve-toi, Cass ! Vite !

— Non, je ne te quitte pas.

Vilas poussa un rugissement de colère, mais à ce moment une nouvelle voix s'éleva derrière eux. Celle de Gray.

— C'est fini, Vilas. Tu es fichu.

Vilas se figea. Derek écarta Cass, l'aida à se relever et la poussa derrière lui. Elle glissa les bras autour de sa taille et lui passa l'arme qu'elle avait arrachée à Vilas. Ce dernier leur lança un regard de haine.

Des policiers surgirent et l'encerclèrent, leurs armes pointées sur lui.

— Tout va bien ! hurla Gray. On le tient.

Il avait attendu, dissimulé avec ses hommes, pendant que Vilas concentrait son attention sur Derek. Une attaque surprise avait plus de chances de réussir. Ils avaient pris des risques, mais ils étaient entraînés pour ça. Et Derek et lui se battaient pour sauver une femme qu'ils aimaient. L'un, comme la femme de sa vie, l'autre comme une sœur.

— Vous avez bien manœuvré, dit Gray. Vraiment bien.

— Pour Cass je ferais n'importe quoi, dit Derek avec un sourire.

Il regardait par la fenêtre. Les rayons du soleil avaient depuis longtemps chassé les dernières ombres de la nuit. Une boule de feu commençait de s'élever dans le ciel, répandant sa chaleur sur tout ce qu'elle touchait.

Sauf sur Cass. Celle-ci était glacée à l'intérieur. Derek ne lui avait pas adressé la parole une seule fois. Ni au commissariat, ni à l'hôpital où Brent avait été emmené, ni pendant le trajet jusqu'à la maison de son grand-père. Il s'était contenté de lui lancer quelques regards impossibles à interpréter.

Mais pas un mot.

Elle ne comprenait pas pourquoi il l'avait prise par la main et entraînée vers la voiture qu'il avait fait démarrer en trombe, sans jamais lui parler.

Il se tenait droit, les mâchoires serrées. Rien dans son attitude ne pouvait laisser penser qu'il venait d'être innocenté par la police et que la presse faisait déjà de lui un héros.

Cass était présente quand, avec son ami Lucas Treese du FBI, il avait expliqué au chef de la police comment ils avaient réussi à coincer Vilas.

A présent, toutes sortes d'émotions tourbillonnaient dans son cœur. La joie, le soulagement, l'espoir. Mais celle qui dominait, c'était l'angoisse. Car Derek se comportait comme si elle n'existait pas.

— Derek…, risqua-t-elle en approchant tout doucement.

Il se retourna. Il tenait à la main un verre de whisky auquel il n'avait pas encore touché. Il le contempla un moment, les yeux

243

dans le vague. Puis, son visage se durcit, et il lança le verre vers la cheminée, où il se brisa en mille morceaux.

Alors, il traversa la pièce à grandes enjambées et vint se camper devant la jeune femme. Ses yeux lançaient des éclairs, mais elle n'éprouva aucune crainte. Elle n'avait peur ni de Derek, ni de l'amour qu'elle ressentait pour lui.

Il riva sur elle son regard fascinant, brillant d'émotion. Puis il la serra contre lui d'un geste protecteur. Ses bras durs comme l'acier la plaquèrent contre son torse et elle sentit sa chaleur s'insinuer en elle, se diffuser dans son corps grelottant. Alors, toute sa force l'abandonna et elle se laissa aller, tremblante, entre ses bras.

— Je t'aime, dit Derek en lui prenant le visage à deux mains. Je t'aime tant que j'en ai peur.

L'espoir et la joie se répandirent en elle. Dans les yeux bleu saphir de son bien-aimé, elle trouvait enfin le refuge qu'elle avait si longtemps cherché.

— Je suis désolé, reprit-il en lui caressant les joues. Tellement désolé d'avoir refusé de t'écouter hier, de t'avoir repoussée. Si j'avais…

— Ne dis rien. N'y pense même plus. C'est moi qui suis désolée, c'est moi qui…

— Ne dis rien, rétorqua-t-il à son tour avec un sourire malicieux. Tu m'as tout donné.

Le bonheur la submergea comme une vague puissante et elle eut un sourire pâle et tremblant.

— Je t'aime. Tu as été courageux, de risquer ta vie pour ton frère, reprit-elle, encore sous le choc de toutes ces révélations. Parfois, je n'étais même pas sûre que vous vous aimiez, tous les deux.

— Nous nous aimons, mais nous n'avons pas toujours le même point de vue. Brent seul n'aurait pas survécu à cette affaire avec Vilas. Et je tiens à ce que Ryan grandisse avec son père.

— Tu as pris *tous ces risques*…

244

— J'ai fait ce que j'avais à faire.

Il rejeta ses cheveux en arrière, mais quelques mèches noires demeurèrent plaquées sur sa joue, lui donnant une allure de mauvais garçon.

— Luc m'a facilité les choses. Il se tenait prêt à intervenir pour faire boucler Vilas dès l'instant où j'aurais une preuve.

— Ça aurait pu mal tourner pour toi, dit Cass en plaquant les doigts contre sa poitrine.

— J'étais obligé de prendre un risque.

— Pour ton frère.

— La famille, c'est important. C'est tout ce que nous avons.

Ses paroles la touchèrent profondément. Elle fit remonter les mains sur ses joues. Il avait une expression dure, impitoyable, mais elle savait que sous cette apparence rude il cachait un cœur d'or.

— Tu as dû vivre un enfer, reprit-il, l'air plus sombre encore. Je représentais tout ce que tu méprises.

— Au début seulement. Quand j'étais encore dans ma peau de flic. Dès l'instant où nous nous sommes retrouvés comme un homme et une femme, tout a changé. Je ne m'étais jamais rendu compte à quel point ma vie était vide, jusqu'au moment où tu l'as remplie…

Derek la réduisit au silence par un long baiser. Un baiser d'amour et de désir.

Puis, avec un petit sourire, il la souleva dans ses bras, sortit du bureau, traversa le hall baigné d'un chaud soleil matinal et gagna la chambre. Il la déposa sur le lit, contre les oreillers, puis lui prit la main pour la poser sur son torse.

— Tu sens mon cœur ?

— C'est ton cœur qui bat aussi fort ?

— C'est toi qui le fais battre comme ça, avoua-t-il dans un sourire de tendresse.

— Que ressens-tu, Derek ? Dis-moi, demanda-t-elle, les yeux brouillés de larmes de bonheur.

Il attira son corps brûlant contre le sien.

— Je t'aime, Cass. Voilà ce que je ressens. De l'amour.

Son regard s'enflamma, son sourire se fit plus malicieux. Très lentement, il fit glisser sa main de la joue de la jeune femme jusque sur son épaule.

— Laisse-moi te montrer ce que j'éprouve.

Elle s'abandonna, consciente que tout ce qui les séparait autrefois venait de se dissoudre. Les remparts s'étaient écroulés, leurs cœurs mis à nu venaient de trouver le chemin de l'amour. Un amour assez fort pour durer une vie entière.

Le nouveau visage
de la collection Or

◆

AMOURS D'AUJOURD'HUI

Afin de mieux exprimer sa modernité et de vous séduire encore davantage, votre collection Or a changé de couverture et de nom depuis le 1er mars 1995.

Rassurez-vous, les romans, eux, ne changent pas, et vous pourrez retrouver dans la collection **Amours d'Aujourd'hui** tous vos auteurs préférés.

Comme chaque mois, en effet, vous y attendent des héros d'aujourd'hui, aux prises avec des passions fortes et des situations difficiles...

COLLECTION
AMOURS D'AUJOURD'HUI :
Quand l'amour guérit des blessures de la vie...

Chère lectrice,

Vous nous êtes fidèle depuis longtemps?
Vous venez de faire notre connaissance?

C'est pour votre plaisir que nous avons
imaginé un rendez-vous chaque mois
avec vos auteurs préférés, vos
AUTEURS VEDETTE dans les
collections Azur et Horizon.

Les AUTEURS VEDETTE vous
donneront rendez-vous pour de
nouveaux livres vedette.

Pour les reconnaître, cherchez
l'étoile... Elle vous guidera!

Éditions Harlequin

HARLEQUIN

LE FORUM DES LECTEURS ET LECTRICES

CHERS(ES) LECTEURS ET LECTRICES,

VOUS NOUS ETES FIDÈLES DEPUIS LONGTEMPS?

VOUS VENEZ DE FAIRE NOTRE CONNAISSANCE?

SI VOUS AVEZ DES COMMENTAIRES, DES CRITIQUES À FORMULER, DES SUGGESTIONS À OFFRIR, N'HÉSITEZ PAS... ÉCRIVEZ-NOUS À:
> LES ENTERPRISES HARLEQUIN LTÉE.
> 498 RUE ODILE
> FABREVILLE, LAVAL, QUÉBEC.
> H7R 5X1

C'EST AVEC VOS PRÉCIEUX COMMENTAIRES QUE NOUS ALLONS POUVOIR MIEUX VOUS SERVIR.

DE PLUS, SI VOUS DÉSIREZ RECEVOIR UNE OU PLUSIEURS DE VOS SÉRIES HARLEQUIN PRÉFÉRÉE(S) À VOTRE DOMICILE, NE TARDEZ PAS À CONTACTER LE SERVICE D'ABONNEMENT; EN APPELANT AU (514) 875-4444 (RÉGION DE MONTRÉAL) OU 1-800-667-4444 (EXTÉRIEUR DE MONTRÉAL) OU TÉLÉCOPIEUR (514) 523-4444 OU COURRIER ELECTRONIQUE: AQCOURRIER@ABONNEMENT.QC.CA OU EN ÉCRIVANT À:
> ABONNEMENT QUÉBEC
> 525 RUE LOUIS-PASTEUR
> BOUCHERVILLE, QUÉBEC
> J4B 8E7

MERCI, À L'AVANCE, DE VOTRE COOPÉRATION.

BONNE LECTURE.

HARLEQUIN.

VOTRE PASSEPORT POUR LE MONDE DE L'AMOUR.

HARLEQUIN

COLLECTION
ROUGE PASSION

- Des héroïnes émancipées.
- Des héros qui savent aimer.
- Des situations modernes et réalistes.
- Des histoires d'amour sensuelles et provocantes.

LAISSEZ-VOUS TENTER
par 3 titres irrésistibles
chaque mois.

RP-1-R

♉ ♊ ♋ ♌

69 L'ASTROLOGIE EN DIRECT ♒
TOUT AU LONG
DE L'ANNÉE.

(France métropolitaine uniquement)
Par téléphone 08.92.68.41.01
0,34 € la minute (Serveur SCESI).

Composé et édité par les
éditions Harlequin
Achevé d'imprimer en novembre 2004

BUSSIÈRE
GROUPE CPI

à Saint-Amand-Montrond (Cher)
Dépôt légal : décembre 2004
N° d'imprimeur : 45141 — N° d'éditeur : 10988

Imprimé en France